BRIT BOYS IN SEATTLE: EIN GROSSER SIEG - EIN FUSSBALL-LIEBESROMAN

BRIT BOYS IN SEATTLE – SERIE

J.H. CROIX

Kapitel Eins

ALEX

Mein Atem ging in gleichmäßigen Zügen, als ich den Gehweg entlanglief. Es war kurz nach Sonnenaufgang, meine liebste Tageszeit, und ich begann gerade mit meinem Morgenlauf. Der Park war ruhig, als ich dem Weg am Ufer entlang folgte. Das einzige nennenswerte Geräusch zu dieser Stunde war der Ruf der Möwen in der Ferne. Ich lief eine gute halbe Stunde lang und wurde dann langsamer, als ich durch den bewaldeten Teil des Parks zurück zu meiner Wohnung joggte. Die Luft war kühl und feucht, typisch für einen Frühlingsmorgen in Seattle. Plötzlich erregte das Gezeter von Eichhörnchen in den Bäumen meine Aufmerksamkeit, und ich blickte auf, als ich eine Frau mit einem riesigen Hund an ihrer Seite auf mich zukommen sah. Der Hund war groß und stattlich und lief anmutig neben ihr her. Ich merkte erst, dass ich stehen geblieben war, als die Frau nahe genug herangekommen war, damit ich realisieren konnte, dass ich sie kannte. Ein kribbelndes Gefühl der Erkenntnis lief mir den Rücken hinunter.

Harper Jacobs war eine gute Freundin der

Verlobten meines besten Kumpels. Harper ging mir unter die Haut - sehr sogar. Ich könnte nicht genau sagen, warum. Sie war attraktiv, aber auf eine unaufdringliche Art. Ich hatte sie vor einiger Zeit kennengelernt, als Liam, der besagte beste Kumpel, mich zu einem Kaffee einlud. Harper war mit Liams Verlobter Olivia im selben Café. Seitdem bin ich Harper noch ein paar Mal begegnet, weil unsere jeweiligen Freunde bis über beide Ohren ineinander verliebt waren. Sie war höflich und freundlich, schien aber immer eine unsichtbare Blase um sich herum zu haben. Ich wollte wissen, warum sie sich auf diese Weise schützte. Ich wartete darauf, dass sie mich erreichte, was sie schließlich auch tat. Sie blieb langsam stehen, stützte die Hände in die Hüften und blickte zu mir auf.

„Alex, richtig?", fragte sie.

„Das bin ich. Wie ich sehe, machst du einen Spaziergang", sagte ich und fragte mich sofort, warum ich nicht über etwas bessere Konversationsfähigkeiten verfügte. Das Offensichtliche auszusprechen war nicht gerade besonders aufregend. Normalerweise waren mir Unterhaltungen völlig egal, aber ich wollte Harper über das Oberflächliche hinaus kennenlernen.

Harper nickte, die Winkel ihrer tiefblauen Augen kräuselten sich bei ihrem kleinen Lächeln. „Ja, genau. Ich nehme an, dass du gerade eine Runde laufen warst", antwortete sie mit einem Blick auf meine Füße, die in Laufschuhen steckten.

„Ja, genau. Ich komme fast jeden Tag hierher. Ich hätte dich sicher schon sehen müssen, wenn du öfter hier wärst, mit ...?" Meine Worte verstummten, als ich auf ihren riesigen Hund deutete.

„Stanley", ergänzte sie und lächelte breit.

Verdammt. Ich wünschte, ich könnte ihr Lächeln öfter sehen. Ihr ganzes Gesicht erhellte sich, und der vorsichtige, kontrollierte Blick in ihren Augen wurde weicher.

Wie als Antwort auf seinen Namen streckte Stanley seinen Kopf nach meiner Hand aus und beschnupperte sie langsam. Nach einem Moment senkte er seinen Kopf weiter und schob ihn unter meine Hand, als ob er erwartete, dass ich ihn streichelte. Das tat ich dann auch. Er reichte mir locker bis zur Taille, seine großen Augen waren blau und sein Fell stahlgrau gefleckt.

„Er mag dich", sagte Harper. „Stanley kann wählerisch sein, also kannst du das als Kompliment auffassen."

Ich streichelte ihm langsam über den Kopf und sah zu Harper hinüber. Ihr glänzendes braunes Haar war zu einem hohen Pferdeschwanz zusammengebunden, aus dem lose Strähnen herausfielen. Sie atmete aus und blies sich damit eine Haarsträhne aus den Augen. Ihre enganliegenden Leggings und das knappe Oberteil, die in einem hellen Blau gehalten waren, betonten ihre Augen. Sie war eindeutig gut in Form, schaffte es aber gleichzeitig, kurvig zu sein, mit üppigen Hüften und vollen Brüsten. Ich merkte, dass ich sie anstarrte, und zwang mich, mich daran zu erinnern, was sie gerade gesagt hatte.

„Dann fasse ich das als Kompliment auf. Was für eine Rasse ist er?"

„Eine Deutsche Dogge. Er ist eher groß für seine Art, aber er ist ein sanfter Riese." Ihre Augen wanderten nach unten, und sie lachte leise. Stanley war noch einen Schritt näher an mich herangetreten und hatte seinen massigen Kopf an meine Hüfte geschmiegt. „Er ist ein Teddybär, kein Kämpfer", sagte sie und sah wieder zu mir auf. „Du joggst hier also zusätzlich zu deinem Training?", fragte sie und bezog sich dabei auf meinen Job als Torhüter bei den Seattle Stars.

Ich hatte mich in Seattle niedergelassen, nachdem ich mit drei meiner Mannschaftskameraden aus unserem früheren Verein in London hierher gewechselt hatte. Die Seattle Stars waren Amerikas derzeit größte Hoffnung auf internationalen Ruhm in der Fußballwelt. Ich fühlte mich zwar immer noch nicht ganz im Einklang mit Seattle und Amerika im Allgemeinen, woran auch die Tatsache, dass man hier darauf bestand, Fußball als Soccer zu bezeichnen, nicht half, aber ich fand Gefallen an Seattle und dem Verein. Als Profifußballer, oder überhaupt als Profisportler, ging man dorthin, wo man das beste Angebot bekam. Natürlich gab es Verhandlungen und so weiter, aber das war mein Leben. Na ja, das und die Hingabe von Körper und Geist an einen Sport. Ich liebte Fußball, schon seit meiner Kindheit. Ich schätzte mich glücklich, professionell spielen zu können.

Ich begegnete Harpers klarem blauen Blick und nickte. „Meistens laufe ich vor dem Training noch allein.“

Sie nickte, war aber ansonsten schweigsam. Die Stille begann sich auszudehnen, aber es war eine angenehme Stille. Die wenigen Male, bei denen ich Harper begegnet war, waren wir immer in einer Gruppe gewesen, normalerweise mit unseren gemeinsamen Freunden. Erst jetzt wurde mir klar, dass ich nicht viel über sie wusste, außer wer ihre Freunde waren. Stanley stupste meine Hand an, und mir wurde klar, dass ich beim Streicheln nachlässig geworden war. „Tut mir leid, Stanley“, sagte ich, schaute nach unten und streichelte seinen schlanken Kopf erneut.

„Ich nehme an, du musst gehen“, sagte Harper.

Als ich zu ihr zurückblickte, wirkte sie, nun ja, man

kann es nur als nervös bezeichnen. Da ich keine Ahnung hatte, weswegen sie nervös sein könnte, war ich verwirrt. Aber ich wollte nicht, dass sie ging. Ich wollte meine Hand um ihre legen und durch den Park schlendern.

„Warum gehen wir nicht ein bisschen spazieren?", fragte ich und erschrak über mich selbst.

Ihre Augen weiteten sich kurz, und ihre Wangen erröteten. Sie wurde still, so still, dass es mich beunruhigte, und dieser kontrollierte Blick trat wieder in ihre Augen. Stanley trat einen Schritt von mir weg und stupste sanft ihre Hüfte an, bevor er sich umdrehte und dicht neben ihr stand. Er strahlte eine gewisse Beschützerfunktion aus. Ihre Schultern hoben und senkten sich mit einem tiefen Atemzug, und dann nickte sie. „Okay, das wäre schön."

Ich verkniff mir ein Grinsen und drehte mich um, um neben ihr zu gehen. Stanley trottete neben uns her. Er war nicht angeleint und schien es auch nicht zu brauchen. Er blieb direkt an Harpers Seite und bewegte sich ruhig, mit wachsamem Blick. Abgesehen von den Eichhörnchen und Vögeln, die um uns herum zu hören waren, hatten wir das Gefühl, völlig allein zu sein. Sicher, es waren noch ein paar andere Frühaufsteher unterwegs, aber jeder, der um diese Zeit hier war, liebte die Stille genauso wie ich. Harper trat müßig gegen einen Kieselstein, während wir gingen. Ich wollte ihr lange und tief in die Augen blicken und die unterschwellige Sorge und Anspannung darin verschwinden lassen. Doch ich war auch ein wenig erleichtert, dass wir uns nicht direkt gegenüberstanden, denn Harper schien entspannter zu sein, wenn ich sie nicht direkt ansah.

Also ging ich einfach weiter. Ich hatte keine Lust zu reden. Reden war nicht wirklich mein Ding.

Während wir so dahin spazierten, spürte ich, wie die Anspannung, die von Harper ausging, nachzulassen begann. Der Lincoln Park war ein innerstädtisches Heiligtum und Naturschutzgebiet am Puget Sound. Es gab die üblichen Annehmlichkeiten eines Parks, wie einen Pool und Tennisplätze, aber auch einen Spazierweg entlang der schönen Uferlinie und einen gut erhaltenen alten Wald, der in den ruhigen Stunden des Tages viele friedliche Spaziergänge ermöglichte. Wir folgten einem Fußweg durch die Bäume, bis wir den Weg erreichten, auf dem ich heute Morgen gelaufen war.

Vom Puget Sound wehte salzige Luft herüber und die Sonne brach durch die Wolken. Ich warf einen Blick zur Seite, als Stanley abrupt stehen blieb. Stanley starrte geradeaus auf einen Mann, der den Gehweg entlanglief. Er stellte weder die Nackenhaare auf, noch gab er einen Laut von sich, aber es war eindeutig, dass er beunruhigt war. Ich hob meinen Blick zu Harper. Ihr Hals und ihr Gesicht waren rot gefleckt, und sie sah völlig entsetzt aus. Sie schien vergessen zu haben, dass ich da war. Ich griff nach ihrer Hand, die zu einer festen Faust an ihrer Seite geballt war. In der Sekunde, in der ich sie berührte, schlug sie meine Hand weg und keuchte dann.

„Oh, es tut mir leid! Ich, ähm, ich ...“ Sie schaute von mir zurück zu dem Mann, der auf uns zugelaufen kam und ich fragte mich, wer er war. Er war noch ein gutes Stück entfernt. Ich wusste nicht, was los war, aber ich hatte zwei Möglichkeiten: den Kerl zu schlagen, weil seine bloße Existenz Harper aufregte, oder Harper von ihm wegzuschaffen. Liam zog mich oft damit auf, dass ich ‚die ganze Welt beschütze‘, wie er es gerne ausdrückte. Ich mochte es nicht, wenn jemand verletzt wurde. Niemals. Ich hatte meine

Gründe, aber die waren jetzt nicht besonders wichtig. Was zählte, war, sich um Harper zu kümmern.

„Harper?“

Ich wollte wieder nach ihrer Hand greifen, aber ich wollte sie nicht noch mehr erschrecken, als ich es schon getan hatte. Ihre Augen huschten wieder zu mir. Das Blau war dunkler geworden, aber sie blieb ruhig. „Ich bin mir nicht sicher, was los ist, aber ich denke, wir sollten gehen“, sagte ich schließlich.

Sie nickte ruckartig, aber sie bewegte sich nicht. Also griff ich nach ihrer Hand, und diesmal ließ sie zu, dass ich meine Hand auf ihre legte. Ich weiß nicht, wie lange ihr schon kalt war, aber in diesem Moment war ihre Hand eisig. Stanley starrte immer noch auf den Mann, der langsam den Abstand zwischen uns verringerte. Ich hatte ihn schon einmal beim Laufen gesehen und mir nichts dabei gedacht. In was für einer Beziehung er auch zu Harper stehen mochte, es war nichts Gutes. „Stanley, komm“, sagte ich leise, während ich mich umdrehte und Harper wegführte.

Die nächsten paar Minuten waren sehr ruhig. Ich nahm nicht einmal das Zwitschern der Vögel und das Gezeter der Eichhörnchen wahr, als wir durch die Bäume zurück zum Parkeingang gingen. Ich war hierhergelaufen, aber ich wusste nicht, wie Harper hierhergekommen war, und ich wusste auch nicht, wo sie wohnte, aber ich würde nicht von ihrer Seite weichen, bis sie wieder zu Hause war. Als wir den Parkeingang erreichten, blickte ich zu ihr hinunter. Ihre Haut war blass und ihre Augen flackerten. Stanley war auf der anderen Seite so nah an ihr dran, wie er es nur konnte, ohne mit ihrem Körper zu verschmelzen.

Nach einem Moment blickte Harper auf. „Bist du hierhergelaufen oder gefahren?“, fragte ich.

„Ich bin gelaufen", sagte sie mit leiser, ruhiger Stimme.

„Okay, wo musst du hin?"

Sie sah verwirrt aus. „Ich bringe dich nach Hause", erklärte ich.

Sie begann, den Kopf zu schütteln, aber ich schüttelte meinen ebenfalls. „Das steht nicht zur Debatte. Du musst mir nicht erzählen, was dich so aufgewühlt hat, aber ich werde dich auf keinen Fall mit diesem Gesichtsausdruck hier zurücklassen. Ich bringe dich bis zu deiner Tür und du kannst sie mir vor der Nase zuschlagen, aber ich lasse dich nicht allein gehen."

Sie schluckte und nickte dann. „Ich wohne nur ein paar Blocks entfernt", sagte sie und zeigte in dieselbe Richtung, in die ich gehen würde, um zu meiner Wohnung zurückzukehren. In dieser Gegend von Seattle gab es ein Wohngebiet mit einer Mischung aus Einfamilienhäusern und Wohnblöcken.

„Perfekt. Dann wohnst du wohl ein paar Blocks von mir entfernt. Sollen wir?"

Auf ihr kurzes Nicken hin begann ich wieder loszulaufen, ihre Hand immer noch in meiner. Ihre Hand begann endlich, die Wärme der meinen aufzunehmen, was mich erleichterte. Ich verdrängte den Gedanken daran, was die große Angst in ihrem Blick ausgelöst haben mochte, denn darüber wollte ich jetzt nicht nachdenken. Ich wollte nur sicherstellen, dass sie heil nach Hause kam.

Mir wurde klar, dass ich nicht besonders darauf geachtet hatte, wie schnell ich lief. Ich neigte dazu, schnell zu gehen, egal unter welchen Umständen. Ich warf einen Blick zu Harper und wollte langsamer werden, aber sie hielt problemlos mit mir Schritt, auch wenn sie immer noch halb betäubt aussah. Wir überquerten eine weitere Straße, und Harper wurde langsamer. Meine Wohnung war noch zwei Blocks entfernt. „Wir sind da", sagte sie und zeigte auf ein älteres Haus, das offensichtlich in kleinere Wohnungen aufgeteilt war. Blumen wuchsen in Hülle und Fülle in Kästen, die an Fensterbänken und Geländern hingen.

„Ich bringe dich hinein."

Ihre Augen verrieten wenig, aber sie sah ein klein wenig erleichtert aus und nickte. Nachdem sie die Zahlenkombination am Haupteingang eingegeben hatte, der in ein riesiges Foyer führte, stiegen wir zwei Treppen hinauf, die sich an der gewölbten Wand entlangzogen. Auf dem Weg nach oben ließ ich ihre Hand los und stellte mich neben sie, während sie ihre Schlüssel aus ihrer Jacke zog. Sie fielen klappernd auf den Boden. Offenbar gab es in jedem Stockwerk separate Wohnungen, wobei Harpers Tür die einzige hier oben im obersten Stockwerk war.

„Verdammt", flüsterte sie und ließ sie prompt wieder fallen, als sie versuchte, den Schlüssel in das Schloss zu stecken.

„Lass mich", sagte ich, griff nach unten und hob die Schlüssel auf.

Sie schwieg, während ich den Schlüssel in das Schloss schob. Ich fühlte mich völlig fehl am Platz und hatte den Eindruck, dass ich mich womöglich in Angelegenheiten einmischte, die mich nichts angingen, aber ich hatte nicht das Gefühl, dass ich jetzt gehen sollte. Obwohl ich Harper nicht besonders gut kannte, war sie wichtig für Olivia, die im Grunde das Zentrum des Universums meines besten Kumpels geworden war. Damit war sie auch für mich wichtig, selbst wenn man die Anziehungskraft, die ich für sie empfand, mal außer Acht ließ. Ich musste sichergehen, dass es ihr gut ging, bevor ich sie verließ, und seit sie diesen

Mann im Park gesehen hatte, machte sie alles andere als einen guten Eindruck.

Ich öffnete die Tür, hielt sie auf und winkte Harper hindurch, wobei ich selbst nur knapp über die Schwelle trat. Stanley stand neben Harper, seinen Blick auf sie gerichtet, als wolle er sich von ihrem Zustand überzeugen. Nach einigen Schritten blieb sie stehen und schlang die Arme um ihre Taille, ein sichtbarer Schauer durchlief sie. Das war genug. Ich würde Tee kochen.

„Wie wäre es, wenn ich dir einen Tee mache?", fragte ich.

Ihr Blick wanderte zu mir, fast ungläubig. „Tee?"

„Ja, Tee. Du zitterst ja, und ich weiß nicht, was vorhin passiert ist oder wer dieser Mann war, aber es hat dich aus der Fassung gebracht. Wir Briten glauben zufällig, dass Tee alles besser macht. Zumindest sollte er dich ein wenig aufwärmen."

Sie starrte mich einen Moment lang an und lächelte dann, nur ein klein wenig. „Okay. Das wäre schön." Zum ersten Mal, seit wir diesen Mann gesehen hatten, schien sie sich ein wenig zu entspannen.

Ihre Wohnung war eher klein. Wir traten in das Wohnzimmer ein, dessen Fenster die gesamte Straßenseite einnahm und einen Blick auf den Puget Sound in der Ferne bot. Die aufgehende Sonne ließ das Licht in einem Streifen über das Wasser fallen. Der Hartholzboden glänzte in der Sonne. In der Mitte des Raumes lag ein cremefarbener runder Teppich, um den herum eine Couch stand. Ein Fernseher war an der Wand über einem kleinen Kamin angebracht. An der Seite befand sich die Küche mit einer Insel, die den Raum vom Wohnzimmer abgrenzte. Eine Tür, die zu einem Badezimmer führte, und eine weitere, die vermutlich zu ihrem Schlafzimmer führte, befanden sich im hinteren Teil des Raumes.

Sie wies mit einer Geste auf die Küche. „Dann mach uns doch bitte einen Tee."

Es war nicht schwer herauszufinden, was wo war, denn auf ihrem Herd stand ein Teekessel. Somit brauchten wir nur noch zu warten, bis das Wasser heiß wurde. Da fiel mir ein, dass ich noch gar nicht nach dem wichtigsten Teil gefragt hatte. „Ich nehme an, du hast auch Tee", sagte ich und warf einen Blick auf Harper, die mir um die Kücheninsel herum gefolgt war und jetzt an der Theke lehnte. Die Anspannung in ihrem Gesicht hatte nachgelassen, und sie sah endlich wieder wie sie selbst aus. Sie grinste. „Natürlich. Gleich da drüben", sagte sie und deutete auf einen Schrank hinter mir.

Ich begann ihn zu öffnen und hielt dann inne. „Ist es in Ordnung, wenn ...?"

„Natürlich ist es in Ordnung. Wenn es nicht in Ordnung wäre, hätte ich dich schon rausgeschmissen", sagte sie und grinste wieder.

Ich mochte Harpers Grinsen, sehr sogar.

Kapitel Zwei

HARPER

Alex Gordon stand in der Küche meiner neuen Wohnung und machte mir Tee. Die Absurdität des Ganzen ließ mich fast laut auflachen, aber ich verkniff es mir, weil er so nett zu mir war. Er wandte sich wieder dem Schrank zu und begann, die Teepackungen darin zu durchwühlen, bis er schließlich eine Schachtel mit, richtig geraten, englischem Frühstückstee herauszog. Es war Morgen, und er war Brite. Es machte so viel Sinn, dass ich schließlich zu lachen begann, als er sich mit der Schachtel in der Hand umdrehte.

Alex zog eine Augenbraue hoch, ein Lächeln umspielte seine Mundwinkel. „Ist irgendetwas lustig?", fragte er und wirkte leicht verwirrt über mein Lachen.

Wenn er verwirrt war, dann war ich es erst recht, aber ich war nicht in der Stimmung, darüber nachzudenken. Ich hatte kein Gefühl dafür, wie viel Zeit vergangen war, seit ich den Mann aus meinen Albträumen heute Morgen im Park joggen gesehen hatte, aber dank Alex hatte ich es geschafft, diese Gefühle zu verdrängen. Die Erleichterung war so groß, dass sie mich völlig aus dem Gleichgewicht brachte.

Nun, die Erleichterung und die Tatsache, dass Alex hier war.

Alex war so gut aussehend, dass es schon an Lächerlichkeit grenzte. Er hatte braunes Haar, das leicht gelockt und oft zerzaust war, so wie jetzt. Zu diesem Haar gesellten sich herrliche schokobraune Augen. Abgesehen von der Tatsache, dass sein Körper ausschließlich aus Muskeln bestand, machten ihn die markanten Gesichtszüge mit den klassischen Wangenknochen und der geraden Nase zu einer wahren Augenweide. Zu allem Überfluss schien er sich seiner verheerenden Wirkung auf Frauen nicht einmal bewusst zu sein und neigte dazu, unnahbar und ruhig zu sein.

Ich hatte Alex zufällig durch Olivia und ihren Verlobten Liam kennengelernt. Olivia war eine meiner engsten Freundinnen und hatte sich in Liam Reed verliebt, der zufällig zusammen mit Alex und zwei anderen britischen Fußballspielern bei den Seattle Stars unterschrieben hatte. Alex war berühmt für seine unerschütterlichen Nerven als Torwart, und in dieser Saison hatte er noch kein einziges gegnerisches Tor zugelassen. Bisher hatte ich der internationalen Fußballbegeisterung wenig Aufmerksamkeit geschenkt, aber Olivia hatte begonnen, mich gelegentlich zu Spielen mitzunehmen, und so hatte ich eine Vorstellung davon, wie beeindruckend Alex war.

Ich hatte mir nicht erlaubt, viel darüber nachzudenken, wie unwiderstehlich er war, aber hier und jetzt, mit ihm in meiner Küche, war es schwer zu ignorieren - Fußballstar und Sexsymbol in einem Körper, der so lecker war, dass ich ihn von Kopf bis Fuß ablecken wollte. Seine Präsenz aus der Nähe war intensiv und gleichzeitig beruhigend. Er strahlte eine stille Kraft aus. Gerade fing ich wieder an zu lachen, als ich merkte, dass er geduldig auf eine Antwort von mir wartete. Ich deutete auf die Tassen, die ich auf den Tresen gestellt hatte, und er schüttelte leicht den Kopf, als er an mir vorbeischritt, um die Teebeutel in die Tassen zu legen. Er drehte sich um und lehnte sich in die Ecke des Tresens, nur etwa einen halben Meter von mir entfernt.

Ich erschrak, als mir bewusstwurde, dass er mich für halb verrückt halten musste. Er war zufällig zu einem denkbar ungünstigen Zeitpunkt mit mir im Park gewesen. Ich wollte nicht, dass er dachte, ich bräuchte Schutz, obwohl ich unglaublich erleichtert war, dass er da gewesen war und mich aus dem Park geführt hatte. Mit Stanley auf der einen und Alex auf der anderen Seite hatte ich mich wie betäubt auf den Heimweg gemacht. Alex' freundliche Geste, Tee zu kochen, riss mich aus meiner inneren Versunkenheit. Es war so komisch, dass dieser große, starke, kräftige Mann mir anbot, Tee zu kochen.

Ich sah ihm in die Augen, und in meinem Bauch kribbelte es. Ich schaffte es, einen Atemzug zu nehmen. Ich fühlte mich seltsam - überbewusst und unruhig. Die schreckliche Wahrheit, warum ich heute Morgen so viel Angst bekommen hatte, brachte mich dazu, beweisen zu wollen, dass sie keine Wirkung mehr auf mich hatte. Wir starrten einander an, Alex' Blick glitt über mich hinweg. Er war nicht gerade leicht zu durchschauen, aber ich spürte, dass er mein Verlangen erwiderte. Meine Hände waren auf der Kante der Theke verschränkt, und ich merkte, dass ich sie festhielt. Ich lockerte meinen Griff und stieß mich ab, wobei mein Körper vibrierte und mein Verstand alles auszulöschen versuchte, was ihn zu überwältigen drohte.

Ich trat direkt vor Alex, und die Wärme seines

Körpers strahlte auf mich ab. Ihm nahe zu kommen war, als stünde man neben einem stromführenden Draht - Energie und Kraft strömten von ihm aus. Sein Atem zischte, als ich noch näher kam. Ein Teil von mir dachte, ich sei völlig verrückt, und vielleicht war ich das auch. Aber verdammt, ich wollte nicht zulassen, dass mein Leben von einem einzigen hässlichen Vorfall bestimmt wurde. Alex stand vor mir, und die Luft um uns herum war angespannt von der Kraft, die zwischen uns flirrte. Ich konnte mich entweder zurückziehen oder mich stattdessen von diesem Moment einhüllen lassen.

Mit pochendem Puls in den Ohren und Hitze, die durch mich hindurchschoss, ließ ich eine Hand an Alex' Arm hinaufgleiten. O wow. Allein die Berührung seines Arms war schon unglaublich. Er bewegte sich nicht, als ich über seine Muskeln strich und das Gefühl ihrer Stärke und subtilen Kraft auskostete. Seine Haut fühlte sich warm und geschmeidig an. Ich hörte nicht auf und glitt über sein T-Shirt, um meine Hand um seinen Hals zu schlingen. Ich dachte nicht mehr nach und bewegte mich instinktiv. Sein Mund war verführerisch, mit üppigen Lippen und einem Grübchen direkt unter der Unterlippe. Ich schlang meine Hand um seinen Nacken und zog ihn zu mir heran.

Er hielt inne, vielleicht ein paar Zentimeter von mir entfernt. „Harper?"

„Hm?"

„Was machst du da?"

„Dich küssen", antwortete ich.

Sein schokobrauner Blick blieb suchend an meinem hängen. Ich wusste nicht, was er dort sah, aber ich konnte das Schlagen seines Pulses an seinem Hals erkennen, und sehen, dass sein Atem flach war.

Ungeduldig riss ich ihn an mich. In dem Moment, als unsere Münder aufeinandertrafen, war es, als hätte ich einen Stromschlag bekommen. Ein heißer Schock durchzuckte mich. Er erstarrte, dann schlang er seine Arme um mich und zog mich an sich heran. Oh, das war perfekt. An seinen festen, heißen Körper gedrückt zu werden, war himmlisch. Er ließ eine Handfläche über meinen Rücken gleiten und legte sie in meinen Nacken. Unser Kuss verwandelte sich von einem atemberaubenden Berührungspunkt in ein intensives Eintauchen in pure Köstlichkeit. Ich hielt Alex für einen geduldigen Mann, was ihn zu einem unglaublichen Küsser machte. Er hatte es nicht eilig, und er machte auch nicht einen auf Höhlenmensch und stopfte mir seine Zunge in den Hals. O nein. Er küsste mich langsam und hingebungsvoll, mit sanften Küssen, Zungenschlägen und Knabbern an meiner Unterlippe. All das führte zu einem Kuss, der so zum Dahinschmelzen war, dass ich wirklich zusammengebrochen wäre, wenn er mich nicht festgehalten hätte.

Er zog sich zurück und steckte seinen Kopf in die Wölbung meines Halses. Ich war erleichtert, denn ich wusste nicht, ob ich es ertragen konnte, ihn jetzt anzuschauen. Ich hatte vorgehabt, ihn zu küssen, um mir selbst zu beweisen, dass ich mich von der Vergangenheit nicht einschüchtern ließ. Ich hatte nicht gewusst, dass Alex zu küssen das sein würde, was es war - ein berauschender, umfassender Wahnsinn, bei dem ich mich lebendiger fühlte als je zuvor. Schließlich hob er seinen Kopf und lockerte seinen Griff. Ich hatte gar nicht bemerkt, dass meine Füße den Boden verlassen hatten, bis er mich langsam an seinem Körper hinuntergleiten ließ. Ich spürte, wie sich seine Erektion an mich drückte und wie sich mein Körper daraufhin zusammenzog.

Als meine Füße wieder auf dem Boden waren, holte ich tief Luft und trat zurück. Seine Augen warteten auf mich, als ich aufblickte. „Was sollte das denn?", fragte er.

Eine ausgezeichnete Frage, auf die es mehrere Antworten gab. Im Moment konnte ich nicht über den unmittelbaren Moment hinaus denken. „Ich wollte dich küssen", sagte ich schließlich. Eine absolut richtige Antwort, aber sie erfasste nicht alles, was ich fühlte, und schon gar nicht das, was jetzt noch dazugekommen war.

Kapitel Drei

ALEX

„Verdammte Scheiße", murmelte ich vor mich hin, als ich den langen Gang im Stadion hinunterblickte und Liam mit unserem Coach und zwei Reportern vor dem Presseraum stehen sah.

Wir hatten heute unsere erste Saisonniederlage erlitten. Ein Tor - nur ein einziges - war alles, was mir in dieser Saison bisher entgangen war, aber das war alles, was die andere Mannschaft zum Sieg brauchte. Die Wahrheit war, dass sie ein hervorragendes Spiel abgeliefert hatten. Ich hatte eine Reihe von Torschüssen abgewehrt, bevor einer an mir vorbeiging, und das nur knapp. Ich straffte die Schultern und machte mich auf den Weg den Flur entlang. Coach Bernie hatte mir nach dem Spiel eine zehnminütige Galgenfrist eingeräumt, weil er wusste, dass ich Interviews verdammt hasste. Ich schickte ein stilles Dankeschön an Liam. Er war nicht nur mein bester Kumpel, und das schon, seit wir klein waren, sondern er hatte auch die Hauptlast der Öffentlichkeitsarbeit für mich übernommen. Da ich der Torwart und er der Spielmacher der Mannschaft war, wurden wir oft aufgefordert, uns mit den Sportmedien gutzustellen. Liam hatte es nicht leichter als ich, aber er war von Natur aus heiterer. Kurz gesagt, er konnte besser mit diesem Schwachsinn umgehen.

Als ich die Gruppe erreichte, stellte ich mich neben Liam. Coach Bernie nickte mir dezent zu, seine blauen Augen waren warm. Letztes Jahr war ich ein bisschen erleichtert gewesen, als ich das Angebot der Seattle Stars bekommen hatte. Keine Frage, ich liebte es, Fußball zu spielen, egal wo, aber in unserer ehemaligen Mannschaft in London war ich in einen Machtkampf verwickelt worden. Ein Machtkampf zwischen dem Torwart, der vor mir da war, und dem Coach, der ihn zum Ersatztorwart degradiert hatte, nachdem er einmal zu oft besoffen von einer Partynacht zum Training erschienen war. Ich war froh, die Rolle des Stammtorwarts zu übernehmen, weil ich wusste, dass ich der stärkere Spieler war, aber ich hasste die Anspannung, verdammt noch mal. Als es am Ende der Saison nicht mehr so gut für uns lief und mein Agent mir das Angebot aus Seattle unterbreitete, habe ich sofort zugegriffen. Es war hilfreich, dass Liam und zwei andere Kumpels aus London mich begleiteten.

Ich wusste nicht, was ich von unserem neuen Coach zu erwarten hatte, aber Bernie Hoffman duldete keine Dramen. Der Blödsinn, der in meiner ehemaligen Mannschaft passiert war? Unvorstellbar in diesem Verein. Coach Bernie brachte jahrelange Erfahrung als internationaler Fußballstar aus seiner Zeit vor über fünfzehn Jahren mit. Er wurde von Fußballern auf der ganzen Welt respektiert, da er zu seiner Zeit ein herausragender Spieler war. Sein Selbstvertrauen und seine Arbeitsmoral waren unerschütterlich, und er erwartete das Gleiche von uns. Ich erwiderte sein Nicken und schluckte meine Frustration hinunter. Ich hatte das Gefühl, die ganze Mannschaft im Stich gelassen zu haben.

Als wir den Interviewern in den Presseraum folgten, lehnte sich Liam zu mir. „Beruhige dich, Kumpel. Ich kann sehen, wie du dir in deinem großen Gehirn die Hölle heißmachst. Unser Coach hat Ethan und zwei anderen Verteidigern den Marsch geblasen, weil sie zu viele Lücken vor dem Tor gelassen haben, also denk nicht, dass du allein die Verantwortung trägst."

Ich warf einen Blick auf Liam, dessen strahlend blaue Augen funkelten. Sie funkelten fast immer. Mit seinen schwarzen Haaren und diesen Augen war er schon in England ein gefundenes Fressen für die Klatschblätter gewesen. Ich wollte mit dieser Art von Publicity nichts zu tun haben, also ignorierte ich sie völlig. Ich begegnete Liams Blick und schüttelte den Kopf. „Hätte ihn trotzdem halten sollen." Das war alles, was ich zu sagen hatte, aber ich verurteilte mich im Geiste. Ich war um ein Haar zu langsam gewesen, und das war alles, was nötig war, damit wir das Spiel verloren.

Liam klopfte mir auf die Schulter. „Das wird uns nur stärker machen. Es ist nie gut, in die Playoffs zu gehen, ohne nicht mindestens eine Niederlage hinter uns zu haben. Das hätte uns nur zu übermütig gemacht."

In diesem Punkt stimmte ich ihm vielleicht zu, aber ich fühlte mich dadurch trotzdem nicht besser. Wir erreichten den Tisch und ließen uns auf die Stühle neben Coach Bernie fallen. Die nächsten zwanzig Minuten oder so vergingen wie im Flug. Ich versuchte, nicht zu grimmig dreinzuschauen, was ich, wie Liam scherzhaft bemerkt hatte, auch dann tat, wenn wir gewonnen hatten. Ich war erleichtert, als wir den Raum verließen und den Flur hinuntergingen. Alles, was ich jetzt noch wollte, war duschen und nach Hause gehen, um mir die Wiederholungen anzusehen, damit ich herausfinden konnte, ob es eine Möglichkeit gab, den heutigen Fehlschlag niemals zu wiederholen.

Auf dem Weg in die Umkleidekabine ignorierte ich alle anderen. Kurze Zeit später trocknete ich mir mit einem Handtuch die Haare ab und warf es in den Wäschekorb. Ein paar Mannschaftskameraden waren noch da, darunter Liam und Ethan Walsh. Wie Liam und ich war auch Ethan einer der britischen Jungs. Er war mit uns auf die Universität gegangen. Ursprünglich hatte er bei einem anderen Verein in Großbritannien unterschrieben, aber dann schloss er sich uns an und wechselte zu den Stars, als sie uns gute Angebote unterbreiteten. Ich schloss meinen Spind und setzte mich ihnen gegenüber auf eine Bank, die sich an der einen Wand der Spinde entlang zog.

„Nun, es ist wohl besser, jetzt zu verlieren als später, was?", fragte ich.

Ethan blickte herüber und zuckte mit den Schultern. „Blödsinn", sagte er mit einem Augenzwinkern. Ethan war von Natur aus genauso fröhlich wie Liam. Falls es überhaupt möglich war, flirtete er sogar noch mehr. Bevor er sich Hals über Kopf in Olivia verliebt hatte, war Liam ein unermüdlicher Verführer gewesen, wenn es um Frauen ging. Mit seinem struppigen goldenen Haar und den grünen Augen hatte Ethan den Titel „Britischer Goldjunge" erhalten. Er amüsierte sich köstlich darüber. Obwohl er zu Scherzen neigte, wusste ich, dass er genauso wie ich über unsere Niederlage verärgert war. Er spielte auf der linken Außenverteidigerposition und war einer unserer besten Spieler.

Ich erwiderte sein Augenzwinkern mit einem Achselzucken und lehnte mich nach vorne, stützte meine Ellbogen auf meine Knie, während ich zu Liam sah. „Ich bin überrascht, dich noch hier zu sehen. Solltest du nicht irgendwo mit deinem Mädchen knutschen?"

Liam grinste. „Da hast du recht, Kumpel. Das sollte ich. Aber das mache ich heute nicht. Olivia hat mir eine Nachricht geschickt und gesagt, ich solle euch zum Abendessen mit ihr und ihren Freundinnen mitbringen."

Ethan zog eine Augenbraue hoch. „Ich habe ihm gesagt, du würdest versuchen, Nein zu sagen, also hat er mich warten lassen, damit ich dich dazu drängen kann", sagte er mit einem leichten Grinsen.

Ich schaute zwischen den beiden hin und her und unterdrückte einen Seufzer. Ich war müde und fühlte mich nicht gerade nach Geselligkeit, nachdem wir verloren hatten. „Heute Abend?"

Liam stand auf. „Heute Abend. Es hat irgendetwas damit zu tun, dass Daisy einen Forschungspreis gewonnen hat. Harper wird auch da sein."

In dem Moment, als er das erwähnte, wurde meine Antwort zu einem eindeutigen Ja. Aber ich wollte es mir nicht anmerken lassen. Niemand wusste, dass ich für Harper schwärmte. Schwärmen war noch untertrieben. Vielmehr war es brennend heißes Verlangen nach dem Mädchen. Es war eine ganze Woche vergangen, seit ich ihr im Park begegnet war, und ich hatte seitdem ein paar hundert Mal an diesen Kuss gedacht. Plötzlich wurde aus einer sozialen Belastung eine Chance. Ich hätte vielleicht Nein sagen wollen, aber Liam war nicht umsonst mein bester Freund. Wenn er mich irgendwo haben wollte, war ich normalerweise da. Ich stand auf. „Okay, Kumpel. Für Olivia tue ich alles", sagte ich und verdrehte die Augen.

Ethan sah leicht überrascht aus, aber er stand auf

und ging mit uns nach draußen. Wir nahmen ein Taxi zu einem kleinen thailändischen Restaurant, das nicht weit von meiner Wohnung entfernt war. Mein Körper kribbelte vor Vorfreude auf das Wiedersehen mit Harper. Selbst ich musste mir eingestehen, dass ich mein Interesse an ihr nicht mehr unter Kontrolle hatte. Vor der letzten Woche hatte ich sie interessant gefunden und war versucht, hinter die unsichtbaren Mauern zu schauen, die sie um sich herum aufbaute. Nachdem ich gesehen hatte, wie sie sich nach dem Anblick des Mannes im Park in Angst und Schrecken zurückzog und sich dann wieder aufraffte, um mich kühn zu küssen, konnte ich mit Sicherheit sagen, dass ich fest entschlossen war, ihre Fassade zu durchbrechen. Das und noch viel mehr zu tun, als sie zu küssen. Ihr Kuss war so kühn gewesen, dass ich schon beim Gedanken daran einen Steifen bekam.

Der Nachteil daran, Profifußballer zu sein, war, dass die Flut von Frauen, die sich um meine Mannschaftskameraden und mich drängten, es schwer machte, sich für jemanden zu interessieren. Ich war immun gegen den üblichen aufdringlichen Charme von Frauen, die nichts weiter wollten als eine Kerbe in ihrem Bettpfosten. Harper war anders, denn bis sie mich küsste, wirkte sie mehr als desinteressiert.

Als wir das Restaurant betraten, fiel mein Blick sofort auf Harper. Sie ging auf den Tisch zu, an dem Olivia mit ihrer Freundin Daisy saß. Harpers Hüften wippten bei jedem Schritt. Ihr Haar war zu einem Pferdeschwanz zurückgebunden, wie es fast immer der Fall war. Sie schlüpfte in die Sitzecke gegenüber von Olivia und Daisy, und ich verlängerte meinen Schritt, entschlossen, den Platz neben ihr zu erobern. Liam war so sehr auf Olivia konzentriert - sie war alles, worauf er sich im Leben konzentrierte, abgesehen vom

Ballspielen -, dass er meine Aufmerksamkeit für Harper nicht bemerkte. Ethan hingegen schon.

„Sieh an, sieh an", murmelte er verschmitzt. „Wer steht denn da auf Harper?"

Ich stieß ihn mit dem Ellbogen in die Seite, kurz bevor wir den Tisch erreichten. „Halt die Klappe."

Ich ignorierte Ethans ersticktes Lachen und schlüpfte geschmeidig auf den Platz neben Harper. Ethan, der so ein solider Kumpel war, rutschte prompt auf meine andere Seite und drängte mich an Harper. Er mochte vielleicht ein bisschen zu viel Spaß am Necken haben, aber er war in jeder Hinsicht zuverlässig. Wenn er glaubte, dass ich Harper mochte, würde er alles daran setzen, mir den Weg zu ebnen. Ich warf ihm einen Blick zu und schmunzelte.

Ethan zwinkerte mir zu und drehte sich prompt um, um mit der Kellnerin zu flirten. „Hallo Liebes, bringen Sie meinen Jungs bitte ein paar Biere. Wir haben verloren und müssen unseren Kummer ertränken." Die besagte Kellnerin, eine ältere Frau mit glänzendem schwarzem Haar, dunklen Augen und schlanker Figur, grinste ihn an. „Kommt sofort."

Liam blickte zu unserer Seite des Tisches und hinunter zu Olivia. „Rutsch mal rüber, Liebes. Wenn die Jungs da drüben Platz haben, kann ich auch hier sitzen."

Olivia, die in Liam ebenso vernarrt war wie er in sie, stupste Daisy an die Schulter. Liam setzte sich neben sie und drückte ihr einen Kuss auf den Hals. Olivia, die ich vom ersten Moment an gemocht hatte, errötete. Sie blickte zu uns herüber. „Hi Leute, tut mir leid wegen des Spiels."

„Ach. Wir tragen es mit Fassung", antwortete Ethan.

Olivias dunkles Haar war zu einem Knoten zurückgebunden, der beim Nicken auf und ab wippte. „Also gut. Kein Grund zum Ärgern." Ihr grüner Blick huschte zu mir. „Danke, dass du gekommen bist, Alex. Ich dachte ..."

Daisy unterbrach sie. „Sie dachte, ihr braucht etwas, um euch von der Niederlage abzulenken", bot sie unverblümt an.

Ethan warf Daisy ein Grinsen zu. Ich schaute zwischen den beiden hin und her und stellte fest, dass sie gut zusammenpassten. Beide hatten blonde Locken und trugen heute Abend zufällig ein grünes Oberteil. Daisys braune Augen wanderten zu Ethan und wieder weg, wobei ich den kurzen Anflug von Neugierde in ihrem Blick fast übersehen hätte. Ethan starrte sie ein paar Takte länger als sonst an, was mich dazu brachte, mich zu fragen, was er wohl dachte. Anstatt lange zu grübeln, schaute ich zu Harper, die ruhig neben mir saß.

Ich konnte die Anspannung in ihrem Körper spüren und wollte meinen Arm um ihre Schulter legen, um sie irgendwie zu lindern. Wenn ich nur wüsste, was der Grund dafür war. Stattdessen erinnerte ich mich daran, wo wir waren, und befahl meinem Körper, sich zu benehmen. Mein Schwanz zuckte – denn allein die Nähe zu Harper ließ das Blut in Strömen in ihn hineinschießen –, aber ich schaffte es. „Hallo Harper", sagte ich, während ich darauf wartete, dass sie aufschaute.

Das tat sie dann auch, und ihre leuchtend blauen Augen weiteten sich leicht, als sie auf mir landeten. „Hey Alex", sagte sie leise, und ihr Gesichtsausdruck behielt die vorsichtige Kontrolle, die ich sie nur zweimal zuvor habe ablegen sehen - zuerst vor Angst und dann vor Verlangen. Ich wollte nie wieder Angst in ihrem Gesicht sehen, aber Verlangen ... O ja, davon wollte ich mehr sehen. Ich wusste nicht, woher ich es wusste, aber Harper hatte eine Intensität an sich, bei der ich wusste, dass sie mehr als wild sein würde, wenn sie jemals losließ.

Daisy sagte etwas, und Harpers Blick wandte sich von meinem ab, als sie antwortete. Ich wollte sie sehen, aber verdammt noch mal, es kam mir ungelegen. Ich hatte ihre Wirkung auf mich unterschätzt. Ich hatte sie schon oft genug gesehen, doch dies war das erste Mal, dass ich sie sah, seit sie mich besinnungslos geküsst hatte. Oh, ich hatte die Kontrolle über den Kuss übernommen, sobald er begonnen hatte, aber machen wir uns nichts vor, sie hatte ihn initiiert. Ihre Kühnheit, die sich hinter ihrer kontrollierten Fassade verbarg, setzte mich fast in Brand.

Die Kellnerin kam und brachte unser Bier. Liam bestellte Betrunkene Nudeln für uns alle und erklärte, dass wir sie lieben würden. Währenddessen ging die Unterhaltung um mich herum weiter. Das war nichts Ungewöhnliches für mich. Ich mochte meine Kumpels, hatte aber nie das Bedürfnis viel zu reden. Was ich im Moment wollte, war mit Harper allein zu sein. Da das nicht möglich war, nahm ich, was ich bekommen konnte. Während Daisy mit allen außer Harper und mir herumalberte, schaute ich zu Harper, die mich mit ihrem blauen Blick erwartete.

Mein Schwanz zuckte erneut, aber ich ignorierte ihn. „Ich habe dich nicht mehr im Park gesehen", sagte ich und bereute meine Bemerkung sofort. Ich weiß zwar nicht, warum, aber ich würde wetten, dass Harper kein Interesse daran hatte, noch einmal einen Fuß in den Park zu setzen, wenn das bedeutete, dass sie dem Mann begegnen würde, der sie aus der Ferne vor Angst erstarren ließ. Ich selbst hatte ihn aus der Ferne wiedergesehen. Wären wir allein gewesen, hätte ich vielleicht erwogen, ihn anzusprechen. Aber der Park war voller Jogger, Spaziergänger und anderer Leute, und so hatte ich ihn ignoriert.

Harper schüttelte den Kopf, ihr glänzendes dunkles Haar schwang in ihrem Pferdeschwanz hin und her. „Ich war nicht mehr da. Ich, ähm ..." Sie hielt inne und zog ihre Unterlippe zwischen die Zähne. Verdammte Scheiße. Sie musste damit aufhören, sonst würde mein Schwanz gleich wieder strammstehen. Schon jetzt stand er jedes Mal auf Halbmast, wenn ich in ihrer Nähe war.

Als sich der Moment des Schweigens ausdehnte, fühlte ich mich geneigt, sie zu beruhigen. „Du musst dich nicht rechtfertigen. Ich kann mir schon denken, warum du nicht in den Park gehen willst. Wenn du *doch* gehen möchtest, sag mir einfach, wann, und wir treffen uns dort."

Ich meinte es ernst, doch meine Worte erschreckten mich. Ich war niemand, der drängte oder drängelte. Nein, ich hielt mich eher zurück. Ich mochte Frauen sehr wohl. Ich mochte nur die öffentliche Aufmerksamkeit nicht, die mit dem Versuch verbunden war, sich zu verabreden, wenn man als Sportstar unter dem Mikroskop stand. Damals in London hatte ich einige Vereinbarungen getroffen, die mir sehr entgegenkamen. Ich konnte meine Bedürfnisse befriedigen, die Frauen zufrieden stellen und es aus der Presse heraushalten. Es war nicht so, wie sich das jetzt vielleicht anhört. Ich meine nicht, dass ich Frauen dafür bezahlt habe, Sex mit mir zu haben. Vielmehr hatte ich das Glück, eine junge Witwe kennenzulernen, die absolut nicht auf der Suche nach Liebe war, aber Bedürfnisse hatte, genau wie ich. Meine Verbindung zu ihr führte mich zu einer anderen Frau, die zwar keine Witwe war, aber in einer keuschen Ehe lebte - einer ziemlich öffentlichen Ehe. Wiederum eine Frau, die Bedürfnisse hatte und dieselbe Privatsphäre wünschte, die ich bevorzugte.

Das sollte jetzt nicht so klingen, als wäre es in Ordnung, sich in die Ehe von jemandem einzumischen, denn ganz so war es nicht. Sie hatten aus geschäftlichen Gründen geheiratet, und weil sie beste Freunde waren. In mancher Hinsicht schien es von außen betrachtet, dass sie eine bessere Ehe führten als viele Leute, die ich kannte. Sie respektierten einander und sorgten sich umeinander. Sie betrachteten nur Sex nicht als Teil ihrer Ehe. Das wäre keine Entscheidung, die ich treffen würde, aber es stand mir nicht zu, darüber zu urteilen. Seit ich nach Seattle gezogen war, hatte ich eine kleine Durststrecke hinter mir. Ein oder zwei Besuche in London haben meine Bedürfnisse nicht ganz befriedigt. Also hatte mein Schwanz vielleicht ein paar Meinungen zu diesem Thema.

Bei Harper ging es nicht um einfache körperliche Bedürfnisse. Was die rein körperlichen Bedürfnisse anging, war Harper wie ein Adrenalinstoß für meinen Sexualtrieb - sie allein war die magische Zutat. Habe ich schon verdammt gesagt? Denn, verdammt, ich musste mich in den Griff bekommen.

Bevor ich daran denken konnte, mein Angebot zu revidieren, suchten Harpers Augen mein Gesicht ab. Nach einem Moment zog sie einen Mundwinkel nach oben. „Du würdest mit mir laufen gehen?", fragte sie.

Kaum ein Lächeln von Harper war notwendig, und es fühlte sich an, als käme die Sonne heraus. Abgesehen von der Tatsache, dass ich ihr Lächeln mochte, hatte sie einen entzückenden Mund. Normalerweise war ihr Gesicht fest angespannt, aber wenn sie sich auch nur ein wenig entspannte, tat es auch ihr Mund. Ihre Lippen waren prall und voll. Ich wusste genau, wie sie sich unter meinen anfühlten - weich, üppig und beweglich. Sie neigte ihren Kopf fragend zur Seite, und plötzlich fiel mir ein, dass ich ihr nicht geantwortet hatte.

„Das würde ich", sagte ich.

„Oh", sagte sie. Das einzelne Wort kam in einem Atemzug heraus. Ich konnte ihren Puls an ihrer Kehle schlagen sehen und wollte ihn ablecken. Aber nicht jetzt. Nicht bei den Gesprächen um uns herum und den neugierigen Blicken, die sich sicher in unsere Richtung wenden würden, wenn ich meinem Impuls nachkäme.

„Läufst du jeden Tag?", fragte sie.

„An den meisten Tagen."

„Um wie viel Uhr?"

„Ähm, normalerweise um sechs oder so."

Ihre Augen waren nachdenklich und ihr Blick war wieder nach innen gerichtet. Ich konnte spüren, dass sie nachdachte. „Ich laufe gerne und Stanley auch", sagte sie plötzlich. „Wenn du mir sagst, wann, treffe ich dich dort."

Ich fühlte mich, als hätte sie mir ein Geschenk überreicht. Ich ließ meine Hand in die Tasche meiner Jeans gleiten und holte mein Handy heraus. „Hier, gib deine Nummer ein. Das Passwort ist Queen34." sagte ich und reichte es ihr.

„Du willst, dass ich einfach meine Nummer in dein Handy tippe? Und du sagst mir dein Passwort? Hast du den Verstand verloren?", fragte sie und ihre Überraschung wischte den kontrollierten Ausdruck aus ihrem Gesicht.

Ich zuckte mit den Schultern. „Ich glaube nicht. Ich habe nichts zu verbergen. Gib mir deine Nummer und ich schicke dir morgens eine Nachricht, bevor ich gehe. Ich laufe direkt an deinem Haus vorbei, also können wir uns dort treffen."

„Glaub mir, Harper, Alex hat nichts zu verbergen. Keine unanständigen Bilder, die du auf seinem Handy finden könntest. Wahrscheinlich nicht einmal irgendwelche pikanten Telefonnummern", sagte Liam grinsend.

Harper schaute von mir zu ihm und fing an zu lachen. Daisy zog eine Augenbraue hoch. „Wow, du hast es echt drauf, Alex."

Ich warf ihr einen fragenden Blick zu.

„Harper zum Lachen zu bringen, erfordert besondere Fähigkeiten." Daisys Augen wanderten zu Harper, die gerade mein Passwort eintippte. „Ist es dieses dumme Passwort, das dich zum Lachen bringt? Warum Queen34?", fragte Daisy, und ihr Blick wanderte wieder zu mir.

„Weil ich Queen mag", erklärte ich.

„Die Band?", fragte Daisy als Nächstes.

Als ich nickte, grinste Daisy. „Das ist eine von Harpers alten Lieblingsbands, stimmt's Harper?"

Harpers Augen schweiften von meinem Handy zu Daisy und zu mir, ein langsames Grinsen zog sich über ihr Gesicht. Verdammt. Sie sollte ewig lächeln. So sehr liebte ich es. Einziger Nachteil: Mein Schwanz zuckte ständig. Harpers Lächeln, ihr echtes Lächeln, nicht das höfliche, das ich bisher gesehen hatte, verwandelte ihr Gesicht - ihre Augen hatten ein böses Glitzern, ihr üppiger Mund wurde weicher und ein Grübchen erschien auf einer Wange. „Stimmt. Es ist schwer, eine Band zu finden, die man mit Queen vergleichen kann, vor allem heutzutage", antwortete sie, bevor sie wieder zu meinem Telefon blickte und ihre Nummer in meine Kontakte eintippte.

Harper reichte mir mein Handy zurück, als Daisy

noch etwas sagte, aber ich hörte sie nicht. Falls Daisy mit mir geredet hatte, machte sie weiter und fragte Ethan etwas über irgendetwas. Harper fing meinen Blick auf. „Ich bin immer früh auf den Beinen, aber ich möchte nicht, dass du denkst, dass ich erwarte, dass du mich jeden Tag triffst", sagte sie, wobei sich eine leichte Röte auf ihren Wangenknochen abzeichnete.

Oh, jetzt würde sie mich jeden verdammten Tag sehen. Um ehrlich zu sein, joggte ich fast jeden Tag, es war also nicht ungewöhnlich für mich. Ich war noch nicht bereit, ihr zu sagen, dass ich fest entschlossen war, sie bei jeder sich bietenden Gelegenheit zu sehen, jetzt, wo ich einen Vorgeschmack auf sie bekommen hatte. Ich wollte ihr auch nicht sagen, dass ich entschlossen war, herauszufinden, was sich hinter ihrer kontrollierten Fassade verbarg. Aber ich würde ihr einfach die Wahrheit sagen. „Wie ich schon sagte, bin ich so gut wie jeden Tag dort. Du wirst mich sehen. Du kannst morgen früh eine Nachricht erwarten."

Sie nickte schnell und sah weg, um auf etwas zu antworten, das Olivia gesagt hatte. Wenig später, nachdem wir uns an Nudeln und Getränken ausgetobt hatten, löste sich die improvisierte Versammlung auf. Liam schlenderte an der Seite von Olivia hinaus, seine Hand in der Gesäßtasche ihrer Jeans versteckt. Der Mann war mehr als vernarrt in sie und machte sich nicht einmal die Mühe, es zu verbergen. Daisy und Ethan waren ein paar Minuten zuvor gegangen, Harper direkt nach ihnen. Ich hatte den Drang, ihr zu folgen, unterdrückt. Ich kehrte zum Tisch zurück, um nach einem Abstecher auf die Toilette ein Trinkgeld auf den Tisch zu werfen, und machte mich auf den Weg nach draußen. Es hatte zu regnen begonnen. Es gab viele Dinge, die ich an Seattle mochte, und obwohl ich nicht sagen konnte, dass ich den Regen an sich mochte, machte er mir die meiste Zeit über nichts aus.

Heute Abend hatte ich meine Jacke vergessen, also war es eine kleine Unannehmlichkeit. Da meine Wohnung nur ein paar Blocks entfernt war, wollte ich mir nicht die Mühe machen, ein Taxi zu nehmen. Ich zog den Kopf ein und ging durch den Regen. Als ich mein Gebäude erreichte, war mein Shirt durchnässt, aber ich fühlte mich erfrischt. Am Fuß der Treppe zu meinem Gebäude blieb ich stehen und schaute nach unten. Ein Augenpaar glitzerte im Licht der Straßenlaternen. „Hey Callie", sagte ich zur Begrüßung zu der kleinen Katze, die sich unter der Treppe niedergelassen hatte. Ich hatte sie Callie getauft, weil sie eine Kaliko war und weil ich nicht gedacht hatte, dass sie immer wieder auftauchen würde. Und doch war sie da. Seit zwei Monaten tauchte sie nun schon unter der Treppe auf. Mein Ziel war es, sie mit der bereits erteilten Erlaubnis meines Vermieters ins Haus zu holen. Aber Callie war eher schüchtern. Es hatte über einen Monat gedauert, bis sie so weit war, dass sie nicht mehr davonlief, wenn ich sie begrüßte. Ich schob eine Hand unter die Treppe und hielt sie still. Sie schnupperte vorsichtig daran, weigerte sich aber, sich zu bewegen. Es war feucht darunter, aber sie war vor dem schlimmsten Regen geschützt.

„Was ist da drunter?"

Die Stimme jagte mir einen Schauer über den Rücken. Ich richtete mich auf und sah, dass Harper hinter mir auftauchte. Ihre Wohnung lag zwei Straßen weiter als meine, also war es nur logisch, dass sie auf demselben Weg nach Hause ging. Doch in der ganzen Zeit, in der ich hier wohnte, hatte ich sie noch nie hier gesehen. Sie hatte ihre Kapuze über den Kopf gezogen, das Wasser lief in Rinnsalen an den Seiten herunter und tropfte auf ihre Wangen.

Ich holte tief Luft und sah sie an. „Eine Katze. Sie ist vor einer Weile hier aufgetaucht. Ich hoffe, sie kommt bald ins Haus, aber sie ist ziemlich scheu."

Harper starrte mich einige Augenblicke lang an, bevor sich ein langsames Lächeln auf ihrem Gesicht ausbreitete. Ihr Lächeln wurde zu einem echten Problem. Ich wollte sie an mich ziehen und ihr einen weiteren Kuss auf diese köstlichen Lippen geben.

Kapitel Vier

HARPER

Ich sah zu Alex auf und musste mir das Lachen verkneifen. Dieser Mann, groß und so durchtrainiert, dass jeder Zentimeter von ihm aus Stein gemeißelt zu sein schien, versuchte, eine Katze zu umgarnen. Ich hatte nicht aufhören können, an unseren Kuss zu denken - die Erinnerung daran hatte sich in meinen Körper und mein Gehirn eingebrannt. Dennoch hatte ich mir in der vergangenen Woche eingeredet, dass ich mir die Chemie zwischen uns nur eingebildet hatte. Ich hatte mich definitiv getäuscht. In der Sekunde, in der ich ihn sah, wurde ich daran erinnert, dass er ein regelrechtes Feuer in mir entfachte. Angefangen bei Funken, die drohten, mich in Flammen aufgehen zu lassen.

Er stand vor mir, seine Präsenz war stark und ruhig. Sein Shirt war nass und unterstrich jeden Zentimeter seiner muskulösen Brust und Arme. Er bestand nur aus Muskeln und Sehnen. Wieder einmal wollte ich ihn am ganzen Körper ablecken - er sah so herrlich sexy aus. Ich war es gewohnt, mit Sportlern zusammen zu sein, und fand mich in der Regel von ihnen unbeeindruckt. Als Physiotherapeutin hatte ich täglich mit Patienten zu tun, die sich von verschiedenen Verletzungen erholten. Wenn es um männliche Athleten ging, waren sie oft so arrogant, dass es schon nervte. Alex war ein ganz anderes Kaliber. Trotz seines Status als Profifußballer, der schon international bekannt war, bevor er überhaupt in Seattle landete, nachdem er seiner Mannschaft in England zum Sieg bei der Weltmeisterschaft verholfen hatte, war Alex zurückhaltend. Er vermittelte ein hohes Maß an Selbstvertrauen, aber keine Spur von Arroganz.

Mir wurde klar, dass ich nichts anderes tat, als im Regen zu stehen und ihn anzustarren. Mit einem mentalen Schütteln riss ich meine Gedanken von ihrer lasziven Wendung ab. „Eine Katze, hm? Woher weißt du, dass sie eine Sie ist?", schaffte ich es zu fragen.

Er neigte den Kopf zur Seite und verzog einen seiner Mundwinkel. O. Mein. Gott. Mein Puls schoss in die Höhe, und mein Unterleib krampfte sich zusammen. Ich hatte geglaubt, ich sei endgültig über alles hinweg, was mit Lust zu tun hatte. Doch Alex brauchte nur zu grinsen, und es fühlte sich an, als ob ein Feuerwerk in mir gezündet worden wäre.

„Ich weiß es nicht genau. Sie scheint einfach eine Sie zu sein. Sie hat mich nie nah genug herangelassen, um nachzusehen."

Ich beugte mich hinunter und spähte unter die Treppe, um eine kleine, verwahrloste Katze zu entdecken, die sich unter der untersten Stufe in eine Decke gekuschelt hatte. ‚Sie' war nass, schien es aber bequem genug zu haben. Ich richtete mich auf und sah wieder zu Alex hoch. „Hast du die Decke da drunter gelegt?"

Er hob achselzuckend eine Schulter. „Vielleicht."

Bevor ich es unterdrücken konnte, stieß ich ein kleines Lachen aus. „Es sollte besser nicht bekannt werden, dass der Torwart der Stars so ein Softie ist, dass er eine Decke für ein frierendes Kätzchen auslegt."

Alex zuckte wieder nur unbeeindruckt mit den Schultern. „Mach dich ruhig lustig."

„Hast du versucht, sie mit Futter herauszulocken?"

Er nickte, seine braunen Augen funkelten. „Klar. Sie hat das Futter gefressen, ist aber nicht rausgekommen. Früher ist sie immer weggelaufen, wenn ich in ihre Nähe kam, aber jetzt nicht mehr, also denke ich, dass sie irgendwann reinkommen wird."

Ich nickte gerade, als ein kleiner Windstoß meine Kapuze zurückwehte und mir Nieselregen auf die Wangen prasseln ließ. Ein Auto kam an der Ampel zum Stehen, und ich warf reflexartig einen Blick hinüber, wobei sich mein Magen vor Angst zusammenzog, als ich das Profil des Fahrers sah. Im schattigen Licht der Straßenlaternen leuchtete das Gesicht des Mannes auf. Ich würde Joe Schmidt überall wiedererkennen. Das war nun schon das zweite Mal, dass ich ihn in der Nachbarschaft sah. Ich wünschte, ich hätte gewusst, dass er in der Nähe wohnte, bevor ich den Mietvertrag für meine neue Wohnung unterschrieb. Zum ersten Mal, seit er mich vor vier Jahren vergewaltigt hatte, hatte ich nicht versucht, herauszufinden, wo er war. Ich dachte nicht gern an Joe und hatte schließlich geglaubt, ich hätte Fortschritte gemacht, als ich in eine neue Wohnung zog. Ich wandte den Blick ab und versuchte, die eiskalte Angst, die sich in meiner Brust festsetzte, zu verdrängen.

Ich zog meine Kapuze wieder hoch und konzentrierte mich auf meine Atmung, um ruhig zu bleiben. Alex' Stimme drang in mein Bewusstsein. Ich blickte auf und sah, wie sein Blick von dem Auto an der Ampel, in dem Joe immer noch saß, zu mir zurückschweifte. Wenn er zufällig etwas bemerkte, ließ er sich nichts anmerken. „Wie wäre es mit einem Tee?", fragte er plötzlich.

„Tee? Jetzt?"

„Klar. Es ist kalt und regnerisch. Ich bringe dich danach nach Hause."

Ich konnte es nicht ertragen, ihm zu sagen, dass ich auf einmal nicht mehr allein nach Hause gehen wollte. So unerwartet wie seine Einladung zum Tee auch war, ich nahm sie gerne an. „Tee wäre toll", sagte ich und zwang mich, etwas Fröhlichkeit in meine Stimme zu legen.

Alex legte mir den Arm um die Schultern, als wäre es die natürlichste Sache der Welt, und führte mich die Treppe hinauf. Wenige Augenblicke später folgte ich ihm in seine Wohnung. Ich wusste, dass er diese Wohnung einst mit Liam geteilt hatte, aber ich war noch nie hier gewesen. Bis ich ihm letzte Woche im Park begegnet war, wusste ich nicht, dass er irgendwo in der Nähe meines neuen Zuhauses wohnte. Wir betraten einen richtigen Eingangsbereich mit Schränken auf beiden Seiten und einem gefliesten Boden, was sehr praktisch war, da meine Jacke tropfnass war. Ohne ein Wort zu sagen, hängte Alex meine Jacke an eine Garderobe neben der Tür, nachdem ich sie ausgezogen hatte. Ich folgte seinem Beispiel und zog mir die Schuhe aus, bevor ich ins Wohnzimmer trat. Dort stand eine große Couch vor einem an der Wand montierten Fernseher mit einer gepolsterten Ottomane dazwischen. Hinter diesem Bereich befand sich die Küche, die durch eine halbe Wand abgetrennt war.

Das Wohnzimmer hatte einen Teppichboden in sanftem Grau, während seine Couch anthrazitfarben war. Der einzige Farbtupfer im Raum war eine hellblaue Decke, die über die Rückenlehne der Couch geworfen wurde. Alex warf mir einen Blick zu, als er in Richtung eines Zimmers ging, das anscheinend das Badezimmer war. Vom Wohnzimmer gingen drei Türen ab. Ich stellte fest, dass die anderen beiden Schlafzimmer waren. Bevor ich merkte, was er tat, hatte er sich sein nasses Shirt ausgezogen und es in einen Wäschekorb direkt hinter der Badezimmertür geworfen. Da es nass war, war es nur logisch, das zu tun. Es war nicht schlimm, wenn ein Mann sein Shirt wechselte. Da ich Alex' Leben als Profisportler kannte, wusste ich, dass er wahrscheinlich kein Problem damit hatte, sich vor anderen umzuziehen, da er das tagein, tagaus in der Umkleidekabine tat.

Als er durch die Tür in sein Schlafzimmer ging, wurde mein Mund ganz trocken. Okay. Es ist nicht so, dass ich nicht wusste, dass er gut aussah und gut gebaut war. Ich hatte eine Ahnung davon bekommen, wie umwerfend sein Körper war, als ich ihn geküsst hatte. Das Versagen meiner Vorstellungskraft zeigte sich erst jetzt. O. Mein. Gott. Er war mehr als perfekt. Ich konnte tatsächlich seine Bauchmuskeln zählen. Es waren sechs an der Zahl deutlich sichtbar. Er hatte nicht den Körperbau eines Fußballers, sondern war perfekt durchtrainiert, jeder Muskel war deutlich zu sehen. Selbst sein Rücken war ein Kunstwerk, seine Schultern spannten sich, als er sich zu mir umdrehte, mit einem trockenen T-Shirt in der Hand. Ihm dabei zuzusehen, wie er es sich überstreifte, hätte genauso gut aus einem Porno stammen können. Ich war von der ganzen Sache heiß und erregt.

Unterdessen hatte er keine Ahnung und schielte in meine Richtung, als er in die Küche ging. „Und jetzt der Tee", sagte er und machte eine Geste mit der Hand, damit ich ihm folgte.

Das Nächste, was ich wusste, war, dass ich an einem kleinen runden Tisch in der Küche saß, während er einen Teekessel aufsetzte. Ich konnte kaum glauben, dass ich vor wenigen Minuten einen Mann gesehen hatte, der mich schon viel zu lange aus der Ferne verfolgte. Wie durch ein Wunder hatte ich Joe völlig vergessen, wo ich doch sonst ständig daran dachte. Ich wusste nicht, ob Alex' wahnsinnig starke Wirkung auf mich eine Kombination aus meinem gesteigerten Zustand war oder ob es nur an ihm lag. Auf jeden Fall begrüßte ich die Ablenkung, die er mir bot.

Alex war einige Minuten lang still, bis der Teekessel pfiff. Er schenkte uns zwei Tassen Tee ein, setzte sich mir gegenüber und schob mir eine Tasse über den Tisch. Ich schlang meine Hände darum und genoss die Wärme. Seine Augen landeten auf mir, sein Schokoblick war prüfend. Ich fühlte mich plötzlich unwohl, was ich mit einem großen Schluck Tee überspielte und dabei völlig vergaß, dass das Wasser gerade erst gekocht hatte und ein paar Minuten zum Abkühlen gebraucht hätte. Prustend spuckte ich den Tee über den ganzen Tisch.

Ich sah auf und bemerkte, dass Alex' Schultern leicht zitterten und seine Augen vor Vergnügen funkelten. „Etwas zu heiß?", fragte er mit einem leisen Kichern, während er aufstand, zum Tresen ging und den Tisch mit einem Papiertuch abwischte. Er reichte mir ein sauberes und warf das andere in den Mülleimer.

Nachdem ich mir das Kinn abgewischt hatte, stand ich auf und warf das nasse Papierhandtuch in den Mülleimer. Alex stand an der Theke, die Hände über die Kante gestreckt. „Brauchst du ein trockenes

Shirt?“, fragte er und gestikulierte in Richtung meines Shirts.

Ich warf einen Blick nach unten und seufzte. Nasse Flecken bedeckten den größten Teil der Vorderseite meines Oberteils. Ich war an diesem Abend typisch gekleidet: Jeans und ein Baumwollshirt, diesmal in einem satten Blau und tailliert. Ich sah wieder zu Alex hoch, versuchte, nicht zu erröten, und zuckte mit den Schultern. „Danke für das Angebot, aber das ist nicht nötig.“

Er nickte kaum merklich, seine Augen blieben an meinen hängen. Die Luft um uns herum summte, und Hitze durchflutete mich. Alex brauchte mich nur anzuschauen, und ich wollte ihn. Meine Brustwarzen versteiften sich, und es fiel mir auf, dass es wahrscheinlich ziemlich offensichtlich war, zumal mein Shirt feucht war und an meiner Haut klebte. Ich konnte mich nicht bewegen und stand einfach nur da, vielleicht einen halben Meter von Alex entfernt.

Ich wollte wieder näher an ihn herantreten und seinen harten, muskulösen Körper an meinem spüren. Ich wollte mich in dem wilden Rhythmus dieses Verlangens zwischen uns verlieren. *Du hast wirklich den Verstand verloren. Geh einen Schritt zurück und denk nach. Du kannst nicht …*

Mein Körper, der plötzlich seine eigene Stimme zu haben schien, überlagerte lautstark meine übliche vorsichtige, weise (dachte ich zumindest) Stimme. *Aber warum? Warum solltest du einen Schritt zurückgehen? Der hinreißendste Mann, den du je geküsst hast, steht direkt vor dir. Du weißt, dass du ihm vertrauen kannst.* Vorsicht versuchte, sich Gehör zu verschaffen. *Woher weißt du, dass du ihm vertrauen kannst?* Diese andere Seite von mir, die von dem überwältigenden Wunsch getrieben wurde, alle Facetten des von Alex geweckten Bedürfnisses zu erkunden, antwortete schnell. *Weil du es weißt. Er ist Liams bester Freund und so vertrauenswürdig, dass Liam ihn damit aufzieht. Abgesehen davon kann man es spüren. Er ist ein Fels in der Brandung - stark, ruhig und beständig. Oh, und heiß wie die Hölle. Du hast endlich die Chance, auf die du so lange gewartet hast. Mach was draus.*

Ich sah zu Alex hinüber, während meine Gedanken hin und her schwirrten. Im Moment gewann diese ermutigende Stimme, die nur von dem brennenden Bedürfnis meines Körpers nach Alex bestimmt zu sein schien, eindeutig die Debatte. Ich wollte Alex. Ich wollte ihn unbedingt.

Ich wollte auch die Albträume vertreiben, die ich in den letzten vier Jahren gehabt hatte. Sie hatten an Häufigkeit und Intensität abgenommen, aber sie kehrten immer noch ab und zu zurück. Irgendwie hatte ich mir in den Kopf gesetzt, dass ich, wenn ich den richtigen Kerl finden würde, das beste Abenteuer aller Abenteuer haben und die Kontrolle über mein Leben zurückgewinnen könnte. Ich hatte seit vier Jahren keinen Sex mehr gehabt, und das aus gutem Grund, wenn man bedenkt, was passiert ist. Vergewaltigung zerschlägt das Verlangen mit der Faust. Ich hatte angefangen zu denken, dass ich vielleicht nie wieder Lust empfinden würde. Es war eine seltsame Art von Verlust, eine Leere, die von Wut begleitet wurde. Wut darüber, dass mir etwas gestohlen worden war, vielleicht für immer. Ich wollte es zurückhaben, es wieder für mich beanspruchen.

Dann kam Alex. Ich hatte ihn aus der Ferne beobachtet, als ich ihm bei den Treffen mit Olivia und Liam begegnet war. Er war verlockend gewesen, aber ich hatte weder genug Zeit mit ihm verbracht, noch war ich ihm nahe genug gekommen, um ihn so wahrzunehmen, wie ich es letzte Woche getan hatte. Nur ein paar

Minuten allein mit ihm, und er hatte alle meine Bedenken zerstreut, dass ich nie wieder Lust verspüren würde. Ich wollte ihm die Kleider vom Leib reißen und jeden Zentimeter seines perfekten Körpers erkunden. Ich wollte sehen, wie sich seine Augen wieder verdunkelten, wie sein Blick so heiß wurde, dass ich schon bei einem Blick feucht wurde.

So wie jetzt. Sein dunkler Blick hielt meinen fest, bevor seine Augen nach unten sanken. Er hätte genauso gut meine Brustwarzen berühren können. Sie spannten sich an, standen stramm und verlangten danach, entblößt zu werden. Ich wollte ihm über den ganzen Körper lecken und wünschte mir das Gleiche.

Ich starrte ihn wieder an. Ich wartete darauf, dass dieses Gefühl eintrat, das ich so gut kannte, bei dem ich innerlich beklommen wurde, so beklommen, dass ich kaum atmen konnte und meine Brust sich anfühlte, als würde sie von der Last meiner Angst zermalmt werden. Doch bei Alex stellte sich dieses Gefühl nicht ein. Nur aufgrund meines Bauchgefühls und des Wissens, dass der Verlobte meiner lieben Freundin diesem Mann bedingungslos vertraute, vertraute ich Alex vollkommen.

Die Luft um uns herum war jetzt schwer und spiegelte den Rhythmus unseres Verlangens wider. Ich hielt Alex' Blick fest, während ich den Abstand zwischen uns verringerte und nur einen Wimpernschlag von ihm entfernt stehen blieb. Er neigte seinen Kopf nach vorne, als ich aufblickte.

„Harper, was machst du ...?"

„Ich will dich", sagte ich, und meine Worte klangen schroff. Ich sprach die ungeschminkte Wahrheit aus, denn, nun ja, wenn es um Alex ging, schien das alles zu sein, was ich tun konnte.

Seine Augen weiteten sich leicht. Er starrte mich

an, sein Blick war suchend und verfinsterte sich gleichzeitig. Ich hob eine Hand, weil ich nicht anders konnte, und fuhr mit ihr die Kante seines starken Kiefers entlang. Dieser straffte sich unter meiner Berührung. Sein Blick veränderte sich von heiß zu glühend, ohne dass er ein Wort sagte. Mein Puls raste, und ich konnte kaum noch atmen. Ich fuhr an seinem Hals entlang und über seine Brust, schluckte bei der Berührung der festen, muskulösen Flächen unter meiner Handfläche. Ich wollte seine Haut spüren. Also tat ich es. Ich schob meine Hand unter sein Shirt und seufzte, als ich seine Haut spürte - heiß und glatt. Der Stoff seines Shirts bündelte sich über meinem Handgelenk, als ich es hochschob.

Alex bewegte sich plötzlich und nahm meine beiden Hände fest in eine seiner großen, starken Hände. Die eine hielt meine beiden leicht fest. Mein Blick war nach unten gewandert und dann wieder auf seinen geprallt. Lieber Gott. Wenn es möglich war, sich an einem Blick zu verbrennen, dann war es bei Alex' fast so weit. Meine Haut kribbelte vor Erregung, und heißes, flüssiges Verlangen pochte zwischen meinen Beinen. Ein unbändiges Gefühl drängte sich mir auf. Ich hatte Angst, dass er mich zum Aufhören zwingen würde, und ich konnte es nicht ertragen. Es fühlte sich so gut an, das Geschehen von etwas anderem als meinem kühlen Verstand steuern zu lassen. Es fühlte sich an, als stünde ich am Rande eines Abgrunds, und ich konnte entweder die Kontrolle übernehmen und mich in das stürzen, was vor mir lag, oder zurückbleiben, am Rande taumeln und mich fragen, was ich wohl verpassen würde.

Ich verkrallte meine Hand in seinem T-Shirt und zog ihn näher an mich heran, während ich mich an ihn schmiegte.

„Harper.“

Seine Stimme klang warnend.

Achtlos stellte ich mich auf die Zehenspitzen und zog ihn weiter zu mir hinunter. Er wehrte sich nicht, obwohl er es hätte tun können. Er war bei weitem stärker als ich. Seine Lippen waren nur ein Flüstern entfernt.

„Was?“, fragte ich.

Unruhig bewegte ich meine Beine und spürte dabei die Nässe an der Oberseite meiner Schenkel. Sein heißer Blick hielt meinen fest, suchend und hungrig zugleich. „Was tust du da?“, stieß er hervor.

„Ich. Will. Dich.“ Meine Worte kamen raspelkurz, aber deutlich heraus. Abgesehen davon, dass mir vor Verlangen schwindelig wurde, fühlte ich mich durch Alex ermutigt.

Ich befreite eine meiner Hände aus seinem Griff und legte sie ihm in den Nacken. Ich spürte, wie sein Herz gegen die Hand, die er immer noch in seiner hielt, pochte. Sein Herz schlug hart und schnell, sein Rhythmus war fest und stark und verlieh mir mehr Mut. Wenn ich jetzt nachgedacht hätte, wäre ich durchgedreht bei dem, was ich da tat. Aber ich habe nicht nachgedacht und wollte es auch nicht. Nun, es war nicht so, dass ich überhaupt nicht dachte, nur dass ich nur an eine Sache dachte. An Alex und noch mehr an das Gefühl, das ich hatte, als ich ihn letzte Woche geküsst hatte. Es war eine solche Erleichterung, sich nicht mehr kontrolliert und zurückhaltend zu fühlen, allein dieses Gefühl war schon ein kleiner Rausch. Dazu kam, dass er der attraktivste Mann war, den ich je getroffen hatte, und ich war Feuer und Flamme - innerlich und äußerlich.

Nach einem hitzigen Moment lehnte sich Alex

allmählich zurück. „Okay, aber wir gehen es langsam an", sagte er.

„Warum?", entgegnete ich, fast verärgert über seine Überheblichkeit.

Seine Augen verfinsterten sich und ein Mundwinkel zog sich nach oben. „Weil ich nichts überstürzen will."

Ein Anflug von Unsicherheit stieg in mir auf. Bevor sie eine Chance hatte, meine Gedanken zu beherrschen, schloss er den Abstand zwischen uns, presste seinen Mund auf meinen und raubte mir prompt die Sinne. Er ließ meine Hand los und schob seine Arme um mich, hob mich hoch gegen seinen Körper und drehte mich so, dass meine Hüften auf den Tresen rutschten. Er ergriff meinen Po und zog mich an sich, während er mich heftig küsste - heiße, feuchte, innige Küsse. Nach dem leidenschaftlichen Einstieg in unseren Kuss zog er sich zurück, seine Lippen wanderten langsam an meinem Hals entlang, bis er an meinem Ohr knabberte, was mir einen Schauer über den Rücken jagte. Ein Stöhnen entrang sich mir, und es war mir egal, denn ich wollte nur noch mehr.

Meine Hände glitten unter sein Shirt und seinen Rücken hinauf. Ich hatte noch nie den Rücken eines Mannes beachtet, aber das Gefühl von Alex' Rücken war himmlisch - jeder einzelne Zentimeter seines Rückens war ein geschliffener Muskel, der sich unter meiner Berührung spannte. Während ich mir einen Weg zu seiner Brust bahnte, wanderten seine Lippen an meinem Schlüsselbein entlang und seine Hände fuhren unter meinem T-Shirt meine Seiten hinauf, seine Berührung war federleicht und machte mich wild. Ich wölbte meine Hüften gegen seine und seufzte, als ich seinen Schwanz heiß und steif durch den Jeansstoff an mir spürte. Ich wollte alles, alles auf einmal. Ich lehnte mich zurück, um etwas zu sagen. Er hob den Kopf und seine Augen trafen auf meine, sein Blick war so glühend, dass ich erschauderte. Er hakte seine Hand unter den Saum meines Oberteils und zog es mit einer raschen Bewegung aus. Ich hörte, wie es auf dem gefliesten Boden landete. Die Luft flüsterte über meine Haut und schuf einen kühlen Kontrast zu der Hitze in mir, der mir eine Gänsehaut bescherte.

Mein Atem kam in flachen Zügen und mein Puls raste wild. Alles, was er tat, war mich anzuschauen. Das allein war schon so heiß, dass mein Innerstes pochte und sich meine Hüften ihm reflexartig entgegenwölbten, während die Lust mich durchströmte. Seine Augen fixierten meine, er fuhr mit seinen Fingern an der Unterseite meiner Brüste entlang, meine Brustwarzen zogen sich bei der zarten Berührung schmerzhaft zusammen.

Ich konnte es nicht mehr ertragen, diesen langsamen, neckischen Wahnsinn. Ich musste das hier durchziehen, bevor ich anfing darüber nachzudenken. Ich griff zwischen uns hindurch und begann, seine Jeans aufzuknöpfen.

Blitzschnell packten seine Hände meine. „Nicht jetzt", sagte er, seine Worte waren ein schroffes Flüstern.

„Warum?", fragte ich, frustriert und ungeduldig. Ich wölbte mich ihm erneut entgegen und erlebte einen Anflug von Genugtuung, als sein Atem in einem Zischen herauskam.

„Es geht heute Abend nicht um mich. Nur um dich", stieß er hervor.

Mein Blick wanderte zu ihm zurück. Ich hatte vielleicht seit vier Jahren keinen Sex mehr gehabt, aber ich war keine Jungfrau mehr. Auf dem College hatte ich mich hier und da verabredet und war mir bewusst, dass die meisten Männer Erwartungen hatten, die alle beinhalteten, dass sie im Laufe des Geschehens irgendwo Erlösung fanden. Ich konnte nicht ganz begreifen, was er meinte.

„Was meinst du?"

Meine Pause schien ihm gerade genug Zeit gegeben zu haben, sich wieder zu beherrschen, und seine Worte kamen ruhiger und gemessener heraus. „Nur das. Es geht nur um dich."

Ich konnte immer noch nicht begreifen, was er meinte. Um ehrlich zu sein, war ich von einer so starken Lust ergriffen, dass ich mich kaum noch beherrschen konnte. Mit Alex' fast perfektem Körper, der sich an meinen presste, und seinem heißen Blick, der auf meinem ruhte, konnte ich nicht gut denken. Überhaupt nicht. „Ich verstehe es nicht", sagte ich schließlich.

„Lass es mich dir zeigen", sagte er nach ein paar weiteren Momenten, in denen ich darüber nachdachte, ob es tatsächlich möglich war, einen Orgasmus zu haben, ohne berührt zu werden. Mein Höschen war durchnässt und mein Kanal krampfte sich zusammen. Jede noch so subtile Bewegung seines Schwanzes gegen mich - durch meine und seine Jeans hindurch - war so heiß, dass ich kurz vor der Erlösung stand.

Er schob seinen Daumen unter den Verschluss meines BHs und senkte seinen Kopf, um mit seiner Zunge über eine Brustwarze zu streichen. Es fühlte sich so gut an, so verdammt gut, dass ich aufschrie und mich in sein Haar krallte. Ich verfiel in einen Rausch aus Verlangen und Gefühlen, als er fortfuhr, wild an meinen Brustwarzen zu lecken, zu saugen und zu knabbern. Ich streckte ihm meine Hüften entgegen, als er mir den Reißverschluss herunterzog und mit einer Hand meinen Schamhügel berührte. Unruhig wölbte ich mich ihm entgegen, und ein stöhnender Seufzer entrang sich mir, als er einen Finger über die feuchte Seide meiner Unterwäsche hin und her zog.

Er küsste mich zwischen den Brüsten und entlang meines Halses, bevor er den Kopf hob.

„Harper."

Auf sein schroffes Kommando hin riss ich die Augen auf und traf auf seinen feurigen Blick, der mich erwartete.

Ich konnte nicht sprechen, also starrte ich ihn einfach an und schrie fast auf, als er einen Finger unter den Rand meines Höschens schob und durch meine Schamlippen strich. Ich war glitschig vor Verlangen und stand am Rande meines Höhepunkts. Meine Augen fielen mir langsam zu.

„Sieh mich an", sagte er. Wieder waren seine Worte sanft und schroff, doch seine Erwartung war klar.

Es fiel mir schwer, ihn anzuschauen. Der Moment war auf eine Weise überwältigend, die ich kaum fassen konnte. Seit vier Jahren war ich mit niemandem mehr so richtig intim gewesen. Davor ... hatte weniger als eine halbe Stunde mein Leben zerstört, und ich hatte nicht gewusst, ob ich es jemals wieder wagen würde, auch nur an Sex zu denken. Alex hatte mir bereits das Geschenk gemacht, an Sex zu denken, aber in der kurzen Woche seit unserem Kuss war ich mir nicht sicher gewesen, ob ich den Mut haben würde, weiterzugehen. Doch jetzt waren wir hier. Ich hatte keine Angst. Ich fühlte mich sogar so wohl mit ihm, so ausgelassen in der Lust zwischen uns, dass mir die Behaglichkeit selbst in gewisser Weise Angst machte. Ich hatte diese Intimität mit ihm nicht erwartet, diese Nähe, in der ich mich in jedem Moment mit ihm verlieren wollte.

„Ich möchte sehen, wie du kommst", sagte er.

Seine Worte trafen mich mitten ins Herz. In dem Moment, als er das sagte, schob er einen Finger bis zum Anschlag in meine Muschi. Mein Höhepunkt durchfuhr mich langsam, entlud sich in Spiralen der Lust und ließ mich erschaudern. Ein weiterer Finger gesellte sich zu dem ersten - er glitt in meine Muschi hinein und wieder heraus. Es dauerte nicht lange und ich ließ mich von dem heftigsten Verlangen, das ich je empfunden hatte, mitreißen. Unter seinem dunklen Blick beschleunigte sich die Entfesselung, bis ich aufschrie und ein scharfer Lustschauer mich erschütterte. Mein Kanal pochte um seine Finger herum. Mein Kopf fiel nach vorne und sackte gegen seine Brust, während ich versuchte, wieder zu Atem zu kommen.

Einige Augenblicke lang hörte ich nichts als das Pochen meines Herzens. Als sich mein Puls schließlich verlangsamte und meine Atmung sich wieder normalisierte, schoss mir ein konkreter Gedanke durch den Kopf. Was hatte ich gerade getan?

Ähm. Ziemlich offensichtlich. Du hattest gerade den besten Orgasmus deines Lebens durch die Hände von Alex Gordon, dem supersexy Fußballstar.

Meine abfällige Seite wies auf die unglaublich offensichtlichen Umstände hin. Okay, als ich noch mutig und rücksichtslos war, wollte ich das hier. Eigentlich wollte ich viel mehr. Jetzt fühlte ich mich entblößt und verletzlich. Ich schluckte gegen die Angst und die Ungewissheit an, die sich in mir aufbauten, und zwang mich, mich darauf zu konzentrieren, wie ich mich fühlte, wenn ich mir nicht das Hirn zermarterte. Ich fühlte mich ... gut. Wirklich gut. Irgendwann in den letzten Minuten hatte Alex seine Hand aus meiner

Jeans gezogen und sie zugemacht. Sein Kopf lag in der Wölbung meines Halses, und er war still. Ich konnte seinen Schwanz - hart und heiß - an meinem Körper spüren und fragte mich, ob er es wirklich ernst meinte, dass es dieses Mal nur um mich ging. Ich hob meinen Kopf und griff zwischen uns hindurch, um mit meiner Hand über seinen Schwanz zu fahren. Sein Kopf schnellte hoch und seine Augen trafen sofort auf meine.

„Harper."

Wieder lag eine Warnung in seinem Tonfall.

Ich konnte es nicht verhindern. Er machte mich neugierig, also packte ich seinen Schwanz durch den Jeansstoff hindurch und streichelte auf und ab. Sein Atem kam in einem Zischen heraus, und er wich schnell zurück. Bevor ich etwas sagen konnte, hatte er den Abstand, den er gerade zwischen uns geschaffen hatte, wieder aufgehoben und streckte seine Hände aus, um meinen BH wieder zu schließen. In Sekundenschnelle hatte er mein Shirt vom Boden aufgesammelt und reichte es mir. Ich war so erschüttert - und zwar nicht auf die schlimme Art -, dass ich es einfach anzog und mich fragte, warum er sich mit seiner eigenen Befriedigung zurückhielt, wo es doch ganz offensichtlich war, dass er erregt war.

Er stand vor mir, seine gemeißelten Züge angespannt. „Willst du noch etwas Tee?", fragte er schließlich.

„Ich möchte wissen, warum du dich zurückhältst." Ich war aufrichtig neugierig.

Er schwieg ein paar Sekunden lang, bevor er sagte: „Wie ich schon sagte, ich mag keine Eile."

Ich starrte ihn an, so viele Fragen schwirrten mir durch den Kopf, dass ich mich nicht auf eine einzige festlegen konnte.

„Glaube nicht, dass dies eine einmalige Sache ist. Vertrau mir."

Das tat ich. Also ich vertraute ihm. Voll und ganz. Er konnte nicht wissen, wie viel das bedeutete. Die absolute Zuversicht, die ich in meinem Vertrauen zu ihm hatte, erschütterte mich aus Gründen, die ich jetzt nicht zu erörtern wagte.

„Okay", antwortete ich schließlich und kämpfte mit meiner inneren Unruhe.

Ich hangelte mich vom Tresen und richtete meine Kleidung. „Wie wäre es, wenn wir das mit dem Tee verschieben? Ich sollte wahrscheinlich nach Hause gehen."

„Ich begleite dich."

Fast automatisch sagte ich ihm, dass er mich nicht nach Hause zu begleiten brauchte. Dann wurde mir klar, dass ich es wollte. Unbedingt. Aus Gründen, die nichts mit alten Albträumen und dem Mann dahinter zu tun hatten. Der Mann, den ich gesehen hatte, bevor ich in Alex' Wohnung kam, und den ich in der Zwischenzeit völlig vergessen hatte.

Alex begleitete mich nach Hause, die ganze Treppe hinauf bis zu meiner Tür. Er wartete, bis ich drinnen war, und küsste mich dann noch einmal. Ein Kuss. Ein Streicheln seiner Zunge gegen meine. Das war's, und ich wäre fast an der Tür zusammengebrochen, nachdem er gegangen war.

Kapitel Fünf

ALEX

„Kumpel, du musst lockerer werden", sagte Ethan mit einem Zwinkern, bevor er sich eine Wasserflasche von der Bank neben ihm schnappte und daran nippte.

Ich widerstand dem Drang, ihn anzustarren und rollte stattdessen mit den Augen. „Und warum das?", konterte ich.

Ethan leerte die Wasserflasche fast aus, bevor er sie abstellte, zu mir blickte und sich mit dem Ärmel über das Gesicht strich. Wir waren beim Training in einer Pause für die Defensive, während der Coach mit der Offensive arbeitete. Ethan hielt meinem Blick einen Moment lang stand, bevor er zu Boden blickte und die Wasserflasche müßig zwischen seinen Knien im Kreis schwenkte. „Seitdem wir letzte Woche verloren haben, bist du verdammt ernst. Du machst den Jungs, die dich nicht so gut kennen, Angst."

Ich hatte gemeinsam mit drei Spielern aus England - Liam, Ethan und Tristan - bei den Seattle Stars unterschrieben. Tristan spielte im Angriff neben Liam, während Ethan mit mir in der Verteidigung spielte. Wir waren jetzt schon über ein Jahr hier, aber es stimmte, dass meine Kumpels aus London mich besser kannten. „Ich mache ihnen Angst?", fragte ich zurück.

„Ja. An deinen besten Tagen bist du sehr ruhig. Ich habe den Jungs schon erzählt, dass ich nicht glaube, dass du wegen unserer Niederlage so zerknirscht bist. Ich habe schon mal mit dir gespielt, also weiß ich, dass du weißt, dass das zum Spiel gehört. Ich habe ihnen nicht gesagt, was ich wirklich denke", sagte er mit einem verschmitzten Grinsen.

Ich funkelte ihn jetzt an. „Und was soll das sein?"

„Mann, du hast Harper neulich Abend so angestarrt. Ich habe noch nie gesehen, dass du ein Mädchen so anschaust", sagte er und sein Grinsen wurde noch breiter.

Ich konnte mir das Lachen nicht verkneifen, das aus meiner Brust dröhnte. „Und was hat das damit zu tun, dass ich zu ernst aussehe?"

Ethan zwinkerte mir in seiner typisch zurückhaltenden, neckischen Art zu. „Sie hat dich ganz schön um den Finger gewickelt. Ich kenne dich schon seit Jahren, Kumpel. Du gehst fast nie mit Frauen aus. Oh, ich weiß, du hattest damals in London deine Abmachungen, aber die waren eher geschäftlich als romantisch. Die Art, wie du Harper angesehen hast - das war etwas anderes. Wenn du mich fragst, brauchst du etwas Spaß. Sie könnte dir helfen, dich zu entspannen."

Ich starrte ihn an und spürte, wie sich mein Kiefer anspannte. Verflucht, Ethan hatte irgendwie genau herausgefunden, was mich bedrückte. Nach der letzten Nacht war ich mehr als verkrampft. Ich hatte es geschafft, Harper nach Hause zu bringen und mich von ihr zu verabschieden, ohne ihr die Kleider vom Leib zu reißen und direkt im Flur vor ihrer Wohnung in ihr zu versinken, aber meine selbst auferlegte

Kontrolle hatte ihren Preis gehabt. Seitdem war ich verdammt schlecht gelaunt. Aber das wollte ich Ethan gegenüber nicht zugeben. Nicht hier und schon gar nicht jetzt.

Stattdessen zuckte ich mit den Schultern. „Vielleicht mag ich sie. Wie wär's, wenn du dir deine Amateur-Psychoanalyse sparen würdest?"

Ethan zwinkerte mir noch einmal zu, trank den letzten Schluck Wasser und warf die leere Flasche in den Papierkorb am Ende der Bank. „Wird gemacht, Kumpel." Er stand auf und begann wegzugehen, bevor er innehielt und sich noch einmal umdrehte.

„Nicht, dass du fragst, aber sie hat auch ein Auge auf dich geworfen."

Ich fuhr mir mit der Hand durch die Haare, seufzte und beschloss, nicht auf Ethans Sticheleien einzugehen. Das war nichts Neues für ihn. Ethan gehörte nicht zu den Typen, die mich mit ihrer Art, Frauen wie einen anderen Sport zu behandeln, in den Wahnsinn trieben. Vielmehr war er ein Typ, der das Flirten auf die Spitze trieb. Er scheute Verpflichtungen und liebte es, andere zu ärgern. Jetzt, da Liam mit Olivia verlobt war, genoss Ethan es, ihn damit aufzuziehen, wie schnell Liam gefallen war. Liam war so hoch in den Wolken, dass es ihn nicht einmal interessierte.

Meine Gedanken drehten sich um Harper - die zurückhaltende Harper, die mich in der letzten Nacht mit ihrer Kühnheit umgehauen hatte. Ich wollte hinter die unsichtbaren Mauern sehen, die sie schützten, und das hatte ich auch. Als ihre wunderschönen blauen Augen die meinen fixierten, als sie sich ihrem Höhepunkt näherte, als ihre Muschi um meine Finger pulsierte ... Verdammt, ich wäre fast in meiner Jeans gekommen. Hinter ihrem ruhigen, kontrollierten

Auftreten verbarg sich eine Frau von wilder Leidenschaft.

Irgendwie wusste ich, dass ich immer noch lange nicht all ihre Schichten abgestreift hatte. Ich hatte es ernst gemeint, als ich ihr sagte, ich wolle nichts überstürzen. Das wollte ich nie, aber bei ihr ging es um mehr als das. Ich wollte mehr als nur den gegenseitigen Austausch von Lust mit ihr teilen. Ich musste an die Zeit zurückdenken, als wir im Regen gestanden hatten und das Auto an der Ampel hielt. Es war nicht ganz so wie damals im Park, als sie fast erstarrt war. Aber in ihren Augen flackerte etwas auf. Dann hat sie mich um den Verstand gebracht und mich an den Rand meiner Kontrolle gedrängt.

Kalte Duschen und die mechanische Erleichterung, die ich mir verschaffen konnte, konnten das brennende Verlangen nach ihr nicht stillen. Mein Coach rief meinen Namen und riss mich damit aus meinen Gedanken. Als ich auf das Spielfeld zurückging, überlegte ich, wann ich sie wiedersehen würde. Sie und Stanley hatten mich in den letzten beiden Tagen bei meinem Morgenlauf begleitet, aber sie sprach nicht über das, was in der letzten Nacht zwischen uns passiert war. Das tat ich auch nicht. Aber ich würde nicht mehr lange warten. Einfach nur, weil ich nicht wusste, ob ich es konnte.

„Was meinst du, Alex? Blau oder grün?", fragte Liam und hielt eine Papierkarte hoch.

„Wie bitte?", fragte ich, verwirrt über seine Frage.

Olivia war gerade an dem Küchentisch vorbeigegangen, an dem ich Liam gegenübersaß, und hatte eine Reihe von Karten vor ihm auf dem Tisch aufgefächert.

Sie hatte kein Wort gesagt und war weiter in die Küche gegangen, wo sie sich ein Glas Wein einschenkte und zu uns herüberrief. „Noch ein Bier, Jungs?“

Bevor ich ihr antworten konnte, tat Liam es. „Zwei bitte“, rief er über die Schulter, wobei sein Blick zu mir zurückschwenkte. Er senkte seine Stimme. „Sag mir einfach, blau oder grün. Das sind unsere Hochzeitseinladungen, und sie will, dass ich bei der Auswahl der Farbe helfe.“

Ich gluckste, griff über den Tisch und zog die Karten näher an mich heran. Auf jeder Karte stand ein Beispieltext in verschiedenen Schriftarten und zwei Farben. „Blau. Eindeutig blau.“ Sofort kamen mir Harpers wunderschöne Augen in den Sinn. Ich hatte sie heute Morgen fast gegen einen Baum geworfen. So schlimm war es geworden. Jeden Morgen traf sie sich mit mir, und doch waren diese Mauern wieder hochgezogen worden, stabiler als je zuvor. Ich verdrängte meine Gedanken an sie und widmete mich dem Thema von Liams und Olivias Hochzeitseinladungen. „Ich glaube, du sollst auch die Schriftart aussuchen, Kumpel.“

Liams Augen huschten zu meinen, gerade als Olivia den Tisch erreichte und zwei Biere abstellte. Sie sah zwischen uns hin und her, ihr grüner Blick war abschätzend. Auf den ersten Blick hatte es mich überrascht, dass Liam sich in sie verliebt hatte. Sie war schön, keine Frage, aber nicht wie die üblichen lebenslustigen, lässigen Frauen, mit denen Liam ausgegangen war, bevor er sie kennenlernte. Olivia trug ihre dunklen Locken meist zu einem Dutt gebunden und eine Brille. Auf den ersten Blick wirkte sie sehr sachlich. Mit Liam war sie genauso schlimm wie er selbst. Die Hälfte der Zeit musste ich sie daran erinnern, dass sie nicht allein waren. Ich war mehr als froh, dass Liam sie gefunden hatte. Er hatte ein hartes Jahr hinter sich, bevor wir bei den Stars unterschrieben hatten. Seine Mutter starb an einem Schlaganfall, und er war so abgelenkt, dass er beim Spielen nicht mehr ganz bei der Sache war und unsere Mannschaft in London deshalb ein wichtiges Spiel verlor. Die Begegnung mit Olivia hatte ihn aus dem Nebel seiner Trauer gerissen.

Olivia schaute von mir zu Liam. „Wie immer passt Alex besser auf. Ich muss auch wissen, welche Schriftart du magst. Nicht nur die Farbe", sagte sie mit einem gespielten Seufzer.

Liam begegnete meinem Blick und verdrehte die Augen. „Also gut." Er blickte zu Olivia auf, schlang seine Arme um ihre Taille und zog sie auf seinen Schoß. „Deshalb ist er mein bester Kumpel. Ihm entgeht kein Detail."

Olivia errötete, als Liam sich schamlos seinen Weg an ihrem Hals entlang küsste. Sie rutschte von seinem Schoß. „Ach du meine Güte! Mit dir kann ich nirgendwo hingehen."

„Wir sind zu Hause!", protestierte Liam.

Olivia schüttelte den Kopf und schenkte mir ein verlegenes Lächeln. „Alex hat ein gutes Urteilsvermögen. Wenn er meint, dass Blau am besten aussieht, dann machen wir das. Welche Schriftart gefällt dir?", fragte sie mich als Nächstes.

Nach einigem Hin und Her über die Schriftarten sammelte Olivia die Karten ein und legte sie wieder in einem Stapel auf die Ecke des Küchentischs, bevor sie sich zu uns an den Tisch setzte. Sie plauderte über ihren Tag und schaute dann zu mir. „Ich habe gehört, dass du mit Harper laufen gegangen bist."

Ihre Aussage war ein abrupter Themenwechsel.

Einen Moment lang war ich verblüfft. Nach einem kurzen Moment nickte ich. „Ja, das stimmt."

Ich spielte mit dem Gedanken, Olivia nach Harper zu fragen, aber ich war mir nicht sicher, was ich fragen wollte. Nun, das war nicht ganz richtig. Ich wollte *alles* über Harper wissen, aber ich hatte Angst, dass das verraten könnte, wie stark ich mich zu ihr hingezogen fühlte.

Olivia sah mich einen langen Moment lang an, ihre Augen musterten mich. „Gut."

Ich spürte, dass etwas hinter ihrer Bemerkung steckte, aber wenn ich nur wüsste, was. „Warum interessiert es dich, ob ich mit Harper joggen gehe, wenn ich fragen darf?"

Olivia zeichnete einen Kreis um den Boden ihres Weinglases, bevor sie mit den Schultern zuckte, so als würde sie mit sich selbst reden. „Nun, du wirst es entweder von mir oder von jemand anderem erfahren. Harper ist schon seit ein paar Jahren nicht mehr draußen joggen gewesen. Du wusstest es wahrscheinlich nicht, aber sie war auf dem College ein Leichtathletik-Star. Sie ist Cross-Country gelaufen und war in der nationalen Rangliste."

So etwas hätte ich mir denken können. Harper hatte mühelos mit mir Schritt gehalten und lief, als hätte sie schon viele Jahre des Trainings hinter sich. Ich wusste allerdings nicht, warum das so wichtig war. „In Ordnung. Und ...?"

„Nun, es ging alles in die Brüche, als wir in der Oberstufe des Colleges waren. Sie wurde von einem Typen von einer anderen Universität vergewaltigt. Schlimmer noch, es passierte, als sie auf dem Campus joggen war. Es war überall in den Nachrichten. Es ist nicht so, dass sie versucht, es geheim zu halten, aber es ist auch nicht so, dass sie gerne darüber redet", sagte Olivia leise.

Olivias Worte trafen mich wie ein Blitz, so heftig, dass ich innerlich zusammenzuckte. Jemand hatte Harper vergewaltigt? Verdammte Scheiße. Zu meinem Schock gesellte sich Wut, roh und kalt. Ich wollte hier rausrennen und den Mann finden, der ihr wehgetan hatte, und ihm den gleichen Schrecken einjagen. Das heißt nicht, dass ich den Kerl vergewaltigen wollte, aber ihn besinnungslos zu prügeln, würde vielleicht, ja vielleicht, ausreichen. In den wenigen Sekunden, die vergingen, seit Olivia diese kleine Bombe platzen ließ, vergaß ich alle Versuche, meine Gefühle für Harper zu verbergen. Es war nicht so, dass es mich besonders interessierte, was Liam wusste. Vielmehr wollte ich Zeit haben, die Dinge zu erkunden und zu sehen, wohin sie führten. Ich war mir sehr bewusst, wie schnell mir die Medien auf den Fersen sein konnten. Seit wir in den USA waren, war es etwas besser geworden. In Großbritannien wurde der Fußball, wie so ziemlich überall auf der Welt, geradezu verehrt. Die Spieler wurden dort von den lokalen Medien verfolgt. Ich hatte es damals geschafft, der Aufmerksamkeit zu entgehen, und hoffte, dass dies auch jetzt der Fall sein würde.

Was auch immer in meinem Gesicht zu sehen war, veranlasste Liam dazu, sich in seinem Stuhl aufzurichten und seine Augen zu verengen. Ich schüttelte die Wut in mir ab und sah Olivia an. „Was zum Teufel? Wer ist er?", verlangte ich zu wissen.

Olivias Augen weiteten sich, bevor ihre Miene weicher wurde. „Alex, es geht ihr gut. Es ist vier Jahre her. Es wird ihr nicht guttun, wenn du dich deswegen aufregst." Sie warf einen Blick zu Liam. „Du hast es ihm nicht erzählt?", fragte sie ihn.

Liams wachsamer Blick blieb an meinem hängen, bevor er zu Olivia schwenkte. „Nein. Es ist ja nicht so, dass wir viel über deine Freunde reden. Ganz zu schweigen davon, dass es ein verdammt beschissenes Thema ist. Es ist furchtbar, was passiert ist", erwiderte er, bevor er wieder zu mir sah. „Es kotzt mich auch an, Kumpel, aber mach mal halblang."

Ich merkte, dass er herauszufinden versuchte, was mit mir los war. Ich wäre stinksauer, wenn ich hören würde, dass eine Frau auf irgendeine Weise verletzt wurde. Aber wir sprachen hier von Harper. Innerhalb weniger Wochen hatte sich mein Interesse an ihr von einer bloßen Neugierde zu weit mehr entwickelt. Bei Liams nächster Bemerkung war ich erleichtert.

„Ich habe es dir gesagt, Liebes. Alex würde die ganze weite Welt beschützen, wenn er könnte. Er ist ein Tier. Weißt du noch, wie ich dir erzählt habe, dass er sich Sorgen um dich gemacht hat, als wir anfingen, uns zu treffen? Zu hören, dass eine deiner Freundinnen vergewaltigt wurde, ist eine Million Mal schlimmer", sagte Liam.

Normalerweise würde er jetzt grinsen, aber das hier war nicht lustig. Nichts an einer Vergewaltigung war lustig. Ich fuhr mir mit der Hand durch die Haare und nahm einen kräftigen Schluck von meinem Bier. Ich mochte es verdammt noch mal nicht, so wütend zu sein, ohne meine Wut auf etwas richten zu können. Ich dachte zurück an den Tag, an dem ich Harper im Park begegnet war, an den Tag, an dem sie mich wenig später zum ersten Mal geküsst hatte. Ich konnte nicht umhin, mich zu fragen, ob der Mann, den wir gesehen hatten, derselbe Mann war, der sie vergewaltigt hatte.

Ich sah Olivia an und fragte: „Was ist mit dem Mann passiert?"

Ihr Blick verfinsterte sich und ihr Mund wurde

schmaler, Wut und Resignation zeichneten sich in ihrem Gesicht ab. „Nun, er war auch Leichtathlet. Er besuchte eine andere Universität, aber die war genau hier in Seattle. Harper macht keinen Hehl daraus, was passiert ist, wenn jemand danach fragte, aber sie hat nie viel über die Details gesprochen, nachdem es passiert war. Ich habe mehr aus den Zeitungen erfahren als von ihr. Ich glaube nicht, dass es dir hilft, wenn du dich über etwas aufregst, gegen das du nichts tun kannst."

„Erzähl mir, was passiert ist", sagte ich und versuchte, die Wut aus meiner Stimme herauszuhalten. Ich war nicht wütend auf Olivia, aber verdammt, ich musste wissen, was mit dem Kerl passiert war.

Ihre Augen huschten zu Liam.

„Liebes, sag ihm einfach, was du weißt. Wenn du es nicht tust, wird Alex die Einzelheiten selbst herausfinden, also kannst du ihm die Mühe auch gleich ersparen", sagte Liam.

Da hatte er verdammt recht. So wie es aussah, würde ich dem Kerl so schnell wie möglich auf die Spur kommen.

Olivia nahm einen Schluck Wein und betrachtete mich. „Du bist ein guter Mann, Alex Gordon", sagte sie leise.

Ich nahm einen weiteren kräftigen Schluck von meinem Bier und ließ meine Hand in der Luft kreisen. „Richtig, richtig. Erzähl weiter und sag mir, was mit dem Bastard passiert ist."

„Er wurde verhaftet und angeklagt, aber er hat sich einen guten Anwalt genommen und gekämpft wie der Teufel. Am Ende wurde die Anklage fallen gelassen. Ich müsste die Details nachschlagen. Er saß zwei Monate im Gefängnis und wurde dann entlassen. Er musste sich nicht einmal als Sexualstraftäter registrieren lassen." Sie schüttelte darüber wütend den Kopf, und Tränen stiegen ihr in die Augen. „Harper ist eine meiner besten Freundinnen. Was er getan hat, war furchtbar, und am Ende war es für ihn kaum ein Rückschlag. Er wurde zwar aus der Mannschaft geworfen, aber er konnte trotzdem seinen Abschluss machen."

„Wo ist er jetzt?", fragte ich, meinen Fokus wie einen Laser auf die Gegenwart gerichtet.

Olivia holte tief Luft und stieß sie mit einem schweren Seufzer wieder aus. „Er arbeitet in irgendeinem Finanzunternehmen in Seattle. Ich versuche, ihn im Auge zu behalten. Da er sich nicht als Sexualstraftäter registrieren lassen muss, weiß ich nicht, wo er wohnt, und er bemüht sich sehr, sein Online-Profil auf ein Minimum zu beschränken."

„Wer ist er?"

Liam blieb ruhig, aber ich merkte, dass er meine Wut spürte.

„Sein Name ist Joe Schmidt", sagte Olivia und ließ ihren besorgten Blick über mein Gesicht gleiten. „Versprich mir, dass du nichts unternimmst. Da gibt es nichts zu erledigen. Er wurde angeklagt und verurteilt, auf welche dummen Anklagen sie sich auch immer geeinigt haben. Die ganze Ermittlung hat Harpers eine Zeit lang das Leben schwer gemacht. Sie war unglücklich, und es war einfach nur schrecklich. Sie hat weitergemacht. Ich meine, ich habe mich gefragt, ob sie jemals wieder draußen laufen würde und jetzt läuft sie mit dir. Deshalb bin ich froh darüber, aber ich verstehe, warum du sauer bist. Glaub mir, jedes Mal wenn ich darüber nachdenke, will ich losschreien. Aber lass Harper einfach weiter machen. Bitte."

Olivias sanfte Worte durchdrangen die Wut, die sich in mir zusammenbraute. Ich schloss die Augen und atmete langsam ein, ich hatte gar nicht bemerkt, dass ich eine Faust geballt hatte. Ich lockerte meinen Griff, lehnte mich in meinem Stuhl zurück und als ich die Augen öffnete, sah ich zwei besorgte Blicke auf mich gerichtet. „Stimmt. Ich weiß, dass du recht hast", sagte ich und richtete meine Worte an Olivia. „Das ändert aber nichts an der Tatsache, dass es verdammt beschissen ist. Es ist ein Schwachsinn, dass der Kerl nur zwei Monate im Knast verbracht hat. Wie schlimm ..." Ich zwang mich, mit den Fragen aufzuhören. Ich würde sie mir für ein anderes Mal aufheben, oder die Antworten selbst herausfinden.

Olivia griff nach meiner Hand und drückte sie. „Du siehst Harper so, wie sie jetzt ist. Sie ist stark, gesund und in Ordnung. Es geht ihr wirklich, wirklich gut. Es gibt nur noch eine Sache, die ich mir für sie wünschen würde."

„Und das wäre?", fragte ich reflexartig.

„Ich möchte, dass sie jemanden findet. Seitdem es passiert ist, hatte sie noch nicht einmal ein Date. Sie ist so fantastisch, aber ich weiß nicht, ob sie überhaupt darüber nachdenkt." Olivia blickte zwischen uns hin und her. „Ich meine, oder nicht? Sie ist hübsch und klug und witzig und ..."

Liam griff nach Olivias Hand und hob sie für einen Kuss an seinen Mund. „Natürlich ist sie das. Aber ich denke, du musst es Harper überlassen, diesen Schritt zu wagen."

In der Zwischenzeit saß ich fassungslos da, meine Gedanken kreisten um die Enthüllungen und ich fragte mich, was ich von dem halten sollte, was zwischen Harper und mir passiert war.

Kapitel Sechs

HARPER

Ich joggte mit Stanley an meiner Seite die Treppe zur Eingangstür meines Hauses hinunter. Es war nur eine Kleinigkeit, aber ich liebte es, wie sich die Treppe an der Wand entlang schlängelte. Es fühlte sich immer so an, als würde ich langsam eine Rutsche hinunterrutschen, und dann durch die Eingangstür hinausgleiten. Ich hatte ein leichtes Glücksgefühl in mir, weil ich wusste, dass ich gleich hinausgehen und Alex zu einem weiteren Lauf treffen würde. Nachdem er mich eingeladen hatte, morgens mit ihm laufen zu gehen, hatte ich mich schnell daran gewöhnt, ihn täglich zu treffen. Ohne dass er es wusste, hatte er mir mit seinem Angebot ein kleines Geschenk gemacht. Früher bin ich ständig draußen gelaufen, stundenlang, jede Woche. Doch nach einem frühmorgendlichen Lauf in jener Zeit, in der das Licht die Dunkelheit noch nicht ganz vertrieben hatte, verlor ich die Freude daran. Die Begegnung mit Joe damals hatte sie mir geraubt. Joe, der irgendwo in der Nähe zu wohnen schien. Joe, dessen bloße Anwesenheit mich für immer davon hätte abhalten müssen, in den Park zurückzukehren.

Ich hasste es, ihn in der Nähe zu wissen, aber bei Alex fühlte ich mich sicher, und ich hatte das Laufen so vermisst. Alex hatte tiefe Wogen in mir aufgewühlt. Er ließ mich glauben, dass ich mir zurückholen könnte, was mir gestohlen worden war. Es war nicht nur die Tatsache, dass er mich so heiß machte, dass ich vergaß, dass ich einmal gedacht hatte, ich würde nie wieder Sex haben wollen. Er brachte mich auf den Gedanken, dass ich den Einfluss, den Joe auf mich hatte, vielleicht verbannen könnte. Die Tatsache, dass ich überhaupt noch draußen lief, war ein kleines Wunder. Ich hatte nie mit dem Laufen aufgehört, aber ich hatte mich auf ein Laufband zurückgezogen. Obwohl die Mechanik ziemlich ähnlich war, hatte ich die Freude und Belebung der frischen Morgenluft sowie den Sonnenaufgang schmerzlich vermisst.

Ich erreichte die Eingangstür und blickte zu Stanley. Seine blauen Augen begegneten meinen, und er stupste meine Hand mit seiner Nase an. Auch Stanley liebte es zu laufen. Man konnte mit Sicherheit sagen, dass er Alex vergötterte und unsere morgendlichen Läufe mittlerweile erwartete. Er drückte seine Nase an eine der kleinen Fensterscheiben an der Seite der Tür. Ein Blick nach draußen verriet mir, dass Alex noch nicht da war. Ich schaute auf meine Uhr, als Stanley ein leises Wuff von sich gab. Gerade als ich mich fragte, worauf er reagierte, kam Alex in Sichtweite angeschlendert.

Mein Atem ging stoßweise und mein Bauch krampfte sich zusammen. Verdammt! Er war so lächerlich gut aussehend. Seine Wohnung lag östlich von meiner, und die Sonne ging hinter ihm auf und glitzerte in seinem dunkelbraunen Haar. Er ging mit einer Leichtigkeit, die Stärke und maskuline Anmut ausstrahlte. Jeder Zentimeter von ihm war muskulös und köstlich. Es war über eine Woche her, dass er mich praktisch in einer Pfütze an meiner Tür zurückgelassen hatte. Zu lange. Ich war fest entschlossen, ihn über seine lächerliche Grenze der Kontrolle hinauszutreiben, aber ich hatte noch keine Gelegenheit dazu gefunden. Heute war jedoch Samstag, und ich wusste, dass wir heute Abend am selben Ort sein würden. Olivia hatte mich zum Abendessen mit ihr und Liam eingeladen und gesagt, sie bräuchte etwas weibliche Verstärkung, da Liams Freunde da sein würden.

Mit diesem kleinen Freudentaumel schob ich mich durch die Tür und die Treppe hinunter, während Stanley an meiner Seite trottete. Alex blieb am Fuß der Treppe stehen, gerade als ich die unterste Stufe erreichte. Seine braunen Augen trafen auf meine, und die Intensität seines Blicks ließ mich innehalten. Seine Augen wanderten über mich hinweg und jagten mir einen Schauer über den Rücken. Als er meinen Blick wieder erwiderte, war ich verwirrt. Er wirkte angespannt, und sein Gesicht war von Spannungslinien durchzogen. Selbst im Ruhezustand war er ein eindringlicher Mann, aber in diesem Moment war ich verblüfft. Mein erster Instinkt war es, ihn trösten zu wollen, und ehe ich mich versah, hatte ich die Hand ausgestreckt und ließ sie über seinen Arm gleiten.

„Geht es dir gut?", fragte ich, als er einen Moment lang nichts sagte.

Er schüttelte leicht den Kopf, als Stanley an seine Seite trat und seine Hand anstupste. Alex streichelte Stanley, seine Hand glitt über die Mitte von Stanleys Rücken. Er hatte schnell herausgefunden, was Stanley liebte, und begann, Stanley müßig zwischen den Schultern zu kraulen. Alex sah wieder zu mir auf. „Mir geht's gut. Und dir?"

Die Anspannung, die er in sich trug, löste sich.

Seine Augen wurden weicher, als er mich ansah. Ich holte tief Luft und der Knoten der Anspannung, den ich gar nicht bemerkt hatte, löste sich auf. „Ich bin bereit zu laufen", antwortete ich.

Er hielt meinen Blick noch ein paar Sekunden lang fest, während seine Augen auf der Suche nach etwas waren. Wonach, das wusste ich nicht. „Also gut. Los geht's." Er warf einen Blick zu Stanley. „Bereit Stanley?"

Stanley stupste Alex' Bein einfach mit seinem grauen Kopf an. Daraufhin fingen wir an zu joggen. Es stellte sich heraus, dass die Strecke von meiner Wohnung zum Park gerade ausreichte, um uns aufzuwärmen. Als wir durch den Parkeingang joggten, waren wir bereit, das Tempo zu erhöhen. Wir sprachen nicht viel, während wir liefen, was mir sehr entgegenkam. Alex' Tempo war solide und gleichmäßig. Abgesehen von den vielen Gründen, warum ich gerne mit ihm lief, war er als Laufpartner für mich nahezu perfekt. Er konnte das Tempo leicht halten und hatte eine ausgezeichnete Ausdauer. In Anbetracht der Tatsache, dass er Fußballprofi war, war das nicht überraschend, aber ich wusste es trotzdem zu schätzen.

Wir liefen durch den bewaldeten Teil des Parks und hinunter zu einem Weg, der einen Blick auf den Puget Sound bot. Möwen schrien und eine salzige Brise wehte vom Wasser herüber. In mir stieg das alte Läuferhochgefühl auf, das ich so liebte, das ich beim Laufen auf dem Laufband nie richtig gespürt hatte. Ob es nun ein Mythos war oder nicht, ich liebte den Adrenalinschub und das sanfte Hochgefühl, das ich beim Laufen in der kühlen Morgenluft empfand. Es hatte in der Nacht geregnet, sodass die Luft erdig war und sich anfühlte, als sei sie vom Regen gereinigt worden. Die

Sonne glitzerte auf den feuchten Blättern und dem Gras.

Stanley lief auf der einen Seite von mir und Alex auf der anderen, seine Schritte waren gleichmäßig und ruhig. Ich fühlte mich heute Morgen stark, als wir eine kleine Anhöhe erklommen und um eine Ecke des Weges bogen. Ich schaute auf das Wasser hinaus, als ich spürte, wie Alex sich anspannte. Ich warf einen Blick auf sein Gesicht und sah wieder diese straffen Linien, seine Augen waren dunkel. Ich folgte seinem Blick und sah Joe Schmidt, meine persönliche Hölle, in der Ferne joggen. Ein mulmiges Gefühl des Grauens machte sich in meinem Bauch breit, aber ich wehrte mich dagegen. Es war vier Jahre her, dass Joe mich vergewaltigt hatte. Er hatte zwei mickrige Monate im Gefängnis gesessen, und ich hatte weitergemacht, so gut ich konnte. Ich war entschlossen, nicht zuzulassen, dass seine Anwesenheit das zerstörte, was ich gerade wiedergefunden hatte. Ich schluckte gegen die Angst an und rannte weiter. Ich fühlte mich halb krank und war kurz davor, mich zu übergeben, aber wenn ich dieses schreckliche Gefühl jemals überwinden wollte, konnte ich es mit Stanley und Alex tun.

Alex verlangsamte sein Tempo und blickte zu mir. „Lass uns heute eine andere Route nehmen.“

Ich wusste nicht, wie, aber mir wurde blitzartig klar, dass er wusste, dass ich vergewaltigt worden war und dass Joe der Verantwortliche war. Ich blieb abrupt stehen, ein unbändiges Gefühl durchströmte mich - Angst gemischt mit Furcht gemischt mit Adrenalin gemischt mit einer Dosis Rücksichtslosigkeit.

„Warum?“

Joe war noch ein gutes Stück entfernt, aber seine Schritte bewegten sich weiter in unsere Richtung. Alex begegnete meinem Blick, sein eigener Ausdruck war eine Mischung aus Wut und Frustration. „Weil“, stieß er hervor.

„Wer hat es dir erzählt?“, fragte ich.

Alex' Augen weiteten sich. Er stützte eine Hand auf seine Hüfte, sein Atem ging stoßweise. „Harper ... Verdammte Scheiße. Können wir später darüber reden?“

Keiner von uns beiden sprach laut aus, worüber wir sprachen, aber es war klar. „Wir können später darüber reden, aber wir werden keinen anderen Weg einschlagen.“

Mein Ton war mürrisch, und die meisten würden mich für verrückt halten. Völlig durchgeknallt, um genau zu sein. *Du musst dich nicht daran gewöhnen, Joe zu sehen. Er hat dich vergewaltigt. Darüber hinwegzukommen, bedeutet nicht, sich in seiner Nähe wohlzufühlen.* Diese Stimme war eindringlich und ziemlich rational. Trotzdem war ich im Moment in einer seltsamen Verfassung. Ich wollte mein Leben nicht verrenken, um Joe zu meiden. Das hatte ich vier Jahre lang getan. Perverserweise wollte ich ihn wissen lassen, dass es mir egal war und ich keine Angst mehr hatte. Ich hatte nichts zu verlieren, denn er hatte mein Leben schon einmal in Schutt und Asche gelegt. Er konnte es nicht noch einmal tun. Außerdem hatte ich Alex bei mir. Ich wusste, dass ich bei ihm sicher war.

Alex lehnte seinen Kopf zurück und starrte in den Himmel, bevor er mich wieder mit seinem dunklen Blick fixierte. „Wenn du nicht willst, dass ich ihn jetzt besinnungslos schlage, nehmen wir besser einen anderen Weg“, sagte er barsch.

Ich hatte keine Ahnung, wie Alex herausgefunden hatte, wer Joe war, aber ich wusste ohne Zweifel, dass Alex, wenn ich darauf bestehen würde, dass wir Joe begegneten, wahrscheinlich genau das tun würde, was er sagte. Schon jetzt waren seine Fäuste geballt und sein Gesicht vor Wut verfinstert. Alex, der fast immer ruhig war, der sich für mich wie ein Fels in der Brandung anfühlte, wirkte in diesem Moment gefährlich. Nicht gefährlich für mich, aber ganz sicher gefährlich für Joe. Auch wenn ein Teil von mir nichts dagegen hätte, wenn Joe den Arsch versohlt bekäme, war es nicht das, was ich im Moment wollte. Ich schaute Alex an, und eine Welle von Gefühlen stieg in mir auf. Ich kämpfte gegen die Tränen an und konnte nicht sagen, ob es gute oder schlechte Tränen waren. Vielleicht beides. Schließlich nickte ich zustimmend und begann wieder zu joggen, wobei ich Alex' Führung folgte, als er einen anderen Weg einschlug.

Ich konnte die aufgestaute Energie spüren, die in Wellen von Alex ausging, und ich wusste nicht recht, was ich damit anfangen sollte. Die Fakten meiner Vergewaltigung waren kein Geheimnis für jeden, der mich kannte, oder für jeden, der zum Zeitpunkt der Vergewaltigung zufällig in Seattle war. Es war überall in den Nachrichten zu lesen, weil ich ein Leichtathletik-Star an der University of Washington und Joe einer an einer anderen, nahe gelegenen Universität gewesen war. Rückblickend habe ich mich manchmal gefragt, woher ich den Mut hatte, die Vergewaltigung anzuzeigen. Im Nachhinein denke ich, dass es daran lag, dass ich in dem Glauben erzogen worden war, dass die Dinge so laufen, wie sie laufen sollten. Die Leute taten etwas Schlimmes, man meldete es der Polizei, und die brachte es in Ordnung. Ich wusste nicht, dass es bei einer Vergewaltigung nie so einfach war.

Joe war an diesem Morgen im Halbdunkel an mir vorbeigejoggt. Ich hatte ihn erkannt, weil er einer von vielen Läufern war, die auf dem Universitätsgelände unterwegs waren. Ich kam noch einmal an ihm vorbei, und der Rest war nur noch ein Wirrwarr von schrecklichen Erinnerungen in meinem Gedächtnis. Was mir allerdings ganz deutlich in Erinnerung blieb, war, wie ich mich danach fühlte - innerlich und äußerlich zerrissen.

Ich hatte kein Gefühl dafür, wie viel Zeit verging, bis ich aufstand und wie betäubt zur Polizeiwache ging. So begannen Monate der Hölle. Bis heute bin ich mir bewusst, dass ich froh sein sollte, dass es überhaupt zu rechtlichen Konsequenzen gekommen ist. Leider konnte ich nicht umhin, die jüngsten Nachrichten über sexuelle Übergriffe an Hochschulen und die übliche schwache Reaktion der Universitäten zu lesen. Damals wusste ich noch nicht, dass es klug gewesen wäre, zuerst zur Stadtpolizei zu gehen. Ich bin nur dorthin gegangen, weil es näher war, aus keinem anderen Grund. Es gab DNA und physische Beweise für den Übergriff. Trotz alledem hatte der Staatsanwalt einen Vergleich angeboten, weil Joe einen aggressiven Verteidiger hatte, der Unmengen von Gerichtsakten einreichte, um das Verfahren zu verzögern, und Joe argumentierte, es sei einvernehmlich gewesen - als ob es einvernehmlich wäre, jemanden mit schweren Blutergüssen und Schlägen zu verlassen. Joe schaffte es, seinen Abschluss zu machen, bevor der Vergleich zustande kam.

Nach diesen zermürbenden, schrecklichen Monaten hatte ich mir nichts sehnlicher gewünscht, als alles, was passiert war, zu vergessen. Ich hatte vier Jahre gebraucht, um dorthin zu gelangen, wo ich jetzt war, an einen Ort, an dem ich weitgehend in Frieden lebte. Mir ging durch den Kopf, wie Alex wohl mit diesem Teil meiner Vergangenheit fertig werden würde. Es ging nicht darum, dass ich es geheim halten wollte. Nein, das war unmöglich. Es wäre nur schön gewesen, in Alex' Augen nicht als Opfer gesehen zu werden. Ich wollte von niemandem bemitleidet werden. Schon gar nicht von dem ersten Mann, der mir seit Jahren das Gefühl gab, innerlich lebendig zu sein, der mich glauben ließ, dass ich mir vielleicht, nur vielleicht, etwas zurückholen könnte, das ich verloren geglaubt hatte.

Wir liefen durch den Wald, das Sonnenlicht fiel in Strahlen durch die Bäume. Nach ein paar Augenblicken waren wir wieder auf dem Bürgersteig und joggten zu den Stufen meines Wohnhauses. Alex blieb stehen und stützte seine Hände auf die Hüften. Er sah zu mir herüber, sein dunkler Blick suchte mein Gesicht ab. In den Wochen, in denen wir zusammen laufen waren, war dies der Zeitpunkt, an dem er sich normalerweise verabschiedete und wartete, bis ich zur Tür hineinging. Er wartete immer, bis sich die Tür hinter mir schloss. Doch jetzt wollte ich nicht, dass er ging. Was verrückt war. Ich wollte nicht über Joe reden oder über irgendetwas von dem Chaos, von dem ich dachte, dass Alex dachte, wir müssten darüber reden. Nein, ich fühlte mich vielmehr getrieben und unbekümmert. Ich wollte, dass die Sache mit Alex rein blieb und nicht durch ein Ereignis vor vier Jahren besudelt wurde, das wie eine Abrissbirne auf mein Leben gewirkt hatte. Es fühlte sich an, als ob diese Abrissbirne sich nun auch ihren Weg in meine Zukunft bahnen würde, und das gefiel mir nicht.

Ich wusste nicht, warum, aber bei Alex übernahm mein Körper das Kommando, und zwar ziemlich eindringlich. Intellektuell dachte ich, dass ich so verunsichert sein sollte, Joe wiederzusehen, dass das Letzte, woran ich denken würde, irgendetwas wäre, das auch nur im Entferntesten mit Sex zu tun hätte. Aber Joe war längst aus meinen Gedanken verschwunden. Alex stand vor mir. Sein T-Shirt war feucht von seinem Schweiß und klebte an seiner muskulösen Brust. Hitze kribbelte in meinem Bauch, und ich wollte nichts anderes als ihn.

„Willst du einen Tee?", platzte ich heraus, die einzige Frage, die mir einfiel. Normalerweise trank ich nach einer Dusche eine Tasse Kaffee, aber ich dachte, Alex würde Tee bevorzugen.

Seine Augen weiteten sich leicht, bevor er wieder in den Himmel blickte. Nach einem weiteren Moment richtete sich sein Blick auf mich, und er nickte. „Ich nehme an, du hast keinen Kaffee?"

Ich wartete nicht und ging die Treppe hinauf, mein Körper vibrierte. „Natürlich habe ich Kaffee. Ich dachte nur, du wärst ein Teetrinker", sagte ich, als er mir hinein und die Treppe hinauf folgte, während Stanley direkt hinter uns war.

Kapitel Sieben

ALEX

Ich spritzte mir eiskaltes Wasser ins Gesicht und trocknete es mit einem Handtuch ab. Sorgfältig hängte ich es an den Haken neben dem Waschbecken und starrte mich einen Moment lang an. Mein Haar stand in Strähnen ab, so wie es nach dem Laufen üblich war. Mein T-Shirt war feucht. Ich versuchte festzustellen, ob ich so wütend aussah, wie ich mich fühlte. Joe Schmidt zu sehen, hatte mich innerlich an einen Punkt gebracht, an dem ich seit Jahren nicht mehr gewesen war. Wäre Harper nicht bei mir gewesen, wäre ich geradewegs auf ihn zugelaufen und hätte ihm eine verpasst. Aber sie war bei mir, und ich wollte sie auf keinen Fall verunsichern. Ich hatte den Mann, den ich jetzt als Joe kannte, oft genug im Park gesehen, um zu wissen, dass ich ihn in einem Kampf besiegen würde. Es wäre wirklich kein großer Aufwand, und es würde sich so verdammt gut anfühlen. Seit ich gestern mit Olivia und Liam gesprochen hatte, wollte ich das unbedingt tun.

Ich war dafür bekannt, dass ich auf dem Spielfeld nie die Nerven verlor, und das tat ich auch nicht.

Meine Nerven waren hart erarbeitet. Ich war in einer mittelständischen Stadt außerhalb Londons aufgewachsen - einer schönen Stadt auf dem englischen Land. Mein Vater war Rechtsanwalt. Oberflächlich betrachtet, war sein Leben ordentlich. Hinter verschlossenen Türen übte er seine Macht durch die Androhung von Gewalt gegenüber meiner Mutter, meinen beiden Schwestern und mir aus. Er wendete nur selten Gewalt an, aber wenn er es tat, war die Botschaft klar - Gewalt war die Konsequenz, wenn man nicht nach seiner Pfeife tanzte. Ich war ein rauer Bursche und schlug auf die einzige Weise zu, die ich gelernt hatte. Dann hatte ich das Glück, mit Liam in einer Fußballmannschaft zu landen, als ich acht Jahre alt war. Ich liebte es. Mein Vater ließ mich spielen, weil er das Prestige schätzte, das damit verbunden war, einen Jungen zu haben, der zu den besten Fußballern der Stadt gehörte. Ich hatte das Glück, ein paar Männer zu finden, zu denen ich aufschauen konnte, die nicht mein Vater waren, und lernte, dass Gewalt nicht der einzige Weg war, Probleme zu lösen.

Ich musste mich nicht einmal besonders anstrengen, um mein Temperament in den Griff zu bekommen. Aber es war da, tief unter der Oberfläche. Es gab nur wenige Dinge, die mein Temperament zum Ausbruch brachten. Gewalt gegen eine verletzliche Person zum Beispiel. Eine Frau zu vergewaltigen, die mir in sehr kurzer Zeit viel zu wichtig geworden war - zu sagen, dass das meine Lunte entzündete, wäre eine massive Untertreibung.

Dennoch hallte in meinen Gedanken wider, wie absolut wichtig es war, dass ich nicht die Kontrolle verlor. Harper musste das nicht sehen. Egal, wie sehr Joe es verdient hatte. Ich konnte nicht einschätzen, wie es Harper ging. Sie wirkte nervös und unruhig, als wir ihre Wohnung betraten. Ich hatte darum gebeten, auf die Toilette gehen zu dürfen, um Luft zu holen und weil ich hoffte, ein paar Spritzer eiskalten Wassers würde die Wut in mir abkühlen. Es half, aber ich wollte die Sache für Harper trotzdem in Ordnung bringen.

Olivia sagte, ich solle Harper damit in Ruhe lassen. Keine Schlacht daraus machen, wenn es für sie keine ist.

Ich habe versucht, mir darüber klar zu werden, was ich tun sollte, aber ich wusste einfach nicht, ob ich das einfach so stehen lassen konnte. Es war nicht richtig. Doch was Harper wollte, musste geschehen. Ich schob mich durch die Tür und kehrte in die Küche zurück. Der Duft von Kaffee lag in der Luft. Harper war dabei, etwas in der Spüle abzuwaschen. Stanley hatte sich auf einem sonnigen Fleck im Wohnzimmer ausgestreckt und schlief bereits tief und fest. Nachdem sie das Wasser abgestellt hatte, trocknete sie sich die Hände ab, drehte sich zu mir um und lehnte sich mit den Hüften gegen den Tresen.

„Der Kaffee ist gleich fertig", sagte sie.

Ich nickte und versuchte, die Fragen, die ich zu diesem für sie wohl höllischen Thema hatte, aus meinem Kopf zu verdrängen. Sie verschränkte die Arme und tippte mit der Spitze eines Fußes leicht auf den Boden. Nach einem Moment des Schweigens wies sie mit einer Geste auf die Insel zwischen Küche und Wohnzimmer, an der niedrige Hocker standen. „Du kannst dich setzen, wenn du willst."

Ich legte eine Hand auf die Lehne eines der Hocker und setzte mich, stützte einen Ellbogen auf den Tresen und fragte mich, über welches banale Thema wir reden könnten. Das Ganze kam mir lächerlich vor. Ich lernte Harper vielleicht gerade erst näher kennen, aber es fühlte sich nicht richtig an, zu ignorieren, was passiert war, und so zu tun, als wüsste ich nichts über ihre Vergangenheit. Ich fuhr mir mit einer Hand durchs Haar und lehnte mich zurück.

„Möchtest du, dass ich deine Frage aus dem Park beantworte?", fragte ich schließlich in Anspielung auf ihre Frage, wer mir von Joe erzählt hatte. Ich hielt es für das Beste, ihr die Chance zu geben, zu entscheiden, ob wir über irgendetwas sprechen wollten, das mit den letzten fünfzehn Minuten zu tun hatte.

Ihre Augen weiteten sich leicht, und sie verschränkte die Arme vor der Brust. Für einen kurzen Moment sah ich die Zurückhaltung, die sie mit sich herumtrug, aber dann atmete sie tief ein und ließ den Atem mit einem Seufzer aus. „Ich nehme an, Olivia hat es dir erzählt", sagte sie schließlich, ihre Stimme war sanft und von Müdigkeit durchzogen.

„Richtig. Sie hat nicht versucht, zu tratschen. Ich glaube, sie wollte mir helfen", bot ich an, nicht bereit zuzugeben, dass ich es von Olivia verlangt hatte, als sie ihre beiläufige Bemerkung darüber machte, dass Harper mit mir joggen ging.

„Ich weiß. Fast jeder, den ich kenne, und viele Fremde wissen, was passiert ist. Es ist kein großes Geheimnis in meinem Leben. Ich schätze, ich war etwas erschrocken, dass du herausgefunden hast, wer Joe ist."

Ich sah sie an und beherrschte mich, nicht aufzustehen und sie in meine Arme zu schließen. Es kostete mich eine enorme Menge an Zurückhaltung, aber es gelang mir. Ich spürte, dass sie nicht als verletzlich angesehen werden wollte.

„Richtig. Nachdem Olivia mir erzählt hat, was passiert ist, habe ich nach ihm gesucht. Vielleicht geht es mich ja nichts an, aber ..."

Aber was? Warum habe ich den Kerl nachgeschlagen? Die schnelle Antwort war, dass ich sichergehen wollte, dass ich genau wusste, wer Harper verletzt hatte. Mein Bauchgefühl hatte mir gesagt, dass es genau der Mann sein würde, dem wir zuvor im Park begegnet waren, und mein Bauchgefühl hatte sich bestätigt. Ich hatte Joes Foto im Internet gesehen und ihn sofort wiedererkannt.

Harper wartete immer noch darauf, dass ich zu Ende sprach, ihre blauen Augen beobachteten und warteten geduldig. Ich bewegte gerade die Schultern, als die Kaffeemaschine piepte. Harper drehte sich nicht weg, also holte ich tief Luft und sprach weiter. Vielleicht war mir das alles nicht geheuer, aber sie hatte gefragt, also würde ich antworten. „Ich wollte wissen, wer er ist. Als wir ihn neulich morgens gesehen haben, na ja ... da habe ich mir Sorgen gemacht. Ich versuche nicht, irgendetwas auszugraben. Ich wollte nur ...“ Ich hob meine Hände und ließ sie wieder sinken. „Verdammt, ich weiß es nicht. Ich kann nur sagen, dass ich lieber wissen wollte, wer der Kerl ist, falls ich ihn jemals sehen sollte.“

Harper nickte und kaute dabei auf der Innenseite ihrer Wange. Nach einem Moment drehte sie sich um und schenkte zwei Tassen Kaffee ein, bevor sie sich neben mich setzte. Die Arbeitsplatte der Kücheninsel war so gebogen, dass wir einander zugewandt waren. Sie schob mir eine Tasse Kaffee vor die Nase. „Milch oder Zucker?“, fragte sie.

„Weder noch“, sagte ich und nahm einen Schluck. Der reiche, leicht bittere Geschmack traf mich, und ich schloss die Augen.

„Ich schätze, ich sollte mich dafür bedanken, dass du dich über den Kerl informiert hast“, sagte Harper, ihre Worte waren sanft, aber mit Wut durchsetzt.

Als ich die Augen öffnete, sah ich, wie sie in ihre Tasse starrte und sie in der Hand kreisen ließ.

„Die ganze Sache ist verdammt schrecklich. Jetzt weiß ich, wer er ist, und wenn ich ihn sehe …" Ich brach ab, weil ich nicht glaubte, dass es besonders hilfreich wäre, ihr zu sagen, dass ich ihm gerne die Fresse einschlagen würde.

„Kannst du ihn besinnungslos schlagen?", fragte sie und ein seltsames, trauriges Lächeln umspielte ihre Lippen, als sie meine Worte von vorhin wiederholte.

Ich zuckte mit den Schultern und nahm einen weiteren Schluck Kaffee. „Ja. Wenn es sein muss, werde ich auch das tun." Ich stellte meine Tasse ab und sah zu ihr hinüber. „Aber wenn du es mir verbieten würdest, würde ich ihn in Ruhe lassen. Das musst du auch wissen."

Sie hörte auf, ihre Tasse in den Händen kreisen zu lassen, und blickte zu mir hoch. Ich spürte, wie sie mich musterte. Die Luft um uns herum war angespannt und vibrierte mit der Intensität, die ich immer dann wahrnahm, wenn ich in ihrer Nähe war. In diesem Moment war sie nicht von Verlangen geprägt, sondern von einer einfachen Tiefe der Gefühle.

Schließlich nickte sie langsam. „Das ist gut zu wissen." Sie hielt inne und kaute wieder an der Innenseite ihrer Wange, während sie mich ansah. „Wenn du die Wahrheit wissen willst, würde ein Teil von mir es lieben, wenn du ihm in den Arsch treten würdest. Der andere Teil von mir weiß, dass er es nicht wert ist. Er ist nichts davon wert, und es wird nichts daran ändern, was passiert ist." Wieder eine lange Pause. Diesmal trommelte sie mit den Fingern auf den Tresen und nahm einen Schluck Kaffee. „Ich schätze, es ist seltsam, das zu sagen, aber ich bin froh, dass du nach ihm gesucht hast. Ich versuche, nicht zu oft an ihn zu denken, weil es schon vier Jahre her ist. Ich bin erst vor ein paar Monaten in diese Wohnung gezogen, und ich wusste nicht, dass er hier in der Nähe wohnt. Ich möchte meine Freunde und Familie nicht beunruhigen, also habe ich niemandem erzählt, dass ich ihn gesehen habe. Ich schätze, ich fühle mich besser, wenn ich weiß, dass du weißt, dass er in der Nähe ist. Ich glaube, damit möchte ich mich bei dir bedanken", sagte sie mit einem kleinen Lächeln, und ihr Grübchen zwinkerte mir zu.

Ich saugte ihre Worte und ihr Lächeln in mich auf, und meine Brust fühlte sich eng an. Ich war es gewohnt, mir Sorgen um Menschen zu machen. Ich hatte meine gesamte Kindheit damit verbracht, mir Sorgen um meine Mutter und meine beiden Schwestern zu machen. Wann immer ich zurückblickte, erinnerte ich mich an das Gefühl der Freiheit, das ich verspürte, wenn ich Fußball spielte. Das war so ziemlich das Einzige, was ich tun konnte, um dem Haus und der dort herrschenden Schwere zu entkommen. Seltsam, aber ich hatte mir nie Sorgen um meine eigene Sicherheit gemacht. Mein Vater war die Art von Idiot, der sich von jedem fernhielt, der sich zu sehr wehren konnte, und so ließ er mich, abgesehen von verbalen Angriffen, weitgehend in Ruhe. Selbst als ich noch nicht sehr groß war, habe ich nicht gezögert, zurückzuschlagen. Als ich im Teenageralter war, war ich schon größer und stärker als er. Erst dann zog er sich von meiner Mutter und meinen Schwestern zurück. Ich hatte mir in den Kopf gesetzt, meine Mutter zu überreden, auszuziehen, bevor ich zur Universität ging, aber dann starb er an einem Herzinfarkt, und das war's. Meine Erleichterung war groß gewesen, und darauf folgte nur noch Traurigkeit.

Ich schaute zu Harper und fragte mich, ob ich

aufhören konnte, mir Sorgen um sie zu machen. Ich glaubte es nicht. Ich war es zu sehr gewohnt. Außerdem musste sie das nicht allein durchstehen. Ich wollte von ihr verlangen, dass sie Olivia und Daisy und allen anderen, die sich um sie sorgten, erzählte, dass Joe in der Nähe war. Mein Verstand riss mich aus meinen Gedanken und erinnerte mich daran, dass sie das selbst entscheiden musste. Das Letzte, was sie brauchte, war, dass ich die Kontrolle übernahm und ihr vorschrieb, wie sie mit der verdammt höllischen Realität umzugehen hatte, versehentlich in eine Gegend zu ziehen, in der sich der Mann aufhielt, der sie einst vergewaltigt hatte.

Ich nahm einen Schluck von meinem Kaffee und nickte verspätet. „Du brauchst dich nicht zu bedanken", antwortete ich schließlich.

Ein Hupen ertönte auf der Straße. Die Sonne, die durch Harpers Vorderfenster fiel, glitzerte auf ihrem Haar. Sie zeichnete müßig ein Muster entlang der Kante der gekachelten Theke, während ich überlegte, was ich als Nächstes sagen sollte.

„Können wir über etwas anderes reden?", fragte sie plötzlich.

„Was immer du willst."

Ihre Augen leuchteten auf. Sie knabberte an ihrer Unterlippe, als sie zu mir herübersah, und erinnerte mich daran, wie gut sich ihre Lippen anfühlten.

Junge, woran denkst du? An so etwas sollte ich im Moment nicht denken.

Ich schüttelte den Kopf. Verdammt, ich wusste nicht, ob es überhaupt richtig war, so an sie zu denken. Meine Gedanken kreisten um den Tag, an dem sie mich geküsst hatte - so kühn - und sprangen dann weiter zu dem Gefühl, wie sich ihre Muschi um meine

Finger krampfte. Ich wusste nicht, was ich jetzt von all dem halten sollte.

Ich zuckte zusammen, als sie ihre Hand auf mein Bein gleiten ließ. Wir saßen ganz nah beieinander. Als ich aufblickte, waren ihre Augen genau dort - hellblau und voller etwas, das ich nicht ganz zu deuten wusste.

Ich nahm einen weiteren Schluck von meinem Kaffee und brauchte einen Moment, um mich zu sammeln. Mein Körper hatte sich verkrampft, und in dem Moment, als sie mich berührte, war er wie elektrisiert. Denn das war die Wirkung, die Harper auf mich hatte. Verdammt. Mein Verstand war definitiv an einem anderen Ort als mein Körper und bereit für eine totale geistige Standpauke, um mich davon abzuhalten, etwas Dummes zu tun.

Ich starrte Harper an und versuchte, ihren Blick zu deuten. Ihre Augen verfinsterten sich. „Ist das jetzt alles komisch für dich, weil, na ja, wegen heute Morgen?", erkundigte sie sich, und ihre Augen funkelten.

Verdammter Mist. Ich hatte praktischerweise ausgeblendet, wie durchsetzungsfähig sie sein konnte, und hatte sicher nicht erwartet, dass sie sauer auf mich sein würde. Nichts zu sagen, würde nicht helfen. „Denk nicht, dass ich mich seltsam verhalte. Es war, nun ja, ich nehme an, es war ein seltsamer Morgen. Das ist alles."

Harper behielt mich im Blick, und ihre Wangen erröteten. „Wage es nicht, dir das hier von der Vergangenheit verderben zu lassen." Ihre Worte waren heftig, und ihre Röte vertiefte sich, während sie sprach.

Ich war wirklich innerlich zerrissen. Mein Körper, nun ja, mein Körper wollte sie an sich reißen. Eine Vision von ihr, wie sie auf meinem Schoß ritt, schoss mir durch den Kopf, und mein Schwanz zuckte. Die ganze Zeit über versuchte mein Verstand, auf die Bremse zu treten. Mit aller Macht. Ich wusste nicht, ob es einen richtigen Weg gab, das alles zu tun, aber ...

Meine Gedanken kamen zum Stillstand, als Harper abrupt aufstand. Ich saß auf dem Hocker, die Knie gespreizt, die Füße auf der Fußstütze eingehakt. Sie trat zwischen meine Knie und ihre plötzliche Nähe schickte einen Blitz der Begierde durch mich hindurch. Da ich saß, waren unsere Gesichter auf gleicher Höhe, und sie war nur einen Wimpernschlag entfernt. Verdammte Scheiße. Sie konnte doch *nicht* ...

Mitten in diesem Gedanken hob sie eine Hand und strich mir durch mein wirres Haar. Sie berührte mich, und meine übliche Kontrolle war dahin. Mein Herz schlug heftig und schnell gegen meine Rippen. Ihre Augen suchten mein Gesicht ab, das Blau verdunkelte sich zu Marineblau. Ich zwang mich, stillzuhalten, und spürte, wie mein Körper vor Spannung vibrierte. Ihre Hand strich durch mein Haar und fuhr über meine Wange, bevor sie sich nach vorne neigte und ihre Lippen auf meine presste. Später würde ich mich über ihre Kühnheit wundern, denn normalerweise war ich derjenige, der die Initiative ergriff, wenn es um Frauen ging, vor allem weil ich gerne die Kontrolle hatte. Bei Harper war die einzige Kontrolle, an die ich mich klammerte, die Tatsache, dass ich nicht zuließ, dass sie es zu weit und zu schnell trieb.

In dem Moment, als ihre vollen Lippen warm auf meinen lagen, machte ich mir keine Gedanken mehr. Ich drehte den Spieß um, zog sie zu mir heran und ließ meine Zunge in ihren Mund gleiten. Sie keuchte und versank dann in unserem Kuss, als hinge ihr Leben davon ab. Unsere Zungen verwirrten sich, während ihre Hände meine Brust abtasteten. Ich stand innerlich und äußerlich in Flammen, so heiß auf sie, dass ich es kaum unter Kontrolle halten konnte. Sie fühlte sich so gut an, so verdammt gut, ihre üppigen Kurven und ihr durchtrainierter Körper bildeten einen köstlichen Kontrast. Meine Lippen bahnten sich eine Spur von Küssen über ihren Hals, die Haut war weich und würzig. Mitten in unserem heißen Kuss ging mein Handy los und schmetterte den Refrain von All You Need is Love von den Beatles, den mir Liam vor über einem Jahr auf mein Handy geladen hatte. Ich hatte mir nie die Mühe gemacht, es zu ändern.

Die Wiederholung des Refrains brachte mich wieder zur Vernunft. Ich konnte meine Lippen nicht ganz von ihrer Haut lösen - sie war zu köstlich -, aber ich hielt in meinem Taumel inne und hielt still. Ich konnte das Klopfen ihres Herzens spüren, und mein eigenes schlug in einem rauen, stampfenden Rhythmus mit dem ihren. Mein Schwanz war so steif, dass es schon fast schmerzhaft war. Ich zwang mich, meinen Kopf zu heben und vermisste sofort den Geschmack ihrer Haut.

Sie sah ebenso verblüfft aus, wie ich mich fühlte. Die rücksichtslose Wildheit, die ich bei ihr gespürt hatte, war gezähmt, wenn auch nur knapp. Ich zwang mich, gegen das Klopfen meines Herzens anzusprechen, und kämpfte innerlich um einen Anschein von Kontrolle. „Ich wollte nicht ...“

„Wage es nicht, mir zu sagen, dass du es nicht so gemeint hast“, sagte sie mit tiefer Stimme und heißen Worten.

„Das ist nicht das, was ich sagen wollte.“

Ich holte zitternd Luft und rang um Kontrolle. Ich hielt mich an so wenig fest, dass es nutzlos war, aber ich hielt daran fest. Ich lehnte mich leicht zurück, um etwas Abstand zwischen uns zu schaffen, auch wenn er nur winzig war. „Ich wollte nicht, dass das außer Kontrolle gerät", fügte ich schließlich hinzu.

Harpers Augen blitzten wieder auf, aber sie war still. Meine Gedanken waren ganz durcheinander. Da war das allgegenwärtige, pochende Bedürfnis, alles andere zu vergessen und mich in Harper zu verlieren.

Unter dieser Schicht brodelte das Bewusstsein, dass Harper nicht die Art von Frau war, die ich normalerweise suchte. Sie war keine Frau, die nichts weiter als ein ordentliches Arrangement zur Befriedigung rein körperlicher Bedürfnisse wollte. Die Verbindung zwischen uns war magnetisch, und ich konnte mich ihrer Anziehungskraft kaum entziehen. All das existierte, bevor ich etwas über ein Ereignis in ihrer Vergangenheit wusste, ein Ereignis, das weitaus größer war, als ich es mir wünschte. Ich hatte mir vorgenommen, nichts zu überstürzen, bevor ich etwas über ihre Vergangenheit wusste. Ich spürte, dass sie wütend sein würde, wenn ich laut sagen würde, dass das, was ich jetzt wusste, die Dinge veränderte. Doch das tat es. Ich wusste nicht, was sie von mir wollte. Ich wusste nicht, wie ich ihre Kühnheit mit ihrer Vergangenheit in Einklang bringen sollte. Ich wollte das alles klären, bevor die Dinge sich weiterentwickelten, doch ich stellte mir vor, dass Harper mehr als wütend sein würde, wenn ich etwas davon nun laut aussprach.

Ich riss meine Hände los - eine war ihren Rücken hinaufgeglitten, die andere umfasste ihren Po. Diese Hand wollte genau dort bleiben, wo sie war, ihren üppigen Po streicheln und ihre Weichheit genießen. Ich zwang sie in einem Akt des Willens und immenser Disziplin sich zu bewegen. Ich strich mit beiden Handflächen über ihre Arme und sah ihr tief in die Augen. „Die Sache ist die, dass ich dich nicht küssen kann, ohne dass es verdammt schnell außer

Kontrolle gerät. Nichts von dem, was Olivia mir erzählt hat, ändert etwas an der Tatsache, dass ich dir bereits gesagt habe, dass ich nichts überstürzen will."

Sie starrte mich an, ihr entschlossener Blick wurde weicher. Ich hatte nicht über meine Worte nachgedacht, aber sie schienen ihre rücksichtslose, wütende Seite zu mildern. Nach einem kurzen Moment nickte sie. „Das hast du", sagte sie, und ihre Worte fielen leise in den Raum.

Sie biss sich auf die Lippe, und ein Lächeln breitete sich langsam darauf aus. Ihr Lächeln rettete mir den Tag. Ihr ganzes Gesicht verwandelte sich, das Grübchen zwinkerte, ihre Augenwinkel kippten nach oben, und in ihren Augen erschien ein fast schon verstohlenes Funkeln von Heiterkeit. Sie lächelte nicht oft, deshalb war dieses Lächeln etwas ganz Besonderes. Sie trat einen Schritt zurück, und verdammt, wenn ich sie nicht wieder an mich ziehen wollte. Mein Schwanz pochte, und ich wollte das Gefühl ihrer Wärme und Weichheit nicht verlieren. Ich musste mich daran erinnern, was ich gerade gesagt hatte und warum.

Langsam angehen lassen, Kumpel. Wir haben noch einiges vor uns. Das ist es, worauf du aus bist.

„Kommst du heute Abend zum Essen?", fragte Harper.

„Hm?"

Ihr Lächeln wurde breiter, und sie griff nach ihrem Kaffee und nahm einen Schluck, bevor sie antwortete. „Abendessen mit Liam und Olivia."

„Richtig. Ja, natürlich. Und du?"

Liam hatte mich gebeten, mich mit ihm zu treffen, also würde ich dabei sein. Das ist die Art von Freundschaft, die wir hatten.

„Ich werde da sein. Willst du mit mir zusammen hinlaufen?"

Da ich ein Kerl war, hatte ich gar nicht bedacht, dass, wenn Liam mich fragte, ob ich irgendwo sein wollte, Olivia höchstwahrscheinlich dasselbe von ihren Freunden verlangte. Ich war unheimlich froh, als ich merkte, dass Harper dabei sein würde. „Sollen wir uns hier treffen?"

Sie nickte und drehte sich um, um ihren Kaffee nachzufüllen. Ich rückte unauffällig meine Shorts zurecht und stand auf. „Ich sollte jetzt gehen. Ich könnte eine Dusche gebrauchen."

Sie drehte sich um und sah mich an. Einen Moment lang sah es so aus, als wollte sie etwas Wichtiges sagen, aber dann schüttelte sie leicht den Kopf und nickte. „Okay. Dann sehen wir uns später."

Ich ging zur Tür. Gerade als ich sie öffnen wollte, sagte sie noch etwas. „All You Need is Love?"

Ich sah auf einen Blick, dass ihre Schultern vor Lachen zitterten. Ich zuckte mit den Schultern. „Das ist Liams Werk."

Kapitel Acht

HARPER

„Was?!", rief Daisy mit ihren braunen Augen weit aufgerissen.

Ich nickte und bemühte mich, nicht zu lachen. Olivia und Daisy waren meine engsten Freundinnen. Olivia war eher ernsthaft, und bis sie Liam kennenlernte, war ihre Arbeit als orthopädische Chirurgin ihr ganzes Leben. Daisy hatte ebenfalls Medizin studiert, allerdings als Forscherin. Von uns dreien war Daisy eindeutig der Clown. Im Moment starrte sie mich an, weil ich ihr gerade mitgeteilt hatte, dass ich beschlossen hatte, meine jahrelange Durststrecke ohne Sex mit Alex zu beenden. Daisy war nicht leicht zu überraschen, also kostete ich den Moment aus.

Sie öffnete ihren Mund, um etwas zu sagen und ließ ihn dann offen stehen.

Ich grinste. „Wow. Es macht mehr Spaß, dich zu überraschen, als ich dachte. Ich werde mich ein bisschen mehr anstrengen müssen, damit das öfter passiert."

Daisy klappte ihren Mund zu und schüttelte den Kopf, wobei ihr blondes Haar hin und her schwang.

„Oh, Schatz, es wird Jahre dauern, bis du das toppen kannst." Sie hielt einen Finger hoch und machte eine Pause, um einen Schluck Kaffee zu nehmen.

Wir hatten uns im Desert Isle Café getroffen, einem unserer Lieblingslokale. Bis zu meinem kürzlichen Umzug kam ich nur selten dorthin, aber jetzt wohnte ich auf der gleichen Seite der Stadt. Desert Isle wurde so genannt, weil es ein Zufluchtsort vor den typischen kühlen, feuchten Tagen in Seattle war. Es war immer warm und trocken und der Kaffee war fantastisch. Nachdem Alex heute Morgen gegangen war, hatte ich Daisy und Olivia angerufen. Ich brauchte etwas Zeit unter Frauen. Olivia war beschäftigt, aber Daisy war hier. Daisy war wie ein Sonnenstrahl - vom Aussehen und von der Persönlichkeit her. Mit ihren blonden Locken, den großen braunen Augen und ihrer kurvigen Figur war sie einfach hinreißend. Außerdem war sie verdammt witzig und manchmal so direkt, dass es fast lächerlich wirkte.

Daisy setzte ihren Kaffee ab und neigte den Kopf zur Seite. „Verstehe ich das richtig: Du machst dich an Alex Gordon heran, und das nur für Sex. Habe ich das richtig verstanden?", fragte Daisy, ihre Augen noch immer ungläubig geweitet.

Ich nickte und ignorierte das leichte Herzklopfen. Es schien, als ob jedes Ereignis mich noch leichtsinniger machen würde. Während der letzten vier Jahre war Sex das, woran ich am wenigsten dachte. Ich hatte mich ernsthaft gefragt, ob ich jemals wieder Sex haben wollte. Jetzt wusste ich genau, was ich wollte, oder vielleicht sollte ich sagen, wen. Alex.

Ich war immer noch ein wenig mürrisch, weil er es nicht eilig hatte, aber ich hatte bereits herausgefunden, dass es nicht viel brauchte, um seine Selbstkontrolle ins Wanken zu bringen. Ich war überzeugt, dass er aufhören würde, sich darüber Gedanken zu machen. Ich dachte mir, er könnte der ideale Mann für das sein, was mir vorschwebte - eine Affäre, in der es nur um Sex ging. Es war ganz praktisch, dass allein seine Anwesenheit ausreichte, um mich feucht werden zu lassen und zum Keuchen zu bringen. Außerdem vertraute ich ihm voll und ganz, und das will schon etwas heißen.

Eine Zeit lang hatte ich nicht geglaubt, dass ich jemals wieder einem Mann meinen Körper anvertrauen würde. Ich war innerlich noch nicht so weit, sodass ich nicht mehr glaubte, dass man einem Mann trauen konnte. Ich sah, wie Olivia sich in Liam verliebte, und wusste ohne jeden Zweifel, dass er sie schätzte und wahnsinnig in sie verliebt war und sie begehrte. Meine Eltern führten eine gute Ehe, und ich wusste, dass mein Vater meine Mutter nie verletzen würde. Ich hatte sogar männliche Freunde, denen ich vertraute. Trotzdem hatte ich geglaubt, dass ich mich nicht so weit gehen lassen könnte, um wieder jemanden zu begehren. Ich hatte gedacht, die Vergewaltigung hätte etwas in mir zerbrochen. Seit dem Tag vor ein paar Wochen, als ich Alex im Park begegnete, war mir klar, dass es vielleicht nicht so bleiben musste. Ich war mir nicht sicher, warum ich ihn vorher nicht so wahrgenommen hatte, denn er war eine Augenweide und ein Fußballstar obendrein, aber das hatte ich nicht. Obwohl wir kaum Zeit allein miteinander verbracht hatten, also lag es vielleicht einfach nur daran.

Daisy räusperte sich und machte mich darauf aufmerksam, dass ich in meinen Gedanken abgeschweift war. Ich sah sie wieder an. „Das ist der Plan", sagte ich fest. Jedes Mal, wenn ich darüber nachdachte, stupste mich eine kleine Stimme in meinem

Inneren an. Ich war mir nicht so sicher, was Alex von einer Affäre hielt. Diese Stimme war sich auch nicht so sicher, ob das eine gute Idee für mein Herz war. Aber darüber wollte ich im Moment nicht nachdenken. Mein Körper gehörte wieder mir, und ich hatte nicht vor, mir etwas entgehen zu lassen, von dem ich mich gefragt hatte, ob ich es jemals wieder genießen würde.

Daisy sah mich nachdenklich an. „Schau, ich finde es toll, dass du dich für einen Typen interessierst, okay? Ich weiß nur nicht, ob eine Affäre, die nur aus Sex besteht, der richtige Weg ist, das zu tun. Ich bin mir auch nicht sicher, was Alex davon halten würde. Hast du mit ihm darüber gesprochen?"

Daisy war immer praktisch veranlagt, wenn es um solche Dinge ging. Seit etwa einem Jahr befand sie sich auf einer selbst erklärten Mission, die Liebe ihres Lebens zu finden, und war dabei so offen, dass es fast schon komisch war. Ich hatte sie sanft darauf hingewiesen, dass sie sich vielleicht entspannen und das Leben geschehen lassen sollte, aber das entsprach nicht wirklich Daisys Persönlichkeit. Ich war etwas erstaunt, dass sie der Meinung war, man müsse das mit Alex vorher besprechen.

„Ich meine, er weiß, dass ich ihn will, wenn du das meinst", bot ich achselzuckend an.

„Nun, es gibt jemanden, den man will, und dann gibt es das, was du vorschlägst, nämlich ihn für Sex zu benutzen. Vielleicht ist er damit einverstanden, aber ich weiß es nicht. Alex ist, nun ja, er ist nicht wirklich ein Aufreißer."

Ich schluckte den letzten Rest meines Kaffees hinunter und dachte über ihren Standpunkt nach. Alex hielt sich in persönlichen Angelegenheiten so bedeckt, dass ich kaum Anhaltspunkte hatte, um herauszufinden, was er denken könnte. Er mied die Aufmerksamkeit der Medien, die man als internationaler Sportstar bekommt, und war noch nie öffentlich mit jemandem zusammen gewesen, den ich kannte. Ganz im Gegensatz zu einigen seiner Mannschaftskameraden von den Seattle Stars und seinem ehemaligen Verein in England. Wenn ich auf das hörte, was mir mein Herz zuzuflüstern versuchte, stellte ich mich selbst in Frage, also ignorierte ich es. Dieses Flüstern besagte, dass Alex nicht viel leichtfertig tat. Dieses Flüstern ließ mein Herz rasen und die Angst in meiner Brust aufblühen. Allein den Punkt zu erreichen, an dem ich das Gefühl des Begehrens wieder genießen konnte, war so gewaltig, dass es zu viel war, darüber hinaus zu denken. Ich wollte mir das nicht entgehen lassen, also verscheuchte ich das Geflüster.

„Vielleicht ist er es nicht, aber ich wüsste nicht, warum mich das aufhalten sollte", sagte ich schließlich.

Daisys aufmerksamer Blick glitt über mich hinweg. Nach einer Weile fragte sie: „Ist etwas passiert, das das ausgelöst hat?"

Genervt verdrehte ich die Augen. „Warum kann es nicht einfach sein, dass ich vielleicht endlich über das Geschehene hinwegkomme? Du hast es nie gesagt, aber ich bin sicher, dass du dich gefragt hast, ob ich das wirklich jemals tun würde."

Weil sie diese Art von Freundin war, gab Daisy nicht klein bei und ließ sich von mir nicht beirren. „Hey, ich freue mich sehr für dich. Das tue ich wirklich. Ich habe mich nie gefragt, ob es sinnvoll ist, dass du dich nicht verabredest. Ehrlich gesagt, war es das. Ich denke, jeder kann machen, was er will, wenn es für ihn funktioniert. Das bedeutet sicher nicht, dass Sex und Beziehungen der Schlüssel sind. Wenn ich mir etwas für dich wünsche, dann ist es, dass du in dieser Sache das Sagen hast. Das scheinst du im Moment zu tun. Aber ich habe das Gefühl, dass etwas mehr dahintersteckt als nur die Tatsache, wie heiß Alex ist. Glaub mir, ich finde, der Typ ist es wert, dass man ihm hinterher sabbert, aber für mich tut er gar nichts. Ich denke nur ...“

Ich unterbrach sie. „Na schön. Vielleicht hat irgendetwas das ausgelöst, aber ich denke, es ist gut so. Ich habe Joe gesehen. Drei Mal sogar.“ Ich verschränkte die Arme und starrte sie fast an.

Daisys Augen blitzten auf, und sie stützte ihre Ellbogen auf den Tisch. „Du hast Joe Schmidt gesehen?“

„Ja, das habe ich. Er muss in der Nähe des Parks bei mir zu Hause wohnen, denn ich habe ihn jetzt zweimal dort joggen sehen und einmal in seinem Auto auf der Straße. Bevor du jetzt ausflippst, es gibt nichts, was man gegen seine Existenz tun könnte. Ich kann nicht weiter mein Leben leben und versuchen, ihm aus dem Weg zu gehen. Ich bin nicht froh, dass ich ihn gesehen habe. Ganz und gar nicht. Aber es ist komisch, denn ihn zu sehen und nicht wieder zusammenzubrechen, sagt mir, dass es mir gut geht. Vielleicht hat das etwas ausgelöst, aber ich weiß nicht, ob es wichtig ist. Ich mag Alex, und du hast es gerade selbst gesagt - er ist es wert, dass man ihm hinterher sabbert, also kann ich ihn genauso gut genießen, solange ich kann.“ Mein Herz schlug höher, als ich das laut sagte.

Daisy war still, ihre Augen suchten mein Gesicht ab. Für einen kurzen Moment musste ich an ihren Gesichtsausdruck an dem Tag denken, an dem ich vergewaltigt worden war. Ich hatte sie und Olivia von der Polizeiwache aus angerufen. Olivia hatte meine

Nachricht erst später erhalten, weil sie in einer Prüfung steckte. Daisy war sofort zur Polizeiwache gerannt, nachdem sie aus dem Bett gesprungen war. Danach hatte sie wochenlang an mir geklebt wie Leim. Zwischen ihr und Olivia hatte ich kaum einen Moment für mich allein. Sie war eine loyale, fürsorgliche und ungemein beschützende Freundin. Ich überkreuzte und meine Beine und entkreuzte sie dann wieder, unruhig angesichts ihrer Einschätzung.

Daisy lehnte sich in ihrem Stuhl zurück und seufzte. „Süße, ich bin dafür, dass du dich mit jedem vergnügst, den du willst. Aber sei vorsichtig. Lass dir nicht wehtun. Du bist nicht wirklich der Typ für eine Affäre."

Ich kaute auf der Innenseite meiner Wange und drehte ein Zuckerpäckchen zwischen meinen Fingern im Kreis. Ich hatte in meinem Leben noch nie eine Affäre gehabt. Vor der furchtbaren Vergewaltigung hatte ich insgesamt zwei halbwegs ernsthafte Beziehungen gehabt, die beide etwa zwei Jahre dauerten. Beide endeten auf ähnliche Weise, meist schleichend und in freundschaftlichem Einvernehmen. Die letztere der beiden, mit Ross Palmer, war während meines zweiten und dritten Studienjahres auf dem College gewesen. Er meldete sich, nachdem der ganze Schlamassel mit Joe in den Nachrichten explodiert war. Er hatte mich die ganze Zeit über nur unterstützt. Wenn es eine Chance gegeben hätte, dass der Funke zwischen uns wieder überspringt, dann hätte er es getan, aber dem war nicht so. Wir blieben noch sporadisch in Kontakt. Er lebte in Seattle mit seiner neuen Freundin. Ich versuchte mich daran zu erinnern, ob ich überhaupt eine Affäre in Betracht gezogen hatte, bevor mein Leben in die Brüche ging. Das hatte ich nicht, also sollte ich mich wahrscheinlich fragen, was zum Teufel ich mir nun dabei dachte. Aber das wollte ich nicht. Ich wollte mich darauf stürzen, weil ich nicht gedacht hatte, dass ich jemals wieder Lust empfinden würde. Ganz sicher nicht dieses brühend heiße Verlangen, das ich für Alex empfand.

Ich schaute zu Daisy und fragte mich, was ich von ihr zu hören gehofft hatte. Ich hatte reden wollen, wenn überhaupt, weil ich genug Verstand hatte, um zu wissen, dass ich vielleicht jemanden brauchte, der mich erdete. Daisy nannte mich nicht verrückt, aber sie stellte Fragen, und das gefiel mir nicht besonders. „Ich bin nicht mehr derselbe Mensch wie früher. Das werde ich auch nie wieder sein", sagte ich schließlich.

Daisy lächelte sanft, ihre Augen waren warm. „Natürlich nicht, aber auch wenn du anders bist, ist ein Teil von dir derselbe. Ich bin mir nur nicht sicher, ob Harper ein unverbindlicher Typ ist. Ich hätte gesagt, du bist ein Nestbauer. Dasselbe würde ich auch über Alex sagen. Er hat einfach diese Ausstrahlung."

„Ein Nestbauer?"

„Ja, du baust Beziehungen auf und machst sie gemütlich." Sie zuckte mit den Schultern und winkte mit der Hand. „Das ist nicht das, was du im Moment willst. Ich halte mich zurück, denn weißt du was? Wenn du eine Affäre mit Alex Gordon willst, werde ich mich hüten, dir zu sagen, dass du es nicht tun sollst. Weiß Gott, viele Frauen eifersüchtig sein werden. Er hat diese ganze Schwer-zu-kriegen-Ausstrahlung perfekt drauf. Und was noch schlimmer ist, er versucht es nicht einmal. So ist er nun mal." Sie grinste und drückte meine Hand. „Du sollst nur wissen, wenn du mich brauchst, bin ich da."

———

An diesem Abend sprang ich fast hektisch auf, als mein Telefon auf dem Tisch klingelte. Stanley lag zu meinen Füßen, sein riesiger Kopf ruhte auf einem von ihnen. Ich beugte mich vor und nahm mein Telefon vom Couchtisch, um Alex' Namen auf dem Bildschirm zu sehen.

Ich mache mich jetzt auf den Weg zu dir. Wir sehen uns gleich.

Ich grinste und lachte dann lauthals über mich selbst. Mir war geradezu schwindelig, weil ich Alex wiedersah. Vielleicht war ich verrückt, aber das war mir im Moment ziemlich egal. Stanley hob den Kopf, seine ernsten blauen Augen musterten mich. „Okay, Stanley, du hattest deinen Spaziergang, also kannst du jetzt ein Nickerchen machen, während ich ausgehe", informierte ich ihn.

Es war mir egal, ob er wusste, was ich damit sagen wollte oder nicht. Ich sprach trotzdem mit ihm. Mein Vater hatte Stanley in den Monaten, nachdem Joe mich vergewaltigt hatte, aus einem Rettungsprogramm für mich besorgt. Stanley war in der einsamsten und dunkelsten Zeit meines Lebens mein Fels in der Brandung gewesen. Nach einem Moment stupste er mit seiner Nase meine Wade an.

„Ach ja!" Ich sprang auf, weil mir plötzlich klar wurde, dass ich runter gehen musste, um Alex zu treffen, wenn er schon auf dem Weg war. Ich schnappte mir meine Handtasche vom Tisch und eine Jacke vom Haken an der Tür. Stanley wackelte zur Tür und sah erwartungsvoll auf. „Sei brav", sagte ich und beugte mich schnell vor, um ihm einen Kuss auf den grauen Kopf zu drücken. Ich wusste, dass er höchstwahrscheinlich bis zum Morgen durchschlafen würde. Wenn er seinen Abendspaziergang hinter sich hatte, tat er genau das.

Nachdem ich die Tür hinter mir geschlossen hatte, joggte ich die Treppe hinunter und stellte fest, dass ich seit Jahren weder morgens noch abends, wenn es fast dunkel war, irgendwo spazieren gegangen war. Vermutlich würde ich es auch jetzt nicht tun, aber Alex würde bei mir sein, also kam mir die Frage der Angst gar nicht in den Sinn. Ich sah ihn kommen und ging hinaus, um ihm entgegenzugehen. Als ich auf der untersten Stufe wartete, beschleunigte sich mein Puls, als ich sah, wie er auf mich zukam. Er war ein nahezu perfektes Exemplar purer maskuliner Stärke. Er war eher groß, muskulös und schlank. Seine Schultern beugten sich mit dem Schwung seiner Arme. Er blieb vor mir stehen, seine Augen waren auf gleicher Höhe mit meinen, als ich eine Stufe über dem Bürgersteig stand.

Es war früher Abend und die Sonne ging gerade unter. Das Licht war verschwommen und grau, und der Himmel färbte sich in der Ferne über dem Puget Sound rosa. Alex sah mich an, seine braunen Augen waren dunkel und unergründlich. Im Nu fühlte sich die Luft um uns herum erhitzt an. Seine bloße Anwesenheit ließ mich innerlich und äußerlich heiß werden. Diese Unbekümmertheit stieg in mir auf, und ich wollte ihn packen und die Treppe hinaufziehen. Aber ich hielt mich zurück. Ich war fest entschlossen, dass der heutige Abend nicht damit enden würde, dass er auf die Bremse trat, doch ich wusste, wenn ich zu viel verlangte, würde er sich zurückhalten.

„Sollen wir?"

Das tiefe Timbre seiner Stimme jagte mir einen Schauer über die Haut. Mein Bauch krampfte sich zusammen und Hitze floss durch meine Adern. Ich konnte kein Wort hervorbringen, aber ich nickte und trat auf den Bürgersteig hinunter. Ohne ein Wort zu sagen, begannen wir loszugehen. Wir wollten uns in einem Restaurant treffen, das etwa fünfzehn Minuten Fußweg entfernt war. Ich bin mir nicht sicher, wer nach wessen Hand griff, aber irgendwo auf dem Weg fand ich meine Hand in der von Alex. Seine Hand war so groß wie meine - sein Griff war stark und warm, während er meine Hand leicht festhielt. Meine Aufmerksamkeit konzentrierte sich auf diesen Punkt der Berührung und kostete ihn aus. Meine Gedanken wanderten zu dem Gefühl seiner Hände auf meiner Haut.

Als wir das Restaurant erreichten und Alex mich hineinführte, war ich so scharf und erregt, dass es fast schon lächerlich war. Ich war mir nicht sicher, was der Anlass war, aber ich hatte herausgefunden, dass Liam gerne aß. Und zwar sehr gerne. Er mochte es, wenn Olivia die ganze Zeit bei ihm war, und so neigte er dazu, Freunde zu einem gemeinsamen Abendessen einzuladen. Wir trafen uns heute Abend in einem Lokal, in dem ich noch nie gewesen war - einem italienischen Restaurant, das zu den neuen Favoriten in Seattle gehörte. Der Eingangsbereich war überfüllt. Alex ignorierte alle und führte mich mit seiner Hand auf meinem Rücken hindurch. Er beugte sich hinunter. „Liam hat geschrieben, dass sie bereits hier sind", sagte er, und seine raue Stimme jagte einen Schock des Verlangens durch meinen Körper.

Ich bekam Gänsehaut, als ich seinen Atem an meinem Hals spürte, als er sprach. Ich musste mich daran erinnern, dass wir uns in der Öffentlichkeit befanden und es peinlich sein könnte, sofort dahin zu schmelzen. Ich schaffte es, zu nicken und weiterzugehen. Alex zwinkerte der Hostess zu, als wir den kleinen Stand erreichten, an dem sie stand. Das war alles, was sie brauchte, um ihre Tätigkeit zu unterbrechen und ihn anzulächeln. „Was kann ich für Sie tun?", fragte sie und klimperte tatsächlich mit den Wimpern.

„Wir treffen uns hier mit einer Gruppe. Liam Reed."

Ich sah die Erkenntnis in den Augen der Hostess, als sie Alex mit Liam in Verbindung brachte. Beide waren in und um Seattle sehr bekannt, seit sie von dem aggressiven Management der Seattle Stars unter Vertrag genommen worden waren. Seattle strebte mit seiner Fußballmannschaft nach internationaler Aufmerksamkeit, und Liam, Alex und ihre anderen britischen Mannschaftskameraden waren Teil dieses Vorhabens. „O ja, Mr. Gordon. Hier entlang", sagte sie mit einem strahlenden Lächeln.

Ihre Augen blickten nie in meine Richtung. Wenn Alex auch nur im Geringsten von ihr beeindruckt war, so war das nicht zu erkennen. Wenn überhaupt, sah er eher gelangweilt aus, während sie ihn fröhlich voll-quatschte, als sie uns durch das Restaurant zu einem großen runden Tisch führte, der in einer Ecke im hinteren Teil des Lokals stand. Liam und Olivia saßen zusammen, wobei Liam den Arm um ihre Schultern gelegt hatte, während er über eine Bemerkung von Tristan Wells lachte. Tristan war der vierte Fußball-spieler, der aus Großbritannien rekrutiert wurde. Ihn hatte ich von allen am seltensten gesehen, seit Olivia mit Liam zusammen war und ich in den Kosmos ihrer Welt aufgenommen worden war. Während Liam und Ethan die lebenslustigen Flirter waren, waren Alex und Tristan eher ernsthaft. Tristan hatte schwarze Locken, die fast immer zerzaust waren, und haselnuss-braune Augen. Wie nicht anders zu erwarten, wenn man bedachte, dass er den größten Teil seines Lebens dem Fußballspielen auf höchstem Niveau gewidmet hat, war er in einer unglaublichen körperlichen Verfassung. Ich lernte ihn ein wenig kennen und erfuhr, dass er gerade sein Medizinstudium beendete. Wie er das schaffte, während er Profisport betrieb, war mir ein Rätsel.

Olivia blickte auf. „Oh, hey! Ihr seid beide hier. Setzt euch", sagte sie und tätschelte den Stuhl neben sich.

Ich umrundete den Tisch und ließ mich auf den Stuhl fallen, wobei mir plötzlich bewusstwurde, dass ich mich so sehr auf Alex konzentriert hatte, dass ich vergessen hatte, dass wir uns in der Öffentlichkeit befanden. Alex setzte sich ohne ein Wort neben mich. Das war nicht ungewöhnlich. Wahrscheinlich war seine Neigung zum Schweigen der Grund, warum ich in den letzten Wochen nicht viel mit ihm gesprochen hatte. Liam lehnte sich vor. „Schön, dass du es geschafft hast, Kumpel", sagte er mit einem Zwinkern und einem leichten Grinsen.

Alex lächelte leicht. „Du wusstest, dass ich es schaffe", antwortete er zur Begrüßung.

„Da hast du recht", sagte Liam achselzuckend. Seine strahlend blauen Augen richteten sich auf mich. „Und die reizende Harper. Wie geht es dir?"

Zum tausendsten Mal konnte ich nichts anderes tun, als über seine Begrüßung zu lachen. Liam war ein hemmungsloser Charmeur. Wenn er nicht so lächerlich in Olivia verliebt wäre, würde sich jemand, der ihn nicht kannte, vielleicht wundern. Er bestand darauf, mich reizend zu nennen, ich glaube, weil er wusste, dass es mich ein wenig störte. Mit einem Augenrollen antwortete ich: „Mir geht's gut, Liam. Und dir?"

„Bestens", antwortete er mit einem Zwinkern, bevor er sich wieder Alex zuwandte. „Okay, Kumpel, will einer wetten, wie hoch wir unser nächstes Spiel gewinnen?"

Alex zuckte mit den Schultern und gluckste leise. „Ich passe."

Liam verdrehte die Augen und wandte sich prompt an Tristan. „Du hattest recht."

Tristan lächelte leicht, blieb aber still.

„Recht mit was?", fragte ich.

Olivia fing meinen Blick mit einem Lächeln und einem langsamen Kopfschütteln auf. „Tristan sagte, Alex würde sich nicht die Mühe machen, zu spekulieren. Niemand wird mit Liam wetten, also wird er mich als Nächstes belästigen." Sie machte eine Pause, um einen Schluck Wein zu trinken und eine lockere Locke hinter ihr Ohr zu streichen.

Liam grinste und griff nach genau der Locke, die sie gerade zur Seite geschoben hatte. Er zog sie heraus und ließ sie los, sodass sie gegen ihre Wange prallte. Sie errötete und verdrehte die Augen. Mit ihren dunklen Locken, der elfenbeinfarbenen Haut und den grünen Augen war Olivia die Hübsche. Bis Liam kam, hatte ich mich gelegentlich gefragt, ob sie sich jemals auf etwas anderes als die Arbeit konzentrieren würde. Es war gut, sie mit Liam zu sehen. Abgesehen davon, dass sie jetzt auch ein Leben außerhalb der Arbeit hatte, waren sie einfach nur glücklich zusammen. Mit ihrem Hund Bentley hatten sie jetzt ihre eigene kleine Familie. Meine Gedanken kreisten um meine frühere Unterhaltung mit Daisy. Ich wusste, warum sie mich und die ganze Idee mit der Affäre in Frage gestellt hatte, aber an etwas darüber hinaus zu denken, bereitete mir innerlich Unbehagen. Ich befürchtete, wenn ich anfing, mir mehr zu wünschen, würde ich mir selbst in die Quere kommen.

Wie von meinen Gedanken herbeigezaubert, schlenderte Daisy auf den Tisch zu, blieb am Rand stehen und musterte die bereits sitzenden Gäste. „Na hallo. Ich schätze, ich bin zu spät."

Tristan blickte zu ihr auf. „Du bist immer noch früher als Ethan."

Daisy strahlte und setzte sich mit Schwung neben ihn. „Deswegen mag ich dich, Tristan. Du bist so korrekt."

Tristan zog eine Augenbraue hoch, sagte aber nichts weiter. Innerhalb weniger Augenblicke ging die Unterhaltung um mich herum weiter. Ein Kellner kam, um unsere Bestellungen aufzunehmen, und mittendrin tauchte auch Ethan auf. Alex und ich saßen genau dort, wo der Tisch in die Ecke gedrängt war. Es fühlte sich fast so an, als befänden wir uns in unserer eigenen Blase, während Kommentare um uns herum kreisten, doch alle schienen damit zufrieden zu sein, uns in Ruhe zu lassen. Wir waren jeweils die ruhigsten in unserer Gruppe von Freunden. Hier und da bemerkte ich, wie Daisys Blicke neugierig zu uns wanderten, aber sie hielt sich mit Sticheleien zurück, was alles in allem ein kleines Wunder war.

Das Essen war wirklich köstlich. Seattles Neigung zu Trends war manchmal ein Problem, zumindest dachte ich das. Neue Lokale wurden aus dem Boden gestampft und für fantastisch erklärt, aber nicht immer entsprachen sie den Erwartungen. Das Essen hier entsprach meiner Vorstellung von großartig. Ich habe mehr Wein getrunken, als ich wahrscheinlich hätte tun sollen. Während Alex' Anwesenheit meine Nerven und mein Adrenalin auf Hochtouren laufen ließ, suchte ich Erleichterung in dem subtilen Rausch. Ich hatte nicht bemerkt, wann, aber seine Hand war unter dem Tisch auf meinem Oberschenkel gelandet. Während Ethan von einem Spiel erzählte, das sie vor ein paar Wochen gewonnen hatten, verlor ich alle anderen um uns herum aus den Augen und konzentrierte mich nur noch auf Alex und Alex allein. Die Hitze seiner Berührung brandmarkte mich regelrecht. Sein Daumen strich gemächlich an der Innenseite meines Oberschenkels entlang. Ich war glitschig vor Verlangen, und das nur wegen seiner subtilen Berührung.

Mein Atem war flach und zum Teufel mit mir, aber ich wollte ihn so sehr, dass ich innerlich verzweifelte. Mein Puls raste wie wild, und ich bemühte mich, meinen Körper unter Kontrolle zu bringen. Ich machte den Fehler, zu ihm aufzublicken. Sein Blick traf meinen, seine Augen glichen dunkler Schokolade. Er schaute mich so leidenschaftlich an, dass ich ein heißes Pochen am Scheitelpunkt meiner Oberschenkel spürte. Plötzlich war es mir egal, was man über uns denken könnte, und ich stand abrupt auf.

„Ich muss nach Hause", platzte ich heraus.

Ethan hielt mitten im Satz inne und ließ seinen neckischen Blick über mich schweifen. „Langweile ich dich?", fragte er in seinem leicht hochmütigen britischen Akzent.

Ich schüttelte heftig den Kopf. „Ganz und gar nicht. Ich muss nur unbedingt los. Stanley braucht wahrscheinlich einen Spaziergang", log ich und versuchte, mir einen Grund auszudenken. Ich wusste nur, dass ich nicht länger hier sitzen bleiben konnte, sonst würde ich über Alex herfallen.

Ich wollte mich an Alex vorbeischieben, aber er stand schnell auf. „Dann bringe ich dich nach Hause."

Mein Körper stieß ein Halleluja aus.

Als ich um den Tisch eilte, fing ich Daisys wissenden und Olivias neugierigen Blick auf, aber ich ignorierte sie. Mein Körper war hin- und hergerissen - entweder würde ich Alex heute Nacht ganz haben,

oder ich würde mich zumindest aus diesem stunden-
langen, neckischen Vorspiel befreien. Ich hätte es nie
für ein Vorspiel gehalten, beim Abendessen neben
jemandem zu sitzen, aber bei Alex war es genau das.

Ich ging schnell durch das Restaurant und schob
mich durch die Türen nach draußen. Kühler Regen
prasselte auf meine erhitzten Wangen und erinnerte
mich daran, dass ich vergessen hatte, meine Jacke zu
holen. Ich wollte mich umdrehen, als ich Alex direkt
hinter mir entdeckte. Ohne ein Wort zu sagen, hielt er
mir die Jacke hin, damit ich sie überstreifen konnte.
Nachdem er sie mir über die Schultern gelegt hatte,
glitten seine Handflächen über meine Arme. Ich
erschauderte, mehr durch das Gefühl seiner Berührung als durch irgendetwas anderes.

Kapitel Neun

ALEX

Während ich neben Harper herging, trug ich einen inneren Krieg in meinem Kopf aus. Mein Schwanz war schon seit einer guten Stunde steinhart und bereit. Verdammte Scheiße. Allein neben ihr zu sitzen war schon den ganzen Abend eine Qual und eine Verlockung gleichzeitig gewesen. Wenn es nach meinem Körper ginge, würde es kein Warten mehr geben. Aber dann war da noch mein verdammtes schlechtes Gewissen. Ich wusste, dass es Harper wütend machen würde, aber ich konnte nicht umhin, mich zu fragen, was sie so anspornte. Auch die Tatsache, dass sie vergewaltigt worden war, ging mir nicht mehr aus dem Kopf. Ich wusste es nicht genau, aber Olivia sagte mir, dass Harper sich seit dem Vorfall mit niemandem getroffen hatte, also war es auch unwahrscheinlich, dass sie Sex gehabt hatte. Sie schien mir nicht der Typ zu sein, der zufällige Begegnungen suchte, was mich noch mehr verwirrte, weil ich nicht wusste, was sie von mir wollte. Oh, ich wusste, dass die Chemie zwischen uns stimmte, verdammt, die Chemie reichte aus, um ein Haus abzufackeln. Aber ich wusste nicht, was danach kam. Ich wusste, dass Harper für mich nicht nur ein Ventil war, um meine Bedürfnisse zu befriedigen. Sie war so viel mehr als das.

Ich stolperte fast, als sie vor meiner Wohnungstreppe abrupt zum Stehen kam. Da meine Wohnung ein paar Blocks näher am Restaurant lag als ihre, hatte ich erwartet, weiterzulaufen. Sie drehte sich um und sah zu mir auf. Sie hatte sich nicht die Mühe gemacht, die Kapuze ihrer Jacke aufzusetzen, sodass ihr Haar feucht war. Die dunklen Locken glitzerten unter den Straßenlaternen. „Wie geht es Callie?", fragte sie.

Einen Moment lang war ich verwirrt, bevor mein Gehirn wieder in die Gänge kam. Ich hatte vergessen, dass sie mir begegnet war, als ich nach der kleinen Streunerkatze sah, die unter der Treppe kampierte. Damals hatte sie mich das letzte Mal geküsst und mich damit um den Verstand gebracht. Ich dachte an das Gefühl, wie sie sich an mich schmiegte, als sie durch meine Finger kam. Ich gab mir einen mentalen Tritt. *Nicht jetzt, Kumpel.*

„Callie ist immer noch da. Mal sehen", sagte ich, trat an den Fuß der Treppe und schaute darunter. Callies Augen fingen das Licht ein, als sie sich in meine Richtung drehte. Sie hatte sich in die Decke gekuschelt, die ich für sie hingelegt hatte. Ich richtete mich auf und stieß fast mit Harper zusammen, die sich heruntergebeugt hatte, um nachzusehen.

„Oh, sie hat es ganz gemütlich", sagte Harper leise.

Harper warf mir einen Blick zu, ihr Gesicht war nur Zentimeter von meinem entfernt, und ich konnte mich nur schwer beherrschen, sie nicht zu küssen. Mein Herz schlug in einem heftigen Rhythmus, als ich sie ansah. Sie streckte eine Hand nach Callie aus, hielt sie aber bewusst weit genug weg, um nicht bedrohlich zu wirken. Callie streckte ihre Nase nach vorn und schnupperte, bevor sie sich wieder zurückzog und uns vorsichtig musterte. „Ich wünschte, sie käme mit rein. Draußen ist es so nass und kalt", sagte Harper leise.

„Ja. Da wären wir schon zwei. Mein Vermieter hat sie auch gefüttert. Unter uns gesagt, ich denke, sie wird irgendwann beschließen, dass es sicher ist, ins Haus zu kommen."

Ich richtete mich auf und holte tief Luft. Ich brauchte eine Minute, um die Kontrolle über meinen Körper wiederzuerlangen. In dem Kampf zwischen meinem Verstand und meinem Körper hatte Letzteres eindeutig die Oberhand gewonnen. Harper stand auf und sah zu mir hoch. Regentropfen kullerten ihr über die Wangen, und bevor ich merkte, was ich tat, wischte ich einen Tropfen unter ihrem Auge weg. Ich erstarrte, meine Augen waren auf ihre gerichtet. Lust traf mich wie ein Blitzschlag. Es kostete mich jedes Quäntchen Disziplin, sie nicht in meine Arme zu nehmen und den nächstbesten Platz zu finden, an dem ich mich in ihr versenken konnte, denn ich konnte die Pforten gegen das unbändige Verlangen, das Harper in mir auslöste, kaum geschlossen halten.

Sie hielt still, ihre Augen suchten meine. Plötzlich ergriff sie meine Hand, wirbelte herum und zog mich hinter sich her die Treppe hinauf. Sie versuchte, die Tür zu meinem Haus zu öffnen, aber sie war logischerweise verschlossen. Sie drehte sich wieder um, ihre Augen blitzten. „Lass mich rein."

Ich bezweifelte, dass sie es so gemeint hatte, aber ihre Worte hatten eine doppelte Bedeutung. Was sie nicht wusste, war, dass sie bereits so tief in mich eingedrungen war, dass ich zurückgeworfen wurde. An so etwas war ich nicht gewöhnt. Vielmehr hatten die Jahre, in denen ich alles sein wollte, was mein Vater nicht war, meine Disziplin und Kontrolle geschärft.

Die Tatsache, dass ich als Torwart tagein, tagaus unter dem hohen Druck des internationalen Fußballs stand, schärfte meine Qualitäten wie Ruhe, Gelassenheit und messerscharfe Aufmerksamkeit. Harper hatte mich in mehr als einer Hinsicht verunsichert. Im Moment wollte ich nur sie, aber ich wusste, dass sie alles wollte, und ich wusste nicht, ob ich die Fähigkeit hatte, mich zurückzuhalten.

Sie packte mein Shirt, umklammerte es mit ihrer Hand und zog mich zu sich. Ihr Kopf knallte gegen die Tür hinter ihr, und ich griff reflexartig nach ihr, um sie aufzufangen. Als sie mich an sich zog und ich nach ihr griff, waren ihre Lippen plötzlich nur noch einen Hauch von meinen entfernt. Mein Körper spannte sich an, jede Faser strebte ihr entgegen, unfähig, der Welle der Lust zu widerstehen.

Ich holte tief Luft und dachte eine Sekunde lang, ich hätte einen Faden der Kontrolle zu fassen bekommen. Sie griff fester nach meinem Shirt und sah mir in die Augen. Es war, als ob ein Streichholz die Luft zwischen uns entzündete. Während um uns herum kühler Nieselregen fiel, fühlte sich die Luft wie elektrisiert an. Bei all dem Blut, das direkt in meine Leisten schoss, und dem Pochen meines Herzens konnte ich nicht nachdenken. Ich riss meine Schlüssel aus der Tasche und griff um sie herum, um die Tür zu öffnen. Sie stolperte zurück, als sie nachgab. Ich tat, was ich schon seit Wochen tun wollte, und hob sie in meine Arme. Ich wollte sie an mich drücken, aber das wollte sie nicht. Ihre Beine schlangen sich um meine Hüften. In dem Durcheinander prallten ihre Lippen auf meine, und meine Kontrolle, die jenseits aller Vernunft lag, verflüchtigte sich. Ich drückte sie fest an mich und stieß die Tür hinter mir zu.

Bei jedem Schritt, den ich machte, kämpfte

Harpers Zunge mit meiner. Sie küsste mich mit wilder Hingabe. Wenn man bedachte, dass ich innerlich fast in Flammen stand, war es ein Wirrwarr aus Lippen, Zähnen und Zungen. Ich schob die Tür zu meiner Wohnung mit der Schulter auf, löste meine Lippen von ihren und stöhnte, als sie ihre Hüften gegen mich stemmte. Wie durch ein kleines Wunder stolperte und fiel ich nicht, als ich das Schlafzimmer erreichte, und schaffte es, mich umzudrehen und mich zu setzen. Sie war noch immer um mich gewickelt und schob mir die Jacke von den Schultern. Ihre Hüften sanken auf mich herab, und verdammt noch mal, es fühlte sich so unglaublich gut an, ihre Hitze an mir zu spüren. Ich schüttelte meine Arme aus der Jacke und warf sie beiseite, bevor ich ihre Hüften packte, sie festhielt und mich ihr entgegenwölbte. Mein Schwanz war so steif, dass er schmerzte, und alles, woran ich denken konnte, war die süße, glitschige Hitze, von der ich wusste, dass sie mich erwartete.

Ihr entkam ein Schrei und sie riss die Augen auf. Ihre dunkelblauen Augen funkelten und ihre Lippen verzogen sich zu einem leisen Stöhnen, als ich meine Hüften an ihren Schoß drückte. Sie starrte mich an, und für einen kurzen Moment sah ich, wie sich die Räder in ihrem Gehirn zu drehen begannen. Ich tat das Gegenteil von dem, was ich erwartet hätte, wenn ich in einem rationalen Geisteszustand gewesen wäre. In diesem Szenario hätte ich gedacht, dass wir das vielleicht nicht überstürzen sollten. Nicht mit dem Gewicht ihrer Vergangenheit in diesem Raum. Doch jetzt, wo die Luft zwischen uns fast vibrierte durch die Kraft des Verlangens, wusste ich nur, wenn ich ihr nur eines geben konnte, dann, sich kopfüber in diesen wilden Puls der Sehnsucht, der Lust und noch mehr zwischen uns zu stürzen.

Ich lockerte meinen Griff um ihre Hüften und schob ihr die Jacke von den Schultern, ließ meine Handfläche über ihren Rücken gleiten, um meine Hand in ihr Haar zu schieben. „Fang jetzt nicht an, nachzudenken, Harper. Darum geht es hier nicht", flüsterte ich heftig, bevor ich meinen Mund wieder auf ihren presste und alles, was ich fühlte, in unseren Kuss steckte.

Ich verlor jegliches Zeitgefühl. Ein Wirrwarr von Kleidern, die inmitten heißer Küsse vom Leib gerissen wurden, Harpers Hände, die überall herumwanderten und mich beinahe um dem Verstand brachten. Ich klammerte mich an den dünnsten Faden, fest entschlossen, dafür zu sorgen, dass sie den Gipfel der Lust fand, bevor es vorbei war. Und das war nicht leicht. Ich mochte Sex auf jede Art - sanft und langsam, schnell und hart, rau und wild. Harper erregte mich so sehr, dass ich mich verzweifelt nach Erlösung suchend in sie drängen wollte. Doch ich wollte es nicht zu weit treiben. Verdammt noch mal, sie machte es mir nicht leicht. Sie war überall auf mir, ihre Hände waren überall, während sie mich küsste, leckte und knabberte.

Irgendwie schaffte ich es, mich zu befreien und aufzustehen. Unsere Klamotten lagen in einem unordentlichen Durcheinander auf dem Bett und dem Boden. Harper stützte sich auf ihre Ellbogen und sah zu mir auf. Verdammt, sie war hinreißend. Sie hatte einen athletischen Körperbau, der nur durch ihre üppigen Kurven abgerundet wurde. Ihre Brüste waren feucht von meinem Mund, und ihre Brustwarzen waren straff und dunkelrosa.

Ihr Atem kam in kurzen Zügen, und ihre Augen blieben an mir hängen. „Was ...?"

Ich ignorierte sie und beugte mich vor, um meine

Hände unter ihren Knien einzuhaken und sie grob ans Ende des Bettes zu zerren. Ohne abzuwarten, wie sie reagieren würde, schob ich ihre Knie auseinander. Sie war so feucht, regelrecht glitschig vor Lust. Ich fuhr mit einem Finger durch ihre Schamlippen hindurch, wartete aber nicht länger und presste meinen Mund darauf. Sie verkrampfte sich kurz, und ich fragte mich, ob ich die Sache in die falsche Richtung gelenkt hatte. Dann stöhnte sie auf und ihre Knie entspannten sich, während ihre Hände sich in meinem Haar vergruben. Ich machte mich daran, sie zu schmecken und sie in den Wahnsinn zu treiben. Mein einziges Ziel: nichts als pures Vergnügen für sie.

Ich ließ einen Finger in ihre Muschi gleiten, während ich sie mit meiner Zunge erforschte. Ein weiterer Finger gesellte sich zu dem ersten, und ich genoss das Gefühl, wie sie sich um mich klammerte und ihre Hüften sich gegen meinen Mund stemmten. Schneller als ich erwartet hatte, spürte ich, wie sie schneller wurde, und sie schrie auf, ihre Hände hielten sich fester an meinem Haar fest, während sie um meine Finger pulsierte. Ich ließ langsam von ihr ab. Als ich aufstand und mich über das Bett lehnte, um ein Kondom aus dem Nachttisch zu holen, durchfuhr mich ein Anflug von Sorge. Harper war keine Jungfrau mehr und benahm sich auch nicht wie eine Frau, die mit Vorsicht behandelt werden musste. Aber was soll's. Sie war vergewaltigt worden, und soweit ich wusste, war dies vielleicht das erste Mal, dass sie seitdem Sex hatte.

Ich sah zu ihr hinunter und vergaß diesen Gedankengang sofort wieder. Sie stützte sich auf die Ellbogen, schaute mich an und wartete. Ihre Haut glitzerte im schwachen Licht des Wohnzimmers, ihr Haar war zerzaust und ihre Augen waren dunkel. Ich rollte das

Kondom über und streckte mich über sie. Heilige Hölle. Es fühlte sich so gut an, sie an mir zu spüren. Ihre Haut war feucht, ihr Schweiß vermischte sich mit meinem. Sie war eine Mischung aus weich und fest, ihre Muskeln spannten sich an, als sie ihre Beine um meine Hüften schlang. Ich sagte mir, dass ich es langsam angehen sollte, aber was ich in meinem Kopf sagte und wie mein Körper auf sie reagierte, waren zwei völlig unterschiedliche Dinge. Als ich ihre glitschige Hitze an meinem Schwanz spürte, war ich verloren.

Ich strich ihr das verworrene Haar aus dem Gesicht. Ich musste sie ansehen. „Harper."

Sie riss die Augen auf, und ich fuhr mit einer Fingerspitze über ihre Brauen. Mein Herz klopfte so heftig, dass es in meinem Körper widerhallte. Ihr Atem kam in leisen Stößen. Sie spannte ihre Beine an und wölbte sich in mir. „Alex, lass mich nicht warten."

Ihr raues Flüstern war wie ein Pfeil. Direkt ins Herz - sein Treffer war fast schmerzhaft. Mein Körper antwortete ihr, wölbte sich und versank in ihrer feuchten, samtigen Umklammerung. Ihre Augen fielen zu und ihr Atem kam in einem leisen Stöhnen heraus, während ich mich zwang, still zu halten. Sie war eng. Ob es ihr bewusst war oder nicht, sie spannte sich an. Nach ein paar Sekunden spürte ich, wie sie sich um mich herum lockerte.

Kapitel Zehn

HARPER

Endlich.

Ich seufzte und verkniff mir ein weiteres Stöhnen. Alex fühlte sich so gut an - alles von ihm, in mir und an mir. Ich war angespannt, enger als ich es mir vorgestellt hatte, und er war, nun ja, niemand würde je behaupten, er sei nicht gut ausgestattet. Ich hatte nicht vor, mich zu verkrampfen, aber ich tat es. Aus Reflex oder aus irgendeinem anderen Grund. Nach einer Minute verging es, und ich entspannte mich. Er war voller Muskeln und sinnlicher Kraft, die mich umgab. Ich spürte, wie er fast gegen mich vibrierte und fühlte, wie er sich zurückhielt. Ich ließ eine Handfläche über seinen Rücken gleiten, genoss jeden Zentimeter seiner Muskeln und wölbte mich ihm entgegen. Wenn er vorhatte, zärtlich zu sein, würde ich das nicht zulassen.

„Alex", flüsterte ich leidenschaftlich.

Sein Kopf war in die Wölbung meines Halses gesunken, und er hob ihn an. Sein dunkelbrauner Blick begegnete meinem. Ich konnte die immense Kontrolle sehen, die er aufbrachte, und ich wollte, dass er aufhörte. „Tu das nicht."

„Was denn?"

„Halt dich nicht zurück."

„Harper ..."

Ich stieß meine Fersen in ihn und stemmte mich gegen ihn, wobei ich das Gefühl der Befriedigung nicht verbergen konnte, als er sich reflexartig gegen mich wölbte.

Er bewegte sich schnell, ergriff meine Hände und streckte sie über meinen Kopf. Ich wollte es hart, schnell und rau - etwas, in dem ich mich verlieren konnte. Aber das gab er mir nicht. Er fand seinen Rhythmus - betörend langsam, und doch war jeder Stoß gerade tief genug, um mich innerlich höher und höher zu treiben.

Ich verlor mich, aber nicht so, wie ich es mir vorgestellt hatte. Ich verfiel in einen langsamen, heißen Tanz aus Sehnsucht und Verlangen, wobei sich der Druck in mir so stark aufbaute, dass ich dachte, ich würde explodieren. Jeder seiner Stöße füllte mich aus, das langsame Reiben und Drücken in meinem Kanal ließ mich höher und höher steigen. Die ganze Zeit über waren seine Augen auf mich gerichtet, seine Hände griffen nach meinen, und ich fühlte mich verletzlich, roh und ausgeliefert. Doch ich vertraute ihm vollkommen, so vollkommen, dass es mich fast erschreckte. Er lockerte seinen Griff und ließ seine Hand zwischen uns hinuntergleiten. Ein kurzer Strich seines Daumens gegen meinen Kitzler, und die Lust löste sich und peitschte in einem Rausch durch mich hindurch.

Ein weiterer tiefer Stoß und er versteifte sich gegen meinen Körper, bevor ein gutturaler Schrei ertönte. Sein Kopf fiel wieder auf meine Schulter, und er verlagerte sofort sein Gewicht auf eine Seite.

Wir lagen still da, unser Atem kam in Stößen. Nach ein paar Augenblicken verlangsamte sich mein Puls so weit, dass ich klar denken konnte. Die Realität wurde mir langsam bewusst. Ich war innerlich hin- und hergerissen zwischen dem Wunsch, vor Freude zu tanzen, weil ich endlich Sex gehabt hatte, und dem reflexartigen Bedürfnis, mich der tiefen Intimität zu entziehen, die ich mit Alex empfand. Mein Gehirn schaltete sich ein, was selten ein gutes Zeichen ist, und ich öffnete meine Augen, um Alex' warmem, braunem Blick zu begegnen.

Ich befürchtete plötzlich, dass er reden wollte, aber er sagte kein Wort. Er strich mir einfach das verhedderte Haar aus der Stirn. Das war gut. Das fühlte sich gut an. Ich konnte das schaffen.

Stunden später wachte ich in der Dunkelheit auf. Für einen Moment war ich orientierungslos, und eine wirre Panik stieg in mir auf. Ich begann, mich umzudrehen, als sich mein Bewusstsein so weit regte, dass ich mich daran erinnerte, dass der warme Körper neben mir Alex war. Er lag hinter mir, sein Atem war gleichmäßig und ruhig. Selbst im Schlaf fühlte sich sein Körper stark an. Sein muskulöser Arm lag über meiner Hüfte, seine Handfläche ruhte auf meinem Bauch. Ich blieb ruhig liegen und atmete langsam ein, wobei ich mir wegen meiner anfänglichen Panik dumm vorkam.

Nachdem Joe mich vergewaltigt hatte, wurde ich jahrelang immer wieder von Albträumen heimgesucht. Am Anfang fast jede Nacht. Meine Ärztin hatte mir vorsichtig vorgeschlagen, etwas zu nehmen, das mir beim Einschlafen helfen würde, nachdem sie mich nach zu vielen Nächten mit schlechtem Schlaf völlig zermürbt und müde gesehen hatte. Als ich mich weigerte, drückte sie mir eine Karte für einen Therapeuten in die Hand. Nachdem ich wochenlang gegen mich selbst gekämpft hatte, suchte ich den Therapeuten vor allem aus Verzweiflung auf, denn ein Leben ohne Schlaf war fast unmöglich, wenn es zu lange andauerte. Es war, als würde ich jede Nacht in einen Graben getreten, und jeden darauffolgenden Tag musste ich langsam wieder herauskriechen. Mit etwas Hilfe hatte ich es geschafft, mein Schlafproblem und meine Panikattacken in den Griff zu bekommen. Die alten Albträume suchten mich nur noch selten heim, und eine echte Panikattacke hatte ich seit fast zwei Jahren nicht mehr gehabt. Ich nahm an, dass es beunruhigend sein könnte, nachts aufzuwachen und zum ersten Mal seit über vier Jahren einen Mann neben sich zu haben.

Ich hatte nicht darüber nachgedacht, wonach sich mein Körper in den letzten Wochen gesehnt hatte. Endlich eine Barriere zu durchbrechen, von der ich befürchtet hatte, sie könnte für den Rest meines Lebens bestehen, und tatsächlich Sex zu haben, war eine große Erleichterung. Ich hatte gewusst, dass die Chemie zwischen mir und Alex an der Grenze zur Explosionsgefahr stand. Aber ich konnte nicht ahnen, dass er mich vor Lust in den Wahnsinn treiben würde. Ich konnte nicht ahnen, welche Intimität mich mit ihm verbinden würde und wie verletzlich ich mich fühlen würde. Mir ging Daisys Bemerkung durch den Kopf, dass ich kein Typ für unverbindliche Beziehungen sei, sondern ein Nestbauer. Ein Anflug von Panik stieg in mir auf, eine ganz andere Art von Panik. Was zum Teufel hatte ich getan?

Ich begann, mich vorsichtig von Alex zu entfernen, aber meine subtile Bewegung riss ihn aus dem Schlaf.

Seine Hand glitt über meinen Bauch und in einer trägen Liebkosung über die Kurve meiner Hüfte. Die schwielige Haut seiner Handfläche jagte mir einen Schauer über den Rücken.

Ich hätte mich nicht weiter von ihm entfernen können, wenn mein Leben davon abgehangen hätte. Es fühlte sich zu gut an, ihm nah zu sein. Er murmelte in mein Haar. Ich drehte meinen Kopf. „Hm?"

Seine Augen öffneten sich. Es gab einen Lichtschimmer, der von einem Nachtlicht neben seinem Bett ausging. In diesem winzigen bisschen Licht fingen seine Augen meine ein. Seine Handfläche strich an meiner Seite entlang und wieder hinunter. „Schlaf weiter", murmelte er.

Anstatt dass mein Verstand durchdrehte, schlief ich wieder ein - zu entspannt, zu warm und zu sicher, um etwas anderes zu tun.

———

An diesem Nachmittag machte ich mich daran, wie verrückt zu putzen. Es gab keinen besseren Zeitpunkt, um wie eine Verrückte zu putzen, als nachdem meine Welt durch eine Nacht mit Alex aus den Angeln gehoben worden war - und zwar auf erschreckend gute Weise. Ich schrubbte die Küche blitzblank und saugte die gesamte Wohnung. Stanley legte sich mit einem gequälten Seufzer zu einem Nickerchen hin, nachdem er dem Staubsauger ein paar Mal zu oft ausgewichen war. In meinem Kopf drehte sich alles, seit ich die Tür hinter Alex geschlossen hatte, nachdem er mich heute früh nach Hause begleitet hatte. Er hatte mir angeboten, mit mir zu kommen, wenn ich mit Stanley rausgehe, aber ich hatte abgelehnt. Normalerweise würden wir joggen gehen, aber der Morgen war, nun ja, seltsam für mich. Ich brauchte einen Weg, um mir etwas Freiraum zu verschaffen. Zum Teil, weil ich mich so verzweifelt an Alex klammern und die ganze Zeit mit ihm zusammen sein wollte.

Abgesehen von der enormen Freude, endlich - endlich! - wieder Sex gehabt zu haben, fühlte ich mich wie Treibgut in der rauen See meiner Gefühle. Hochgefühl, Verlangen, Wut, Traurigkeit, Sehnsucht und vor allem Verwirrung überrollten mich Welle um Welle. Die letzte Nacht mit Alex hatte alles übertroffen, was ich mir je zu erhoffen gewagt hätte, und ich wusste nicht einmal, wie ich damit umgehen sollte. Alles, was ich wollte, war, das tiefe Verlangen auszuleben, das ich für ihn empfand. Ich konnte nicht ahnen, dass es so viel mehr sein würde als nur das. Ich hatte alles bekommen, was ich mir in Bezug auf den sexuellen Teil erhofft hatte. Ich hatte mir so lange Sorgen gemacht, dass ich es nicht einmal schaffen würde, den Akt selbst zu vollziehen, dass ich dachte, dass es bereits ein Glück wäre, wenn ich Lust verspürte und Sex ohne Zwischenfälle hätte.

Alex hatte meine Erwartungen vollkommen übertroffen. Verdammt, ich konnte mich nicht daran erinnern, dass Sex jemals auch nur annähernd an das herankam, was wir erlebt hatten ... Was die körperliche Erfahrung anging, war es nicht von dieser Welt. Und dann war da noch der emotionale Teil. Das war es, was mich innerlich in den Wogen schaukeln ließ. Ich war nicht darauf vorbereitet gewesen, dass sich der Schatten, der sich über mein Herz gelegt hatte, im blendenden Licht des Gefühls, mit ihm zusammen zu sein, im Nichts auflöste. Ich fühlte mich, als wäre mein Herz heute Morgen gestolpert und auf seinem Hintern gelandet, umgeworfen von der Kraft so vieler unerwarteter Gefühle. Ich war zu Tode erschrocken und brauchte Zeit, um mich wieder zu sammeln.

Ich war gerade dabei, das Badezimmer zu putzen, als es an meiner Tür klingelte. Ich habe es zunächst ignoriert. Dann klingelte es noch zwei weitere Male, ziemlich eindringlich. Ich warf den Schwamm in die Wanne und wusch mir die Hände, bevor ich zur Tür ging und sie öffnete. Als ich sie aufmachte, standen Daisy und Olivia vor mir.

Daisy hielt eine Tüte mit Gebäck in die Höhe und fegte an mir vorbei. „Wir sind zum Brunch hier", verkündete sie, während sie geradewegs auf die Küche zusteuerte.

Olivia hielt zwei Becher mit Kaffee aus dem Desert Isle Café hoch und reichte mir einen. „Hi", sagte sie mit einem leichten Grinsen. „Daisy hat darauf bestanden, dass wir vorbeikommen. Ich hoffe, das ist in Ordnung."

Ich winkte sie herein. „Kommt rein." Ich wusste, dass Daisy hier war, um etwas über Alex zu erfahren. Ich könnte wirklich ein paar Frauengespräche gebrauchen, aber ich fühlte mich seltsam, fast so, als wäre es nicht richtig, darüber zu reden, was mit Alex passiert war. Es war so intim gewesen, ich war so erschüttert, dass ich nicht wusste, was ich tun sollte, oder was ich überhaupt fragen sollte.

Daisy begann sofort, Schränke zu öffnen, bis sie die Teller fand. Ich war erst vor ein paar Monaten hier eingezogen, daher war sie noch nicht damit vertraut, was wo hingehörte. Wir neigten dazu, uns in der Wohnung des anderen wie zuhause zu fühlen. Olivia ließ sich auf die Couch plumpsen und tätschelte den Platz neben sich. „Komm, setz dich. Lass uns unseren Kaffee genießen, während Daisy uns bedient", sagte sie mit einem Augenzwinkern.

„Bitte", rief Daisy lachend.

Ich ließ mich neben Olivia auf der Couch nieder, schob einen Fuß unter mich und nahm einen willkommenen Schluck Kaffee. Sekunden später kam Daisy herüber und balancierte zwei Teller auf einem Arm, während sie ihren Kaffee und einen weiteren Teller auf dem anderen Arm trug. Ich nahm ihr einen wackeligen Teller vom Unterarm. „Du hättest um Hilfe bitten können."

„Ich mag Herausforderungen", sagte sie, während sie die restlichen Teller auf den Couchtisch stellte und sich auf die andere Seite der Couch setzte.

Ich nahm einen Bissen von einem blättrigen Spinat-Käse-Gebäck. „So gut", sagte ich nach einem weiteren Bissen. Ich blickte zwischen den beiden hin und her. „Also, was gibt's?"

Daisys runde braune Augen suchten mein Gesicht ab. „Okay, was ist los?"

Manchmal hasste ich es, wie schwer es mir fiel, meine Gefühle zu verbergen. Ich war nicht besonders gut darin, so zu tun, als wäre alles in Ordnung, wenn es das nicht war.

Ich blickte zu Olivia, als ob sie mich vor Daisys Direktheit retten könnte. Alles, was ich in ihren Augen entdeckte, war forschende Besorgnis.

„Nichts", antwortete ich schließlich und versuchte vergeblich, den Anflug von Abwehrhaltung aus meinem Tonfall herauszuhalten.

Daisy sagte kein Wort und nahm nur einen Schluck Kaffee.

Olivia räusperte sich, und einen Moment lang dachte ich, dass sie mich vor diesem Gespräch bewahren könnte. Dann ergriff sie das Wort. „*Geht* es dir gut?"

Ich kämpfte gegen die Röte auf meinen Wangen an und seufzte. „Natürlich geht es mir gut! Warum sollte es mir nicht gut gehen? Was soll das Ganze überhaupt?"

Daisy starrte mich mit ihrem direkten und viel zu scharfsinnigen Blick an. „Hör auf mit dem Scheiß. Soweit wir sehen konnten, warst du gestern Abend im Begriff, auf Alex' Schoß zu klettern und ihm das Hirn rauszuvögeln. Was für mich übrigens in Ordnung ist. Aber im Moment siehst du verdammt wütend aus. Das ist nicht in Ordnung für mich."

Die Emotionen schnürten mir die Kehle zu und Tränen brannten in meinen Augen. Ich holte tief Luft und nahm einen Schluck Kaffee. „Sehe ich so schlimm aus?", fragte ich und blickte zwischen ihnen hin und her.

Daisy nickte nachdrücklich, während Olivia schwieg. Nach einem Moment zuckte sie mit den Schultern. „Ich würde nicht sagen, dass du schlecht aussiehst, aber du siehst … gestresst aus", sagte sie schließlich.

Ich nahm einen weiteren Schluck Kaffee und genoss den bitteren Geschmack. „Ich schätze, das bin ich. Ähm", ich hielt inne und schaute zu Daisy. „Hast du …?"

„Ihr von deiner verrückten Idee erzählt, eine Affäre mit Alex zu haben? Ich musste es irgendwie nach gestern Abend. Es war verdammt offensichtlich. Ich dachte, ihr beide würdet sofort in Flammen aufgehen."

Ich seufzte und lehnte mich in die Kissen zurück. Ich schaute zwischen den beiden hin und her und errötete. „Ich wusste nicht, dass wir so offensichtlich waren."

„Oh, das wart ihr", sagte Daisy mit einem scharfen

Lachen. „Es war fast schon lustig, aber jetzt mache ich mir Sorgen, was passiert ist.“

Als ich zu Olivia sah, verengten sich ihre Augen. „Geht es dir gut?“, fragte sie und kam damit auf Daisys Frage von vorhin zurück.

Als ich merkte, dass sie anfingen, in die schlimmstmögliche Richtung zu gehen, warum ich gestresst sein könnte, dachte ich mir, dass ich das besser im Keim ersticken sollte. „Ich bin vielleicht gestresst, aber bitte denkt nicht, dass es daran liegt, dass ich versucht habe, Sex zu haben und zusammengebrochen bin.“

„Okaaay ... Willst du das erklären?“, fragte Daisy langsam.

„Wir hatten Sex, und es war unglaublich“, antwortete ich fast wütend. Ich war nicht wütend auf Daisy, weil sie so aufdringlich war. Ich wusste, wenn die Freundin von jemandem in meiner Situation gewesen wäre, hätte ich mir wahrscheinlich auch Sorgen gemacht. Daisy war natürlich von Natur aus neugierig und machte keinen Hehl daraus, aber sie war jetzt nicht neugierig. Nur besorgt.

Daisy neigte ihren Kopf zur Seite. „Unglaublich?“

„Äh, ja. Und das ist das ganze Problem.“

Olivia musterte mich. „Warum ist das ein Problem?“

„Weil ... weil es nicht so sein sollte!“

„Wie sollte es denn sein?“, fragte Olivia.

Ich warf eine Hand hoch und ließ sie mit einem dumpfen Schlag auf die Couch fallen. „Ich wollte einfach nur, na ja, Sex haben. Ich wollte keine Komplikationen. Nur etwas Schönes und Ordentliches.“

Daisy blieb bemerkenswerterweise ruhig. Sie hatte mich vor genau diesem Problem gewarnt, als sie mir ihre Bedenken mitteilte, dass ich kein Typ für eine Affäre sei.

Als Olivia das Wort ergriff, war ihr Tonfall zurückhaltend. „Seit wann bist du auf der Jagd nach Sex? Das Letzte, woran ich mich erinnere, ist, dass du Beziehungen abgeschworen hast." Sie machte eine Pause für einen Schluck Kaffee und neigte den Kopf zur Seite. „Versteh mich nicht falsch, ich hielt es nicht für die beste Idee, dich dauerhaft ins Abseits zu stellen, und Alex ist fantastisch, aber ..."

Ihr gingen die Worte aus, und ich wusste, dass sie versuchte, den Elefanten im Raum nicht anzusprechen, der immer dann auftauchte, wenn es um mich und alles ging, was mit Sex und Beziehungen zu tun hatte. Ein unglaublich lästiger Nebeneffekt der Vergewaltigung war, dass alle um bestimmte Themen einen Bogen machten. Ich nahm einen Schluck Kaffee und sah Olivia wieder an. „Wie oft habe ich schon gesagt, dass ich es satthabe, dass die Leute um das Offensichtliche herumreden? Ich werde es für dich aussprechen. Du hast es nicht für eine gute Idee gehalten, dass ich für den Rest meines Lebens Männer meiden sollte, nur weil mich ein Typ vergewaltigt hat."

Olivia atmete scharf ein, und sie sah verletzt aus. Ich warf einen Blick zu Daisy, die still war, aber ihr Gesicht hatte eine einstudierte Ruhe, als würde sie alles tun, um sich nichts anmerken zu lassen. Ich fühlte mich plötzlich furchtbar. Ich schüttelte heftig den Kopf. „Es tut mir leid. Ich weiß, dass es seltsam ist. Ich bin es nur leid, dass es so seltsam ist."

Olivia lehnte sich seitlich über die Couch und umarmte mich fest, bevor sie sich wieder aufrichtete. „Es muss dir nicht leidtun. Es gibt nichts, was dir leidtun müsste. Es ist seltsam und furchtbar, und ich wünschte, ich könnte das alles verschwinden lassen."

Ich schluckte gegen die aufsteigenden Emotionen an und nickte. „Ich auch." In dem Bemühen, das

Gespräch auf ein leichteres Terrain zu lenken, fuhr ich fort: „Gerade du müsstest doch verstehen, dass man sich nicht mit Beziehungen herumschlagen will. Deine einzige Ausrede war, dass du zu viel arbeitest."

Olivia lachte leise. „Stimmt."

„Ja, das hat ungefähr fünf Minuten angehalten, als sie Liam getroffen hat", sagte Daisy mit einem verschmitzten Grinsen.

„Es waren mehr als fünf Minuten", protestierte Olivia und ihre Wangen färbten sich rosa.

„Äh, ich will nicht zu streng mit dir sein, aber hast du nicht gesagt, dass er dich geküsst hat, als er dich das erste Mal in deinem Büro getroffen hat?", fragte ich.

Olivia verdrehte die Augen und seufzte. „Okay, gut. Das mag ja sein. Wie auch immer, zurück zu dir ... und Alex. Was stimmt denn nicht mit unglaublich?"

Meine Gedanken drehten sich um die letzte Nacht - das Gefühl von Alex' hartem Körper an meinem, wie herrlich er mich dehnte und wie ich dann in der Dunkelheit in seinen Armen aufwachte. Wahrscheinlich war es nicht das, was Olivia mit ihrer Frage meinte. Mir kam in den Sinn, dass ich irgendetwas suchte, um mich davon abzulenken, wie verwirrt ich innerlich über all das war, was mit der letzten Nacht zu tun hatte.

Ich kaute auf der Innenseite meiner Wange und blickte zwischen den beiden hin und her. „Nichts ist falsch an unglaublich. Ich hätte mir nichts Besseres wünschen können. Ich ... Ich weiß nur nicht, ob ich das kann."

„Was kann?", fragte Daisy.

Ich seufzte. „Dieses ganze emotionale Durcheinander. Daran habe ich nicht gedacht."

Daisy, ganz die fabelhafte Freundin, die sie war,

wies nicht einmal darauf hin, dass sie es mir ja gesagt hatte. Sie rümpfte ihre Nase und seufzte schwer. „Genau. Dieser Teil. Ich wünschte, ich wüsste, was ich dir sagen könnte, aber ich finde nicht einmal einen Kerl, der mich emotional durcheinanderbringt, also bin ich keine große Hilfe." Sie warf einen Blick zu Olivia. „Du bist dran."

Olivia zögerte nicht lange. „Also gut. Nun, es ist offensichtlich, dass Alex total in dich verknallt ist. Vielleicht solltest du dir jetzt noch nicht so viele Sorgen machen. Ich meine, es war eine Nacht, und egal, wer es gewesen wäre, es wäre eine große Sache gewesen." Sie hielt inne und griff nach ihrem Gebäck. Nach ein paar Bissen drehte sie sich wieder zu mir um, ihr Blick war nachdenklich. „Ich weiß nicht, ob ich dir das sagen soll, aber ich habe aus Versehen etwas gesagt, das dazu geführt hat, dass ich Alex erzählt habe, was mit dir passiert ist."

„Ist schon okay. Ich habe es schon mitbekommen."

„Hm?"

Wenn ich hätte geheim halten wollen, dass ich Joe gesehen hatte, wäre das unmöglich gewesen. Ich preschte vor. „Wir haben Joe gesehen, als wir joggen waren. Mehr als einmal sogar. Ich brauchte nur in Alex' Gesicht zu schauen, und ich wusste, dass er wusste, wer Joe war. Ich war ein bisschen sauer darüber, aber er sagte, du hättest es ihm erzählt und er hätte Joe nachgeschlagen."

Daisys Stimme unterbrach mich. „Sie hat mir erst gestern von Joe erzählt. Ich drehe noch durch", sagte sie und wandte sich an Olivia.

Olivia kaute auf ihrem Gebäck herum und schaute zwischen uns hin und her. „Ich komme nicht mehr mit. Ich weiß nicht, ob ich den Verstand verlieren soll, weil ich weiß, dass Joe Schmidt in deiner Nähe ist, oder ob ich mir Sorgen machen soll, was mit Alex los ist." Ihre Augen musterten mich, und in ihrem grünen Blick lag Sorge. „Versprich mir, dass du es uns sagst, wenn du Joe noch einmal siehst."

„Natürlich. Ich wollte nicht, dass ihr euch Sorgen macht, deshalb habe ich nichts gesagt. Ich habe ihn nur im Park gesehen und beide Male war Alex bei mir."

Olivias Mund verzog sich zu einem traurigen Lächeln. „Und ich dachte, ich wäre froh, dass du mit Alex unterwegs warst."

„Es ist eine gute Sache", sagte ich entschieden. „Das ist es wirklich. Ehrlich gesagt, es ist beschissen, Joe zu sehen, aber ich glaube, es hatte auch etwas Gutes. Wenn überhaupt, dann hat mir sein Anblick vor Augen geführt, wie sehr ich mich von dem, was passiert ist, habe beeinträchtigen lassen."

Ich schaute zwischen Olivia und Daisy hin und her und sah nichts als Besorgnis in ihren Augen. Es war großartig, Freunde zu haben, vor allem Freunde, von denen ich wusste, dass sie alles für mich tun würden. Aber ich hasste es, dass ihre Besorgnis nur daher rührte, dass ich Joe zweimal aus der Ferne gesehen hatte. Ich konnte das Geschehene nicht auslöschen, aber ich konnte versuchen, weiterzumachen.

„Könnten wir uns bitte nicht an der Sache mit Joe festhalten? Ich bemühe mich wirklich, das nicht zu tun", sagte ich und nahm einen weiteren Bissen von meinem Spinatgebäck.

Daisy nickte so nachdrücklich, dass ihr Pferdeschwanz wild hin und her wippte. „Wir halten nicht an Joe fest, stimmt's, Olivia?"

„Natürlich nicht. Worüber auch immer du reden willst", antwortete sie.

„Nun, ich würde ja Alex sagen, aber ich bin mir

nicht sicher, ob das eine gute Idee ist", sagte Daisy und rümpfte erneut die Nase.

Meine Wangen wurden heiß und ich seufzte. „Hört zu, ich bin einfach verwirrt. Ich weiß nicht, was ich jetzt tun soll."

Olivia blickte von Daisy zu mir. Ich wusste, dass sie mit Liam darüber gesprochen haben musste.

„Okay, was?", fragte ich.

„Was, was?", konterte Olivia.

Daisy sprang ein. „O Gott. Olivia, es ist nicht so, dass sie nicht herausfinden kann, dass du mit Liam gesprochen haben könntest. Spuck es aus."

Ich konnte mir ein Kichern nicht verkneifen. So verwirrt ich auch war, Daisys Direktheit war lustig. Zumindest, wenn sie nicht gegen mich gerichtet war.

Olivia neigte den Kopf zur Seite und stellte ihren inzwischen leeren Teller auf den Couchtisch. „Liam glaubt, dass Alex dich mag. Und zwar sehr. Er ist kein Aufreißer und ignoriert so ziemlich alle Frauen, die mit der Mannschaft herumhängen."

Mein Herz machte einen heftigen Schlag und ein komisches Gefühl zog meine Brust zusammen. Meine nächste Frage platzte heraus, bevor ich die Gelegenheit hatte, darüber nachzudenken. „Warum denkt er, dass Alex mich mag?"

„Ich wusste es!", rief Daisy. „Du hast so sehr versucht, so zu tun, als ginge es nur um Sex, aber du magst ihn wirklich. Deshalb bist du auch so sauer." Sie wollte noch etwas sagen, hielt sich dann aber den Mund zu.

Ich konnte mich kaum auf Daisys Kommentar konzentrieren. Alles, was ich wollte, war, dass Olivia weiterredete.

Mein Herz machte einen weiteren Sprung, und ich spürte, wie sich meine Wangen wieder erhitzten. Ich war noch nicht bereit, mich mit meinen Gefühlen für Alex auseinanderzusetzen, also zuckte ich mit den Schultern und schaute Olivia erwartungsvoll an, weil ich ihre Antwort nicht erwarten konnte.

„Ich weiß nicht, warum. Liam hat es nur erwähnt, nachdem Alex letzte Woche da war. Er sagte, wenn Alex sich jemals in jemanden verlieben würde, würde er sich schwer verlieben", erklärte Olivia. „Wenn du mich fragst, ist Alex ein totaler Softie. Nach außen hin ist er zwar knallhart und düster, aber er ist so nett. Er war wie ein Elternteil für Liam, als er sich letztes Jahr von seiner Operation erholte, und hat immer dafür gesorgt, dass Liam zu all seinen Terminen kam. Er ist ein guter Kerl."

„Wenn man bedenkt, wie er dich gestern Abend angesehen hat, dann steht der Mann wirklich auf dich. Ich sag's ja nur. Wenn er mein Typ wäre, würde ich bei seinem Anblick dahinschmelzen", sagte Daisy seufzend.

Ich konnte mir ein Lachen nicht verkneifen. Ich hatte in meinem eigenen Kopf noch nicht viel geklärt, aber irgendwie verbreitete Daisys Kommentar gerade so viel Sonnenschein, dass ich meine Sorgen einen Moment vergessen konnte.

Kapitel Elf

ALEX

Ich schlenderte den Flur des Stadions entlang und spielte auf dem Weg zur Umkleidekabine müßig mit einem Fußball. Wir waren für heute mit dem Training fertig, und ich war richtig müde, körperlich erschöpft, aber ich schwebte auf dem Adrenalinrausch von ein paar Stunden Spiel. Ich bog um die Ecke in die Halle und entdeckte Liam, wie er an die Wand gelehnt dastand. In dem Moment, als er mich sah, beendete er das Telefonat, das er führte. Das kleine Stückchen „Tschüss, Liebes“, das ich hörte, sagte mir, dass es Olivia war. Er grinste mich an. „Gutes Spiel, Kumpel. Sag mal, sind wir bereit für das Spiel gegen L.A.?“, fragte er, während er sich mit einem Fuß an der Wand abstützte, offensichtlich in der Erwartung, dass ich anhalten und plaudern würde.

„Jawohl. Ich denke schon. Und du?“, erwiderte ich, während ich mich neben ihm an die Wand lehnte und den Ball zwischen meinen Händen rollte.

„Immer.“ Er schwieg einen Augenblick, bevor ich spürte, dass er in meine Richtung schaute. „Und? Harper?“, war alles, was er sagte.

Ich stöhnte innerlich auf. Liam war mein bester Kumpel, und das schon so ziemlich seit Ewigkeiten. Trotzdem neigte er immer dazu, offener über sein Privatleben zu sprechen als ich. Es machte mir nicht viel aus, aber in Zeiten wie diesen war es nervig. Ich hatte meine eigenen Gefühle für Harper noch nicht geordnet, und jetzt stellte er mir Fragen.

Ich drehte meinen Kopf an der Wand zur Seite. „Was ist mit Harper?"

Er verdrehte die Augen und grinste wieder verschmitzt. „Kumpel, ich kann nicht glauben, dass ich das sage, aber Olivia hat mich zu einem Gespräch mit dir überredet. Ich habe ihr gesagt, dass du dein Privatleben gerne für dich behältst, aber sie ist ganz aufgeregt über das, was zwischen dir und Harper vor sich geht. Ich habe ihr schon geschworen, dass du nie eine Frau verletzen würdest, aber sie sagt, ich muss mit dir reden."

Mein Herz klopfte heftig, und ich schluckte gegen das Gefühl an, das sich in meiner Brust festsetzte. Ich wandte meinen Kopf von Liam ab und starrte an die Wand gegenüber von uns, wobei meine Augen untätig dem Muster der Fliesen an der Wand folgten. *Harper.* Seit der Nacht mit ihr waren ganze zwei Tage vergangen, und ich hatte nicht aufhören können, an sie zu denken. Es war einfach himmlisch gewesen, mit ihrem üppigen Körper, der sich an meinen schmiegte, aufzuwachen. Das Problem war nur, dass sie, sobald wir nicht mehr aneinander gekuschelt waren, wieder ganz höflich und zurückhaltend geworden war. Ich wollte sie nicht zu sehr bedrängen und mich nicht dazu äußern, denn, verdammt, wenn es ein Handbuch darüber gab, was man tun sollte, nachdem man mit jemandem Sex hatte, der einmal vergewaltigt worden war, dann besaß ich es nicht. Also ließ ich sie ganz ruhig und zurückhaltend sein und hütete mich, sie zurück ins Bett zu zerren.

Am Morgen, nachdem ich neben ihr aufgewacht war, waren wir wie üblich joggen gegangen, und auch an den darauffolgenden Tagen. Ich dachte nicht gerne darüber nach, aber ein Teil von mir war verletzt über ihre höfliche Zurückhaltung. Inzwischen kämpfte ich gegen ein Bedürfnis an, das nur sie stillen konnte. Ich hatte gegen den Drang angekämpft, sie mir nach unserem Lauf heute Morgen über die Schulter zu werfen und nach oben zu schleppen, aber sie musste zur Arbeit, also hatte ich mich zurückgehalten. Die einzige Zeit, in der ich nicht an sie dachte, war, wenn ich Fußball spielte. Die mentale Flucht, die mich als Junge vor der Grausamkeit meines Vaters bewahrt hatte, hatte immer noch die Kraft, meine Konzentration aufrechtzuerhalten. An Harper zu denken, war nichts, wovor ich eigentlich fliehen wollte, aber wenn es um sie ging, kämpfte ich darum, in meinem Kopf, meinem Herzen und meinem Körper Fuß zu fassen. Ich hatte gewusst, dass das mit ihr kein einfaches Arrangement war, aber ich war nicht darauf vorbereitet gewesen, wie es sich anfühlen würde, mit ihr zusammen zu sein.

Ich drehte meinen Kopf wieder zu Liam zurück. „Natürlich würde ich ihr nie wehtun. Worüber macht sich Olivia solche Sorgen?"

„Kumpel, du weißt, was sie dir über Harper erzählt hat. Stell dich nicht dumm. Sie sagt, du bist der erste Mann, an dem Harper interessiert ist, seit das alles passiert ist. Sie hat nicht viel darüber gesagt, was Harper denken könnte, aber sie wollte nicht davon aufhören, dass Harper kein Typ für unverbindliche Sachen sei und so weiter." Er hielt inne, seine Augen verengten sich. „Ich habe ihr gesagt, dass du das auch nicht bist, also was ist das?"

Liam spielte die neckische, oberflächliche Rolle so gut, dass man leicht vergaß, wie verdammt scharfsinnig er war. Bevor er Olivia gefunden hatte, war er vielleicht glücklicher als ich und genoss die ungezwungenen Annehmlichkeiten einer lockeren Beziehung, aber er war ein Familienmensch durch und durch. Als ich sah, wie viel Olivia ihm bedeutete, hatte es mich nicht im Geringsten überrascht, dass er sich so sehr in sie verliebt hatte. Er war jetzt geradezu häuslich und liebte jede Minute davon. Außerdem kannte er mich sehr gut.

Ich betrachtete den Ball in meinen Händen und ließ ihn leicht hin und her hüpfen. „Harper ist keine Affäre für mich", sagte ich schließlich.

„Ah. Also gut. Ich habe Olivia gesagt, dass das wahrscheinlich der Fall ist. Du willst nichts kompliziertes, und es wäre ein ziemliches Durcheinander, wenn sie eine Affäre wäre, zumal sie eine von Olivias besten Freundinnen ist. Also, ich bin nicht blöd, aber es klingt nicht so, als hättest du mit Harper über deine Gefühle gesprochen."

Typisch Liam, dass er genau den Konfliktpunkt in meinen eigenen Gedanken anspricht. Ich warf ihm einen Blick zu und rollte mit den Augen. „Kumpel, es war eine Nacht. Es ist nicht so, dass ich weit in die Zukunft sehen kann."

„Klar. Aber du bist du. Ich habe immer gesagt, du würdest zuerst untergehen, aber dann bin ich dir zuvorgekommen."

Gerade als ich darüber nachdachte, was ich antworten sollte, kam unser Coach um die Ecke des Flurs gebogen. Ich stieß einen leisen Seufzer der Erleichterung aus. Ich hatte keine Lust, noch länger über Harper zu reden. Nicht, wenn meine eigenen Gedanken noch so aufgewühlt waren.

Coach Bernie hielt vor uns inne. „Hey Leute. Eine Vorwarnung: Für nächsten Monat sind Interviews für den Sportkanal von L.A. geplant."

Ich unterdrückte ein Stöhnen. Es gab eine Sache, die ich am Profifußball verabscheute, und das war der Medienzirkus. Ich wusste, dass es sich nicht vermeiden ließ, und um ehrlich zu sein, war es hier in den USA besser als zu Hause in Großbritannien. Dort war Fußball fast so etwas wie eine Religion. Hier in den USA kam ihre Version des Footballs dem nahe, aber nicht der Fußball. Die Kehrseite der Medaille war, dass sich das Management der Seattle Stars und der gesamten US-Liga darauf konzentrierte, das Profil des Sports hier zu schärfen. Auch wenn die Begeisterung für diesen Sport nicht so groß war wie in Großbritannien, wurden wir oft für Porträts, Interviews und dergleichen gebucht. Ich nickte unserem Coach zu. „Verstanden."

Liam gluckste und klopfte mir auf die Schulter, während er sich von der Wand abdrückte. „Du weißt, dass Alex es kaum erwarten kann", sagte er und schenkte Coach Bernie ein Grinsen.

Seine Augen funkelten. „Dachte mir, dass ihr das wissen wollt. Wir sehen uns morgen beim Training." Er setzte seinen Weg durch den Flur fort und bog in sein Büro ein.

Ich ging neben Liam zur Umkleidekabine, während Harper wieder meine Gedanken beherrschte.

———

Später an diesem Nachmittag spazierte ich mit Liam an meiner Seite am Hafen entlang. Eine Sache, die sich nicht geändert hatte, seit er bei Olivia eingezogen war, war, dass wir immer noch am Hafen spazieren gingen, nachdem wir in der Nähe zu Mittag gegessen hatten. Diese Gewohnheit hatten wir uns angeeignet, als wir uns noch eine Wohnung teilten. Nach dem Training machten wir eine Mittagspause und schlenderten ein wenig an den Landungsbrücken entlang, bevor wir nach Hause gingen. Heute war es windig und bewölkt. Möwen schrien und schwirrten in der Luft herum. Um uns herum herrschte reges Treiben.

Es war keine Überraschung, aber ich dachte an Harper. Ich hatte darüber nachgedacht, wie ich sie außerhalb unserer morgendlichen Spaziergänge sehen konnte. Gestern Abend hatten wir durch unsere gemeinsamen Freunde zueinander gefunden. Ich war kein solcher Feigling, dass ich sie nicht einfach fragen konnte, aber ich spürte, dass sie in Bezug auf uns anders denken könnte als ich. Mit der Last ihrer Vergangenheit im Hinterkopf wollte ich nicht zu schnell zu weit gehen. Für einen kurzen Moment wünschte ich mir sehnlichst, ein anderer Mann zu sein. Meine früheren Beziehungen aus reiner Bequemlichkeit - ordentlich und fast geschäftsmäßig - waren so viel einfacher gewesen als diese. Außerdem war ich kein Freund von Affären, das war ich noch nie. Ich spürte, dass Harper so etwas mit mir vorhatte, aber ich würde verdammt sein, wenn ich es darauf hinauslaufen ließe. Daher musste ich meine Karten sorgfältig ausspielen, um ihr Herz so zu gewinnen, wie ich es wollte.

Wir erreichten das obere Ende des Hafens und gingen zurück in Richtung meiner Wohnung. Liam würde noch ein paar Blocks weiter zu der Wohnung gehen, die er mit Olivia teilte. Als wir in die Straße einbogen, in der meine Wohnung lag, blickte ich zufällig auf und sah Joe Schmidt. In der Sekunde trieb mich ein einziger Gedanke an, während ich das Tempo erhöhte - ich wollte ihm die Fresse polieren.

Aus der Ferne hörte ich, wie Liam meinen Namen rief, aber ich rannte los und hielt nicht an, bis ich Joe erreichte. Er hatte seine Schlüssel gezückt und sah aus, als wollte er in das Auto neben ihm einsteigen, ein unscheinbarer grauer Sedan. Mein Gehirn scannte das Auto und ihn, speicherte die Details ab, damit ich jedes Mal, wenn ich sein Auto sah, Bescheid wusste. Der Mann, der Harpers Leben eine Zeit lang zerstört hatte, stand vor mir. Mein Atem kam stoßweise, weil ich gesprintet war, um ihn zu erreichen. Ich erkannte ihn auf den ersten Blick als das, was er war: ein fieser Feigling. Er hatte stumpfes blondes Haar und hellblaue Augen. Meine Wut war kaum zu bändigen, aber ich klammerte mich an das letzte bisschen Kontrolle. Er musste wissen, warum ich hier war.

„Entschuldigung?", fragte er, sein Blick war verwirrt.

„Alex!", rief Liam, seine Stimme kam näher.

Ich ignorierte Liam und starrte wieder zu Joe. Sein Blick klärte sich und er nickte. „Oh, ich kenne dich. Ich habe dich im Park mit einer alten Freundin von mir laufen sehen. Bist du nicht Torwart bei den Seattle Stars?"

Das bisschen Beherrschung, das ich noch hatte, brach zusammen. „Freundin? Nennst du alle Frauen, die du vergewaltigt hast, deine Freundinnen?", knurrte ich, bevor ich ihm meine Faust ins Gesicht schlug.

Die Wucht meines Schlages ließ Joes Kopf zurückschnellen. Blut tropfte aus seiner Nase, und er grinste mich an. „Fick dich."

Liam kam zu uns und griff nach meinem Arm, aber

ich schüttelte ihn ab und schlug meine Faust erneut in Joes Gesicht. „Das ist für Harper."

Diesmal hatte ich Joe so fest geschlagen, dass er gegen das Auto stolperte und zu Boden sackte. Ich sah nur noch rot und wollte mich nach vorne lehnen und weiter auf ihn einschlagen, aber Liam hatte mich dieses Mal gut im Griff und hielt mich fest.

„Kumpel, beruhige dich. Die Polizei ist schon auf dem Weg", sagte er, und seine Stimme drang kaum durch meine Wut.

Ich blickte mich um, und mir wurde klar, wo wir waren. Wir befanden uns in einem belebten Stadtteil von Seattle, direkt am Hafen. Jeder, der in der Nähe war, beobachtete das Spektakel, das ich hier veranstaltete. Joes Gesicht war blutverschmiert und schwoll bereits an, als ich ihn wieder ansah. Verdammte Scheiße.

Ein paar Stunden später saß ich Coach Bernie in seinem Büro gegenüber und starrte auf meine geprellten Fingerknöchel. Joe hatte freudig Anzeige wegen Körperverletzung gegen mich erstattet. Liam war während des ganzen Schlamassels bei mir geblieben und hatte mich danach zum Stadion begleitet und mir geraten, dass ich mich lieber früher als später der Verantwortung stellen sollte. Es war durchaus möglich, dass ich wegen einer Anzeige wegen Körperverletzung mit einer Geldstrafe belegt werden würde, ganz zu schweigen von der möglichen negativen Publicity für die Mannschaft. Das war mir zwar scheißegal, aber ich wusste, dass Liam recht hatte, also stimmte ich ihm zu.

Der Coach hatte sich mit uns zusammengesetzt

und dann Liam gebeten, draußen zu warten. Seine Miene war düster und besorgt. Er beobachtete mich schweigend, bevor er einen Slinky von seinem Schreibtisch aufhob und ihn in einer Welle zwischen seinen Händen hin und her bewegte.

„Diese Harper muss dir etwas bedeuten", sagte er und seine Worte verklangen in der schweren Stille.

„Ja, das tut sie. Aber ich hätte den Kerl verprügelt, auch wenn er irgendjemand anderen, den ich kenne, vergewaltigt hätte. Verdammt, ich denke, man sollte allen Vergewaltigern das Gesicht einschlagen. Das ist verdammt furchtbar und so ziemlich das Schlimmste, was man jemandem antun kann, außer ihn umzubringen." Meine Wut war abgekühlt, aber ich meinte meine Worte ernst. Es war nicht so, dass ich viel Zeit damit verbracht hätte, darüber nachzudenken, wie höllisch Vergewaltigung war, aber es brauchte nicht viel, um es zu begreifen. Es war die schlimmste Art von Verbrechen - ein Verbrechen der Feigheit, das auf eine hässliche Art und Weise ins Innerste traf und bei den Opfern schmerzhafte Narben hinterließ.

„Da möchte ich dir nicht widersprechen. Aber jetzt haben wir ein kleines Problem zu bewältigen. Mit den Medien kann ich umgehen, aber du wirst die Sache vielleicht mit Harper in Ordnung bringen müssen. Weiß sie schon, was passiert ist?"

Ich zuckte mit den Schultern. „Keine Ahnung. Hatte noch keine Gelegenheit, mit ihr darüber zu sprechen." Stattdessen war ich damit beschäftigt, mich wegen Körperverletzung zu verantworten. Obwohl ich es nicht bereute, Joe das Gesicht eingeschlagen zu haben, machte ich mir Sorgen, wie Harper darüber denken würde. Das Letzte, was sie gebrauchen konnte, war, dass das in der Öffentlichkeit bekannt wurde. Es gab jedoch keine Möglichkeit, das zu verhindern. Ich verfluchte mich dafür, dass ich nicht genug Verstand gehabt hatte, um über den Moment hinaus zu denken.

Ich atmete tief durch und sah meinen Coach wieder an. „Können wir irgendwie versuchen, die Medien zu bitten, nicht noch einmal darüber zu berichten, was mit Harper passiert ist?"

Er seufzte und setzte den Slinky ab. „Wir können es versuchen, aber ich habe den Kerl sofort nach dem Anruf von Liam von der Polizeiwache recherchiert. Die erste Online-Suche bringt einen Artikel darüber, wie er aus der Leichtathletik-Mannschaft der Universität geworfen wurde, nachdem er wegen Vergewaltigung angeklagt worden war. Egal, wie respektvoll die Journalisten sein wollen, das ist eine gute Geschichte. Alex Gordon, Fußballstar, rächt eine Frau. Ich kann es mir schon vorstellen. Ich werde tun, was ich kann, aber es ist, wie es ist", sagte er und schüttelte langsam den Kopf.

Verdammte Scheiße. Ich hatte ein heilloses Durcheinander für Harper angerichtet. Ich nickte. „Also gut. Muss ich mit einer Disziplinarmaßnahme rechnen?"

Coach Bernie lehnte sich in seinem Stuhl zurück und neigte den Kopf zur Seite. Er war so lange still, dass ich nicht wusste, was ich erwarten sollte. „Nein. Vielleicht muss ich mich dafür verantworten, aber nein. Was du getan hast, war dumm, aber du hast es zugegeben, und soweit es mich betrifft, hattest du Grund dazu. Zum Teufel, Sportler kommen für weitaus schlimmere Vergehen ohne Strafe davon. Wir werden abwarten müssen, ob die Liga das anders sieht, aber wir können damit fertigwerden. Ich nehme den Druck auf mich, wenn ich einen Mann verteidige, der den Mann geschlagen hat, der seine Freundin vergewaltigt hat. Geh nach Hause und beruhige dich."

Ich traf Liam Minuten später vor dem Büro des

Coachs. Mein guter Kumpel sagte auf dem ganzen Weg kein Wort und setzte mich bei meiner Wohnung ab. Ich stand vor meiner Treppe und beugte mich hinunter, um nach Callie zu sehen. Sie war nicht da. Kein Wunder, es war ja auch schon Mittag. Ich richtete mich auf und machte mich auf den Weg zu Harper. Ich musste sie sehen. Und zwar sofort.

Kapitel Zwölf

HARPER

Es klopfte an meiner Tür, und ich durchquerte das Wohnzimmer, um nachzusehen, wer es wohl sein könnte. Normalerweise waren Daisy oder Olivia die einzigen Leute, die unangemeldet vorbeikamen. Als ich die Tür öffnete, sah ich Alex vor mir stehen und mein Herz machte einen Sprung. Er stützte sich mit beiden Händen am Türrahmen ab und hatte den Kopf gesenkt. Sein braunes Haar war zerzaust. Er hob den Kopf, sein schokoladenbrauner Blick fand meinen, und mein Herz machte einen weiteren Freudensprung. Sein Blick war direkt und intensiv, und in ihm brodelten die Emotionen.

„Darf ich reinkommen?", fragte er unwirsch.

Meine Augen saugten seinen Anblick gierig auf. Seit unserer gemeinsamen Nacht konnte ich meine Gedanken an ihn kaum noch im Zaum halten. Zwei Tage voller fiebriger Fantasien und immer wiederkehrender Erinnerungen daran, wie es sich anfühlte, wenn seine Hände und sein Mund meinen Körper bearbeiteten, und wie es sich anfühlte, wenn er in mir war und ich kam. Er trug ein graues T-Shirt, das seine muskulöse Brust umschmeichelte, und ausgeblichene Jeans, unter denen sich seine Beine abzeichneten. Ich wusste, wie sich jeder Zentimeter von ihm darunter anfühlte. Rohes Verlangen krallte sich in mir fest, und ich versuchte, meinen Körper zu zügeln. Es nützte nichts - Alex in meiner Nähe zu haben, ließ meinen Puls in die Stratosphäre steigen und Hitze in mir aufflammen. Ich schaffte es, zu nicken und von der Tür zurückzutreten.

Er folgte mir hinein und steckte die Hände in die Taschen. Als ich ihn ansah, bemerkte ich, dass er, nun ja, nervös schien. Das war das einzige Wort, das ich aufbringen konnte, um zu beschreiben, was ich spürte. Ich kaute auf meiner Unterlippe, unsicher, was ich sagen sollte. „Willst du etwas trinken? Oder etwas essen?", fragte ich unbeholfen.

Er schüttelte den Kopf. Nach einem Moment rollte er mit den Schultern. „Ich habe Mist gebaut", sagte er plötzlich.

„Hm?"

„Ich habe Joe gesehen und ihn geschlagen. Zweimal", sagte er unverblümt.

In meinem Magen drehte sich alles um, während ich Alex einfach nur anstarrte. Ich würde gerne glauben, dass ich ein besserer Mensch war, einer, der sich über das Bedürfnis erheben konnte, jemanden zu schlagen, der mich furchtbar verletzt hatte. Aber das war ich nicht, und es war mir im Moment auch egal. Eine Welle der Genugtuung stieg in mir auf, und mein Herz fühlte sich an, als würde es gleich explodieren.

„Du hast ihn geschlagen?"

Alex nickte, sein Blick war besorgt. „Er hat eine blutige Nase und ein blaues Auge davongetragen. Ich würde gerne sagen, dass ich es bedauere, aber das tue ich nicht. Das Problem ist, dass ich wegen Körperverletzung angeklagt wurde, und es passierte inmitten einer Gruppe von Leuten. Liam hat es geschafft, mich davon abzuhalten, ein noch größeres Spektakel zu veranstalten, aber ich dachte, du solltest es wissen, weil, na ja, weil es wahrscheinlich irgendwo in den Nachrichten landen wird."

Ich hörte Alex' Worte und wusste, dass sie wahr waren, aber ich war so auf die Tatsache konzentriert, dass er Joe für mich angegriffen hatte, dass es mich nicht wirklich interessierte. „Ich ... ich kann es nicht glauben. Geht es dir gut? Hat er dich geschlagen?"

Alex sah so erschrocken aus, dass ich fast gelacht hätte. Ich bezweifelte, dass es Alex jemals in den Sinn gekommen war, dass er nicht in der Lage sein könnte, sich gegen Joe zu behaupten, oder gegen irgendeinen anderen Mann.

„Natürlich geht es mir gut", sagte er schließlich. „Das einzig Schlimme sind die Anschuldigungen und die Tatsache, dass das auf keinen Fall geheim bleiben wird. Für mich ist es egal, aber ich wollte nicht, dass das, was mit dir passiert ist, wieder ausgegraben wird."

Ich versuchte, die volle Tragweite dessen zu begreifen, aber es war mir einfach egal. Zumindest im Moment. „Ich will nicht darüber nachdenken", sagte ich, griff nach seinen Handgelenken und zog leicht daran.

Seine Hände glitten aus den Taschen und legten sich um meine. Ich ging ein paar Schritte zurück, bis meine Knie gegen die Couch stießen, auf die ich mich dann setzte. Er folgte mir und setzte sich neben mich. Ich wusste nicht recht, was ich sagen sollte, also wiederholte ich meine Frage von vorhin. „Bist du sicher, dass du nichts trinken möchtest? Ich habe Kaffee gekocht."

Sein Blick suchte meinen ab, bevor er schließlich nickte. „Sicher."

Ich sprang auf und eilte in die Küche, holte zwei Tassen aus dem Schrank und goss Kaffee ein. Wenige Augenblicke später kehrte ich zur Couch zurück und reichte ihm eine Tasse. Er nahm einen großen Schluck und seufzte, bevor er sich in die Couch zurücklehnte. Ich schob einen Fuß unter mein Knie, als ich mich setzte, und schlang meine Hände fest um meinen Kaffee. Ich versuchte, die Tiefen meiner Gefühle auszuloten, aber sie waren verworren.

In den ersten Monaten, nachdem Joe mich vergewaltigt hatte, hätte ich wahrscheinlich meine Seele verkauft, damit ihn jemand schlägt. Das Bedürfnis, zurückzuschlagen, war so stark gewesen, doch es war durch die Mischung aus Scham und emotionaler Verwüstung abgestumpft worden. Ich habe auf die harte Tour gelernt, dass es egal ist, was die Leute sagen, wenn man vergewaltigt wurde. *Es ist nicht deine Schuld. Es gibt nichts, wofür man sich schämen müsste. Du hast nichts falsch gemacht.* Nichts davon dringt zu dir durch, wenn der Staatsanwalt dir sagt, dass du auf Fragen zu deiner sexuellen Vorgeschichte vorbereitet sein sollst, und wenn wohlmeinende Menschen praktisch aus dem Raum rennen, wenn das Thema auch nur annähernd zur Sprache kommt. Meine sexuelle Vorgeschichte war im Großen und Ganzen bemerkenswert unauffällig, aber es war erstaunlich zu sehen, wie die Dinge verdreht werden konnten.

Ja, ich wollte, dass Joe genauso leidet wie ich, aber ich wusste, dass es unmöglich war, dass das jemals passieren würde. Vier lange Jahre später wurde Joe geschlagen. Zweimal. Wahnsinn. Es fühlte sich seltsam gut an, das zu wissen, obwohl ich auch wusste, dass es nicht annähernd das war, was er mir angetan hatte. Alex fuhr sich mit der Hand durch sein bereits zerzaustes Haar und stieß einen Seufzer aus, bevor er zu mir herübersah. Er stellte seine Tasse auf dem Couchtisch ab und stützte sich mit den Ellbogen auf die Knie. „Es tut mir leid. Ich habe ein verdammtes Chaos angerichtet", sagte er mit ernsten und schmerzerfüllten Worten.

Ich starrte ihn an. Ich fühlte mich energiegeladen, von einem seltsamen Hochgefühl beflügelt und von der Hitze, die mich durchströmte, beschwingt. Ich stellte meinen Kaffee neben seinen auf den Tisch und ging auf die Knie. Ohne ihm eine Chance zu geben, mich aufzuhalten, legte ich eine Handfläche auf seine Brust und drückte ihn nach hinten, um mich sofort rittlings auf ihn zu setzen. Seine Augen weiteten sich, aber er wehrte sich nicht.

„Wofür entschuldigst du dich? Das Schlimmste ist vor vier Jahren passiert. Vielleicht ist es nicht ganz richtig, aber das ist mir egal. Ich bin froh, dass du ihn geschlagen hast."

Er starrte mich an, sein konzentrierter Blick machte komische Dinge mit meinem Innern. „Okay", sagte er langsam. „Ich hoffe, dass es nicht zu viel Presse bekommt."

Ich überging diese Sorge und zuckte mit den Schultern. „Wird schon nicht so schlimm werden, oder?"

Er hob eine Schulter zu einem leichten Achselzucken. „Ich schätze, wir werden es herausfinden. Harper, was ..."

Er sog scharf den Atem ein, als ich meine Hüften gegen ihn drückte und mit einem Finger an seinem Kiefer entlangfuhr. Ich hatte noch nie wirklich auf das Gesicht eines Mannes geachtet. Oh, ich hätte gesagt, dass ich mich zu den Typen hingezogen fühlte, mit denen ich ausgegangen bin, damals, als ich noch wirklich mit Männern ausging. Seitdem konnte ich sagen, dass ich hier und da bemerkte, dass ein Mann gut aussah, aber das war eher in einem distanzierten Sinne. Bei Alex hatte es nur ein paar Minuten mit ihm allein gebraucht, und er hatte sich von einem objektiv gutaussehenden Mann in einen brandheißen, sexy Mann verwandelt, der zum Dahinschmelzen war. Ich wollte ihn am liebsten verschlingen. Die Luft um uns herum erwachte förmlich zum Leben. Das kribbelnde Gefühl in mir stieß auf die Hitze, die Alex in mir entfachte, und ich konnte an nichts anderes mehr denken als daran, wie sehr ich ihn begehrte.

Ich folgte der starken Linie seines Kiefers und fuhr mit den Fingern seinen Hals entlang, um den harten Schlag seines Pulses dort zu genießen. Sein Blick verdüsterte sich, und ich spürte, wie er mich ansah, und überall, wo seine Augen landeten, sprühten Funken unter meiner Haut. Hitze brodelte in meinem Bauch, und mein Puls ging schnell und flach. Ich schob meine Hand in seinen Nacken und in sein zerzaustes, braunes Haar.

Ich spürte, wie sein Schwanz steif wurde, der Druck war genau da, wo ich ihn haben wollte. Ich wiegte meine Hüften sanft und beobachtete, wie er seine Augen schloss. Sein Blick durchbohrte mich, als er seine Augenlider wieder öffnete. „Harper, was machst du da?", fragte er mit angespannter Stimme.

„Das."

Ich ließ meine Hände grob über seine Brust gleiten und schob sie unter sein Shirt, wobei ich fast stöhnte, als ich die heiße Haut auf den harten Flächen seines Bauches spürte. Ich ließ meine Hüften wieder kreisen und genoss den kleinen Luststoß, der mich durchfuhr, als sein harter Schwanz an meiner Klitoris rieb. Die zwei Lagen Jeansstoff zwischen uns verstärkten mein Verlangen nur noch mehr.

Sein Atem kam in einem halben Stöhnen heraus. Er nahm meine Hände in seine und hielt sie fest. „Ich weiß nicht, ob das ...“

Ich wusste, worauf er hinauswollte, und es gefiel mir nicht. „Wage es nicht zu sagen, dass das kein guter Zeitpunkt ist. Wie auch immer. Nichts, was heute passiert ist, sollte daran etwas ändern. Wage es nicht, so zu tun, als müsste ich vorsichtig behandelt werden. Das ist nicht der Fall.“ Meine Worte kamen schnell und heftig heraus. Wut flammte in mir auf, gefolgt von dem brennenden Bedürfnis, das ich verspürte. Ich starrte ihn an. Was auch immer er dort sah, sein Blick veränderte sich von beherrscht zu einfach nur heiß, so heiß, dass sich meine Muschi dabei zusammenzog.

Er bewegte sich schnell, packte meine Hüften und drückte mich an sich, während er sich mir entgegenwölbte, bevor er seine Hand unter den Saum meines Oberteils schob und es mir mit einem Ruck auszog. Es flog zu Boden und landete dort mit einem leisen Knirschen. Seine Handfläche strich in einer hitzigen Bewegung über meinen Rücken und zog mich zu sich heran. Er küsste mich heftig auf die Lippen. Es gab kein Zurückhalten mehr. Er begegnete meinem rücksichtslosen Verlangen mit seinem eigenen. Unser Kuss war rau, innig und feucht. Währenddessen wanderten seine Hände über meinen Körper. Ich hatte keine Lust auf sanft und langsam. Ich brauchte mehr, um das rastlose Verlangen zu stillen, das wie eine Trommel in mir hämmerte und alles übertönte, außer dem Gefühl von Alex an meiner Haut. Mein BH wurde beiseite geworfen, und er ließ meine Brustwarzen zwischen seinen Fingern kreisen, bevor er eine von ihnen in den Mund nahm und mich mit Lecken und Knabbern an den Rand des Wahnsinns trieb.

Irgendwann gelang es mir, ihm das Shirt auszuziehen, und ich genoss das Gefühl seiner Härte im Kontrast zu meiner Weichheit. Meine Hüften hatten ihren eigenen Willen, sie schaukelten gegen ihn und jagten damit den heftigen Lustschüben hinterher, die durch die Reibung zwischen uns entstanden. Er murmelte gegen meine Haut, wo er eine feuchte Spur von Küssen zwischen meinen Brüsten hinterlassen hatte, und hob den Kopf.

„Verdammte Scheiße, Harper. Du treibst mich in den Wahnsinn."

Er hob mich von ihm herunter, riss meine Jeans auf und schob sie grob herunter. Ich schüttelte meine Beine frei und wollte mich revanchieren. Er stieß ein raues Stöhnen aus, das allein schon meine Haut zum Kribbeln brachte und meine Brustwarzen anspannte, als ich seinen Schwanz befreite und meine Handfläche um seine heiße, samtene Länge legte. Jeder Gedanke daran, das Ganze in die Länge zu ziehen, verflog. Ich brauchte ihn in mir. Und zwar sofort. Seine Jeans war offen und saß nur knapp unter seinen Hüften, als ich mich auf ihn zu bewegte, um mich direkt dort auf ihn zu setzen.

„Nicht so schnell."

Und wieder war er schneller. Seine Hand schloss sich um meine Hüfte und hielt mich fest. Bevor ich etwas sagen konnte, beugte er sich vor und ließ einen Finger durch meinen Spalt gleiten. Ich war so feucht, dass die Innenseiten meiner Oberschenkel nass waren. Meine Knie knickten fast ein, und ich keuchte, als er mit seinem Knie meine Schenkel auseinanderstieß und einen Finger knöcheltief in mir versenkte.

Ich schaute nach unten und konnte meinen Blick nicht abwenden, als sich ein weiterer Finger zu dem ersten gesellte und in mich hinein und wieder heraus fuhr. Ich war der Erlösung so nahe, dass mich kleine

Lustschübe in Wellen überkamen. Gerade als ich dachte, ich würde vor lauter Erregung sterben, zog er seine Finger heraus, senkte seinen Kopf und fuhr mit seiner Zunge über meinen Kitzler - einmal, nur einmal. Gerade genug, um mich fast in die Luft zu jagen. Er lehnte sich zurück, seinen heißen Blick auf mich gerichtet, während er seine Brieftasche aus der Tasche zog. Als er ein Kondom herauszog, fiel sein Portemonnaie auf den Boden. Er streifte sich das Kondom mit einer Hand über.

Ich war so wild darauf, ihn in mir zu haben, dass ich mich innerhalb einer Sekunde auf ihn stürzte. Wieder hielt er mich zurück, seine beiden starken Hände umklammerten meine Hüften. Unruhig stemmte ich mich ihm entgegen, und ein kleines Stöhnen entrang sich mir, als ich spürte, wie sein harter und heißer Schwanz gegen meine Mitte glitt.

„Harper. Sieh mich an."

Ich riss meine Augen auf und sah, dass er mich erwartungsvoll ansah - düster und aufmerksam, mit einer wilden Zärtlichkeit, die mein Herz berührte. Ich fühlte mich plötzlich verletzlich, die Tiefe des Verlangens, das zwischen uns herrschte, war so heiß und schnell, dass ich es nicht ignorieren konnte.

Er lockerte seinen Griff um meine Hüfte, griff zwischen uns und positionierte seinen Schwanz an meinem Eingang. Mit einem Stoß wölbte er sich nach oben, während ich mich nach unten sinken ließ und aufschrie, als ich spürte, wie er mich ausfüllte. Ich konnte meine Augen nicht von ihm abwenden, sein magnetischer Blick fixierte mich, während wir anfingen, uns gemeinsam zu bewegen. Meine Haut war feucht, meine Brüste rieben bei jeder Bewegung leicht an seiner Brust. Ich liebte es, wie stark er sich anfühlte, wie flüssig jede Bewegung war. Er drang immer tiefer in mich ein und überließ es mir, das Tempo zu bestimmen. Ich verlor mich im Rhythmus, verlor mich in dem Moment der Vereinigung mit ihm. Der Druck in mir wurde immer stärker, bis ich schließlich völlig atemlos war und taumelte. Er schob seinen Daumen zwischen uns, ließ ihn über den glitschigen Knoten meiner Lust gleiten und brachte mich zum Abheben. Lust schoss pfeilschnell durch mich hindurch, kleine Stöße hallten in mir wider, während ich langsam wieder nach unten trieb. Er drückte mich an sich, als er ein letztes Mal tief in mich eindrang, dann erschauderte er und stieß ein raues Stöhnen aus, als sein Kopf nach vorne in die Vertiefung meiner Schulter fiel.

Ich schmiegte mich an ihn, während er seine Arme um mich schlang und sich in unserer Umarmung entspannte. In diesem Moment wollte ich mich nicht mehr bewegen. Nie mehr.

Kapitel Dreizehn

ALEX

Ich konnte spüren, wie Harpers Herz gegen meine Brust schlug, der Rhythmus war schnell und gleichmäßig und passte zu meinem eigenen. Sie schmiegte sich entspannt an mich, und es fühlte sich so verdammt gut an, sie zu halten, dass ich mich nicht bewegen wollte. Mein Herzschlag verlangsamte sich allmählich, während wir so dasaßen. Ich spürte, wie ihre Haut an meiner kribbelte, und hob widerwillig den Kopf.

„Dir ist kalt. Lass uns dich aufwärmen."

Mit einem Seufzer öffnete sie die Augen. „Ich will mich nicht bewegen", sagte sie mit einem kleinen Lächeln.

„Dann sind wir schon zu zweit, aber es macht keinen Sinn, dass du frierst."

Ich hörte eine Bewegung hinter uns und erkannte, dass Stanley aus seinem Nickerchen in der Ecke aufgewacht sein musste. Ein weiterer Augenblick verging, und seine markanten Schritte erreichten uns, seine kalte Nase stieß gegen meine Hand.

Harper kicherte, und ich war mehr als erleichtert,

dass sie sich nicht verkrampfte. Die Nacht neulich war überwältigend und erhaben gewesen, aber ich hatte nicht vergessen, wie nervös sie danach reagiert hatte. Wir hatten die Annehmlichkeit einer späten Stunde und eines Bettes, in dem wir bereits lagen, was es einfach machte, sich an sie zu kuscheln und einzuschlafen. Aber jetzt war es erst später Nachmittag und die Sonne schien durch die Wolken in ihr Wohnzimmer. Wenn Stanleys Neugier sie davon abhalten würde, zu viel nachzudenken, war mir das recht.

Es ging nicht darum, dass ich nicht wollte, dass sie überhaupt nachdachte. Vielmehr wollte ich nicht, dass sie anfing, sich Sorgen zu machen. Ich spürte, dass sie sich in Bezug auf uns auf fragwürdigem Boden befand. Ich dachte mir, dass sie dazu auch allen Grund hatte, also war ich bereit, geduldig zu sein. Sie lehnte sich zurück und sah mich an. Dann hob sie eine Hand und fuhr mir durch die Haare. „Lass uns duschen gehen", sagte sie plötzlich.

„Was immer du willst", erwiderte ich und meinte es auf mehreren Ebenen.

Eine Dusche klang perfekt. Sie würde Harpers Frösteln vertreiben. Vorsichtig kletterte sie von meinem Schoß, und ich vermisste ihre Nähe augenblicklich. Ich schüttelte mich im Geiste, stand auf und folgte ihr in das Badezimmer, das an ihr Schlafzimmer angrenzte. Sie hatte ein halbes Bad neben dem Wohnzimmer und ein ziemlich luxuriöses Bad mit einer großen ovalen Badewanne und einer begehbaren Dusche neben ihrem Schlafzimmer.

Ich warf das Kondom in den Mülleimer, zog meine Jeans aus und folgte ihr in die dampfende Dusche. Ich entdeckte schnell, dass mein Körper jedes Mal, wenn Harper in der Nähe war, in Alarmbereitschaft war. Es spielte keine Rolle, dass ich mich gerade in ihr verausgabt hatte. Nein, im Gegenteil. Ich warf einen Blick auf sie, betrachtete ihre Haut, die durch das Wasser und die Seife, die über sie liefen, ganz glitschig war, und ich wollte sie schon wieder.

Ich zügelte meine Bedürfnisse und nahm ihr die Seife ab, als sie sie mir reichte. Ich konnte meine Hand nicht davon abhalten, ihren Rücken hinunterzugleiten und über die Kurve ihres Hinterns zu fahren.

———

Am Montag traf ich mich auf Anweisung von Coach Bernie in seinem Büro mit ihm, um nach dem Training einen Termin mit einem Anwalt wahrzunehmen. Als ich klopfte, rief er mir zu, ich solle hereinkommen. Während ich eintrat, sah ich ihn wie immer an seinem Schreibtisch sitzen und müßig einen Mini-Basketball in einen Korb werfen, der an der Wand neben seinem Schreibtisch angebracht war. Unser Coach war nicht der Typ, der stillsaß. Er hatte eine Reihe von Spielzeugen auf seinem Schreibtisch und beschäftigte sich meistens mit einem von ihnen. Er blickte lächelnd zu mir auf.

„Du bist besser geworden im Blocken von Schüssen in der linken Ecke", sagte er zur Begrüßung.

Die linke obere Ecke des Netzes war die einzige Stelle, an der mir in der letzten Saison ein paar Tore entgangen waren. Deshalb hatte er den Offensivspielern aufgetragen, bei jedem Training diese Ecke zu attackieren. Das Endergebnis: In dieser Saison war nur ein einziges Tor an mir vorbeigegangen. Ich warf ihm ein Grinsen zu. „Das ist der Plan, oder?"

„Das stimmt." Der Ball zischte durch den Reifen und sprang zurück in seine Hände. Er legte ihn auf den Tisch und drehte sich zu mir um. „Okay, kümmern wir uns um den Schlamassel. Die Geschäftsleitung hat uns einen Anwalt geschickt, aber vergessen, mir einen Namen zu geben. Wir beschäftigen zwar Anwälte, aber Strafverteidigung ist nicht das, wofür wir sie einstellen. Wer auch immer dieser Anwalt ist, er wird in ein paar Minuten hier sein. Entweder hast du mehr Verstand als die meisten, oder du bist wirklich gut darin, cool zu bleiben. Welches von beidem ist es?"

Ich schüttelte verwirrt den Kopf. „Ich bin mir nicht sicher, was du meinst."

Coach Bernie lachte laut auf. „Mehr Verstand. Wenn du die Nachrichten gehört oder gelesen hättest, könnte ich mir vorstellen, dass du nicht allzu glücklich darüber wärst."

Um ehrlich zu sein, schenkte ich den Nachrichten keine große Aufmerksamkeit, zumindest nicht denen, die sich auch nur ansatzweise mit Klatsch und Tratsch befassten. Ich hatte schon einmal gesehen, welchen Schaden es bei Mannschaftskameraden anrichtete, also versuchte ich größtenteils, ein Leben zu führen, das so verdammt langweilig war, dass ich nicht einmal auf dem Radar auftauchte. Ich war nicht so dumm zu glauben, dass es nicht in der Klatschspalte landen würde, wenn ein Spieler unseres Teams einen Mann auf dem Bürgersteig verprügelte, ich hatte es nur tunlichst vermieden, darüber nachzudenken. Außerdem wollte ich mir keine Gedanken über etwas machen, das ich nicht kontrollieren konnte, und ich zog es vor, mich auf Harper zu konzentrieren. Ich tat mein Bestes, um nicht zu viel in all das hineinzuinterpretieren, aber ich hatte Glück, eine weitere Nacht mit ihr zu verbringen, nachdem ich fast zu Liam hinüberbeordert worden war, damit Olivia mich ausschimpfen konnte.

Olivia war nicht allzu glücklich über das, was passiert war, obwohl sie zwischen jedem Satz betonte, wie sehr Joe es verdient hatte, geschlagen zu werden. Liam unterbrach sie schließlich und wies sie darauf hin, woraufhin sie mit einem Kissen nach ihm warf. Ich habe ihre Belehrung über mich ergehen lassen, weil ich wusste, warum sie besorgt war. Harper brauchte niemanden, der die Vergangenheit für sie aufwirbelte, und genau das hatte ich getan.

Ich sah zu Coach Bernie hinüber und fuhr mir mit der Hand durch die Haare, die noch feucht von der Dusche nach dem Training waren. „Ich dachte, es würde mir nichts bringen, den Nachrichten Aufmerksamkeit zu schenken. Muss ich irgendetwas unternehmen?"

Mein Coach lehnte sich in seinem Stuhl zurück und zuckte mit den Schultern. „Triff dich mit dem Anwalt und hoffentlich wird die Anklage fallen gelassen. Die Medien sind völlig schockiert, weil du ja angeblich der gute Junge aus England bist. Die gute Nachricht ist, dass sie Joe Schmidts Vergangenheit bereits ausgegraben haben, es sieht also nicht gerade rosig für ihn aus. Die schlechte Nachricht ist, dass auch deine Freundin erwähnt wurde. Ich habe unseren PR-Mitarbeiter gebeten, die vergangenen Berichte zu überprüfen, weil sie bei Vergewaltigungsfällen normalerweise keine Namen nennen. Leider wurde er schon früher genannt, weil er ihren Namen an die Presse weitergab und behauptete, der Sex sei einvernehmlich gewesen. Der Kerl ist ein verdammtes Arschloch erster Klasse", sagte Coach Bernie mit Nachdruck.

Ich starrte ihn an, und Wut durchfuhr mich wie ein Blitz. Alles, was ich hatte, waren die groben Umrisse dessen, was mit Harper passiert war. Selbst als ich nach Joe gesucht hatte, hatte ich mir nicht die

Mühe gemacht, alle Berichte von damals durchzusehen. Ich kannte die Details darüber, warum sie öffentlich genannt worden war, nicht. Es fällt mir schwer, das zuzugeben, aber ich hatte nicht viel darüber nachgedacht, wie es dazu gekommen war. Ich hatte mir noch nie Gedanken über die Auswirkungen von jemandem in Harpers Situation gemacht. Ich bezweifle, dass viele Männer gerne darüber nachdachten, was es bedeutete, vergewaltigt zu werden. Männer hatten insofern Glück, als dass wir uns nicht so viele Gedanken darüber machen mussten, wie Frauen. Olivia hatte mir ausdrücklich erklärt, dass die meisten Frauen mindestens eine Freundin hatten, die das auch durchgemacht hatte. Als ich hörte, dass Joe dahintersteckte, dass Harpers Name öffentlich bekannt wurde, wurde ich wütend. Ich merkte nicht, dass ich meine Fäuste ballte, bis Coach Bernie das Wort ergriff.

„Beruhige dich, Alex. Dagegen kannst du nichts machen. Ehrlich gesagt, er hätte viel mehr verdient als ein paar Schläge ins Gesicht, aber man kann die Vergangenheit nicht ändern. Ich habe unsere PR-Leute darauf angesetzt. Sie geben sich alle Mühe, die Sache als das darzustellen, was sie war. Ein guter Kerl hat einem Arschloch endlich gegeben, was es verdient hat. Jetzt müssen wir nur noch sehen, was wir gegen die Anschuldigungen tun können. Um es ganz deutlich zu sagen: Ich sage nicht, dass das, was du getan hast, eine gute Entscheidung war. Fäuste sind normalerweise keine Lösung. Ich sage nur, dass ich verstehe, wie du dich gefühlt hast.“

Ich öffnete meine Hände und atmete langsam ein, bevor ich nickte. „Genau. Ich weiß, dass es nicht helfen wird, aber verdammt noch mal. Es ist nur ...“ Ich hielt inne, die Emotionen kochten in meiner Brust hoch. Es war so verdammt ungerecht, was da passiert war. Nichts davon war richtig, und ich wollte es so darstellen.

Coach Bernies Blick fixierte meinen, und ich erkannte ein Flackern in der Tiefe. „Das Leben ist ganz sicher nicht fair. Das Beste, was du tun kannst, ist, für sie da zu sein", sagte er unwirsch.

Ich wusste, dass mein Coach seine eigene Tragödie erlebt hatte. Er war seinerzeit einer der besten Fußballer der Welt, als er mit seiner Frau und seiner Tochter in einen Autounfall verwickelt wurde. Er überlebte, sie nicht. Er war durch seine Verletzungen gehandicapt und spielte nie wieder. Er verlor seine Familie und seine Karriere an einem Tag. Ich wusste, dass er genau wusste, wie ungerecht das Leben sein konnte. Ich sah ihm in die Augen und nickte, noch immer unfähig zu sprechen.

In diesem Moment klopfte es an der Tür. Auf den Ruf vom Coach hin betrat eine Frau zügig sein Büro. Sie ging geradewegs auf seinen Schreibtisch zu. Sie war groß und imposant, ihre Präsenz war so gewaltig, dass ich reflexartig stehen blieb. Sie musste fast einen Meter achtzig groß sein, hatte kastanienbraunes Haar, das sie zu einem eleganten Knoten zurückgebunden hatte, und haselnussbraune Augen. Mir wurde klar, wie sehr ich doch in Harper verknallt war, als ich nur noch nüchtern anerkennen konnte, dass sie schön, wenn auch ein wenig einschüchternd war. Mit ihrer Größe und ihrer starken Präsenz forderte sie Aufmerksamkeit und Ernsthaftigkeit.

„Zoe Lawson", sagte sie und streckte eine Hand aus.

Ihr Händedruck war selbstbewusst, fest und geschäftsmäßig, genau wie ihr Auftreten. Nachdem sie sich vorgestellt hatte, deutete der Coach ihr an, sich auf den Stuhl neben mir zu setzen. Wir setzten uns gemeinsam, und Zoe öffnete sofort einen Aktenordner, den sie unter ihren Ellbogen geklemmt hatte. Ihr scharfer Blick schwenkte zu mir. „Das Gute daran ist, dass Sie den Krieg um die Publicity auf jeden Fall gewinnen werden. Sie haben Ihre Freundin gerächt. Niemand wird denken, dass Sie der Idiot in dieser Geschichte sind. Der schlechte Teil ist, dass Sie Mr. Schmidt zweimal vor mehreren Zeugen geschlagen haben, und da Sie eine öffentliche Person sind, haben Sie viele Leute erkannt. Ich habe mir alles angesehen. Ich muss wissen, wie entschieden Sie gegen die Anklage vorgehen wollen, bevor wir entscheiden, wie wir weiter verfahren.“

Zoe schloss den Aktenordner und legte ihn auf die Kante von Coach Bernies Schreibtisch, bevor sie wieder in meine Richtung schaute. Ich verarbeitete immer noch die Tatsache, dass erst Coach und jetzt Zoe Harper meine Freundin genannt hatten. Das gefiel mir. Sogar sehr. Aber ich war mir nicht sicher, ob sie das wirklich so war und wie sie das, was mit uns geschah, sah. Ich zwang mich, meine Gedanken auf die eigentliche Angelegenheit zu richten.

„Ich schätze, ich habe nicht einmal darüber nachgedacht, mich gegen die Anschuldigungen zu wehren. Ich meine, es ist definitiv passiert. Ich werde deswegen nicht lügen“, sagte ich.

Zoe lächelte kaum und blickte zum Coach. „Was würde der Verein gerne sehen? Sie befinden sich in der unglücklichen Lage, einen ehrlichen Spieler hier zu haben.“ Ihr Blick schweifte zu mir. „Nichts für ungut, aber ich bin es gewohnt, mit Sportstars zu tun zu haben, die irgendeine erfundene Geschichte darüber erzählen, wie ihnen jemand in die Faust gelaufen ist, oder was auch immer zu dem passt, was passiert ist. Ich weiß zu schätzen, wie ehrlich Sie sind, aber als

Strafverteidigerin können Klienten wie Sie meine Arbeit erschweren", sagte sie mit einem leichten Kopfschütteln.

Coach Bernie gluckste. „Alex ist ehrlich, und ich möchte, dass er es auch bleibt. Wie wäre es, wenn Sie uns ein paar Tipps geben, wie wir weiter vorgehen können, wenn wir doch wissen, dass er so ist, wie er ist?"

Ich schwieg, aber es war schön zu wissen, dass der Coach mich so schätzte, wie ich war. Die Wahrheit war, dass viele Sportler hinter ihrer öffentlichen Fassade Arschlöcher waren. Der Medienrummel ließ das zu, und das war verdammt ärgerlich. Es war gut, einen Trainer zu haben, der solchen Unsinn nicht tolerierte.

Zoe trommelte einen Moment lang mit den Fingerspitzen auf die Armlehne ihres Stuhls und zuckte mit den Schultern. „Wir werden die Sache nicht an die große Glocke hängen, aber seine Vorge-schichte und das, was Mr. Schmidt gesagt hat, bevor Sie ihn geschlagen haben, spielen wir hoch."

Sie schob die Aktenmappe weiter auf den Schreib-tisch und öffnete sie. „Laut Ihrer polizeilichen Befra-gung bezeichnete er Harper als eine alte Freundin. Als Sie ihn dann fragten, ob er alle Frauen, die er vergewal-tigt hat, so nannte, sagte er ‚Fick dich'. Klingt das richtig?"

„So ist es passiert und so habe ich es der Polizei geschildert", antwortete ich und fragte mich, warum sie das Offensichtliche wiederholte.

Sie schloss die Mappe wieder. „Wiederholung ist entscheidend. Ich zweifle keine Sekunde an Ihnen, aber Sie müssen sich daran gewöhnen, dass Ihnen immer wieder die gleichen Fragen gestellt werden. Ich hoffe, dass es gar nicht erst zu einer Verhandlung kommt, aber falls doch, glauben Sie mir, ärgern Sie sich nicht, wenn man Sie bittet, ein paar hundert Mal zu wiederholen, was passiert ist."

Ich unterdrückte einen Seufzer und fuhr mir mit der Hand durch die Haare. Ich bereute vielleicht nicht, Joe geschlagen zu haben. Zu erfahren, dass er dafür verantwortlich war, dass Harpers Name öffentlich gemacht wurde, hatte mich nur dazu gebracht, es wieder tun zu wollen, aber das bedeutete nicht, dass ich mich mit diesem Zirkus befassen wollte. „Also gut. Das werde ich nicht."

„Für wie wahrscheinlich halten Sie es, dass er vor Gericht geht?", fragte Coach Bernie.

Zoe sah ihn an und zuckte mit den Schultern. „Nicht sehr wahrscheinlich, wenn die Presse so weitermacht, wie sie es bereits getan hat. Sie werden als Held gegen einen Vergewaltiger, der kaum eine Strafe abgesessen hat, dastehen."

„Aber was hat das mit der Tatsache zu tun, dass ich ihn geschlagen habe?", fragte ich.

„Je länger die Sache in den Nachrichten bleibt, desto mehr wird Mr. Schmidt wieder ins Licht der Öffentlichkeit gerückt. Ich bezweifle, dass er sich dessen bewusst ist, weil Typen wie er das normalerweise nicht sind, aber er hatte zuvor Glück. Ich habe mir seine Gerichtsakten angesehen. Ich vermute, wenn Ms. Jacobs gewollt hätte, dass sich der Prozess in die Länge zieht, wäre er für die ursprüngliche Anklage verurteilt worden, und sie wäre durch die Hölle gegangen, um das zu erreichen. Vergewaltigungsfälle sind hässlich für die Opfer. Sie müssen über etwas Schreckliches aussagen, es immer und immer wieder durchleben und dabei auch noch ein Kreuzverhör über sich ergehen lassen. Das ist äußerst unangenehm und der Grund dafür, dass nur etwa drei

Prozent der Vergewaltigungsfälle jemals vor Gericht kommen. Ich war damals nicht dabei, aber ich kann mir vorstellen, dass der Staatsanwalt einen Vergleich anbot, weil Mr. Schmidt einen sehr aggressiven Verteidiger hatte, der bereit war, die Sache für Ms. Jacobs so hässlich wie möglich zu gestalten. Er kam glimpflich davon. Jetzt ist die ganze schmutzige Geschichte wieder in den Nachrichten und er steht da wie das Arschloch, das er ist. Das ist überhaupt nicht gut für seinen professionellen Ruf. Er arbeitet im Finanzwesen. Ich würde wetten, dass sein Job jetzt in Gefahr ist, weil sie nicht mit einem ehemaligen Vergewaltiger in Verbindung gebracht werden wollen, der sein Opfer gerade als alte Freundin bezeichnet hat. Was mich betrifft, lassen Sie Ihr PR-Team die Sache aufblasen. Mr. Schmidt könnte sich am Ende wünschen, er hätte nie Anzeige gegen Sie erstattet. Heißt das, dass es komplett verschwinden wird? Nein. Es gibt zu viele Zeugen, aber wir können uns auf einen Deal einigen, der für Sie wahrscheinlich gemeinnützige Arbeit zur Folge hat", sagte Zoe mit einem entschiedenen Nicken.

Mein Coach erwiderte etwas, und sie redeten weiter, während meine Gedanken abschweiften und ich mich fragte, wie schrecklich die Vorbereitungen für den Vergleich für Harper gewesen sein mussten, nachdem Joe angeklagt worden war. Ich dachte nicht gerne darüber nach. Ganz und gar nicht. Tatsächlich machte mich der Gedanke daran nur wieder wütend. Verdammte Scheiße. Seit Olivia diese kleine Bombe platzen ließ, war ich wütender, als ich es je als kleiner Junge gewesen war. Ich dachte, ich hätte meine Probleme mit meinem Temperament längst hinter mir gelassen.

Coach Bernie räusperte sich, und ich sah wieder zu

ihm hinüber. Er lehnte sich in seinem Stuhl zurück und neigte den Kopf zur Seite. „Du bist wieder sauer", sagte er ruhig.

Ich unterdrückte einen Seufzer und zuckte mit den Schultern. „Ich höre nicht gerne, was Harper durchgemacht hat. Vor allem mag ich nicht daran denken, wie leicht Joe davongekommen ist. Das ist ein Haufen Scheiße, das ist es."

Zoe sah mich ruhig an und zuckte mit den Schultern. „Das ist es auch, aber werfen Sie nicht mehr mit den Fäusten um sich, okay? Wir werden mit dieser Situation schon fertig. Wenn es noch einmal passiert, werden Sie nicht mehr so sympathisch rüberkommen, wie Sie es jetzt tun."

Verdammt noch mal. Sie war pragmatisch. Ich schluckte den nächsten Fluch, den ich ausspucken wollte, herunter und schloss die Augen, während ich stattdessen tief einatmete. Als ich sie öffnete, blickte ich zwischen ihr und dem Coach hin und her. „Keine Sorge."

Zoe nickte und stand auf, schnappte sich den Aktenordner und klemmte ihn wieder unter ihren Arm. „Ich melde mich, nachdem ich morgen mit dem Staatsanwalt gesprochen habe. In der Zwischenzeit machen Sie sich das Leben so langweilig wie möglich", sagte sie mit einem so leichten Lächeln, dass man es kaum bemerkte.

Sie verließ Coach Bernies Büro, ihre Schritte hallten auf dem gefliesten Boden, als sie den Flur entlangging. Der Coach stand auf, schloss seine Bürotür und lehnte sich mit der Hüfte gegen die Schreibtischkante. Er beäugte mich mehrere Sekunden lang. „Es ist in Ordnung, über etwas wütend zu sein, weißt du."

Ich starrte ihn an und kämpfte mit meinen eigenen

Gedanken. Ich wusste, dass es einen guten Grund gab, wütend auf Joe zu sein. Doch die Jahre, in denen ich meinen Vater beobachtet hatte, wie er mit seiner Wut kämpfte, hatten mich darauf vorbereitet, meine zu zügeln. Schließlich zuckte ich mit den Schultern, unsicher, worauf der Coach mit seiner Bemerkung hinauswollte.

„Ich sage das nur, weil ich dich in dem letzten Jahr, in dem du in der Mannschaft gespielt hast, immer nur ruhig gesehen habe. Das ist eine verdammt gute Sache. Deine Gelassenheit ist ein großer Teil dessen, was die Mannschaft in schwierigen Spielen fokussiert hält. Ich kann nicht sagen, warum, aber du scheinst verunsichert zu sein, weil du dich über diese Situation mit Harper aufregst. Du solltest wütend sein. Verdammt, ich bin wütend. Die Sache ist die, wenn Leute wütend werden und denken, dass sie nicht wütend sein sollten, dann tun sie dumme Dinge, wie Leute auf der Straße zu schlagen, weil sie zu sehr damit beschäftigt waren, ihre Wut zu unterdrücken."

Damit stieß er sich von der Seite seines Schreibtisches ab. „Ich rufe dich an, sobald ich etwas von Zoe höre. Du tust dasselbe, wenn du von ihr hörst. Okay?"

„Ja, natürlich. Wir sehen uns morgen beim Training."

Als ich das Stadion verließ, dachte ich über seine Bemerkung nach. Ich hatte mir keine Gedanken darüber gemacht, ob ich meine Wut in Bezug auf das, was mit Harper passiert war, in mir aufgestaut hatte. Ich mochte es nicht, wütend zu sein, und noch weniger mochte ich es, mich so hilflos zu fühlen. Wie Coach Bernie so treffend sagte, konnte ich die Vergangenheit nicht ungeschehen machen.

Kapitel Vierzehn

HARPER

„Tschüss, Stanley", sagte ich und streichelte seinen schlanken Kopf. „Ich komme später wieder."

Er stupste mein Bein an und drehte sich um, um zu seinem Lieblingsschlafplatz in der Ecke zu schlendern, wo ein paar Sonnenstrahlen durch die Fenster fielen. Ich war an einem bewölkten Morgen aufgewacht und mit Alex bei leichtem Nieselregen joggen gegangen. Wenn es um Alex ging, waren meine Gedanken völlig verworren. Ich fühlte mich schon halb verrückt, weil ich ihn ständig sehen wollte, aber das passte nicht zu dem, was ich mir mit ihm vorgestellt hatte. Nicht, dass ich jemals gewusst hätte, wie es sein würde, endlich die Mauern zu durchbrechen, die ich um mich herum errichtet hatte, und tatsächlich wieder jemanden zu begehren. Ich war nicht darauf vorbereitet, dass ich fast die ganze Zeit an Alex denken und mich danach sehnen würde, ihn wiederzusehen. Ich freute mich auf unsere gemeinsamen Morgenläufe, weil ich wusste, dass ich garantiert eine gute Stunde in seiner Gegenwart verbringen würde. Ich wollte viel mehr als das, aber ich befand mich mitten in meinem eigenen inneren Kampf darüber, wie ich das anstellen sollte.

Mein hart erkämpfter Seelenfrieden schien mir oberflächlicher zu sein, als ich gehofft hatte. Er beruhte darauf, dass ich emotional aufgeladene Situationen vermied, und bis Alex auftauchte, hatte ich gar nicht bemerkt, dass ich das tat. Auch wenn ein Teil von mir fast verzweifelt versuchte, mich in alles einzuhüllen, was Alex ausmachte, bedeutete das, auf eine Weise loszulassen, wie ich es seit Jahren nicht mehr getan hatte. Ehrlich gesagt, auf eine emotionale Art und Weise, die ich zuvor nie zugelassen hatte. Die brennende Intimität, die ich mit Alex teilte, war anders als alles, was ich je zuvor erlebt hatte.

Ich schüttelte den Kopf und zog meine Jacke an, wobei ich einen Blick auf Stanley warf, der bereits auf seinem kleinen Fleckchen in der Sonne schlief. Irgendwann zwischen dem Heimkommen von unserem Lauf und meiner Dusche hatte der leichte Nieselregen aufgehört, und die Sonne lugte vorsichtig durch die Wolken. Ich schloss die Tür hinter mir ab und machte mich auf den Weg zur Arbeit.

Ich hatte mich aus mehreren Gründen in meine neue Wohnung verliebt, als ich sie sah. Die Fenster boten einen Blick auf den Puget Sound in der Ferne, sie lag auf der gleichen Seite der Stadt wie Daisy und Olivia, und sie war näher an meinem Arbeitsplatz. Mir gefiel auch die Nähe zu einem Park, denn das war ein guter Ort für Spaziergänge mit Stanley. Ich hatte nicht daran gedacht, Joe über den Weg laufen zu können, weil ich nicht wissen konnte, dass er in der Nähe wohnte. Ich wusste immer noch nichts anderes, als dass er im Park joggen ging und ich ihn in seinem Auto gesehen hatte. Selbst das Wissen um seine Nähe konnte die Wärme, die ich jetzt, da Alex in meinem Leben war, empfand, nicht zerstören.

Nun, genau genommen war er schon vorher in meinem Leben gewesen. Seit Olivia mit Liam zusammengezogen war, hatte Alex am Rande meines Lebens existiert. Ich sah ihn immer, wenn Olivia und Liam sich mit Freunden trafen. Es war mir nicht entgangen, dass Alex sehr sexy war und einen erstaunlichen Körper hatte, aber er hatte sich so weit von mir ferngehalten, dass ich nicht über die Oberfläche hinausgesehen hatte. Um ehrlich zu sein, hatte ich keinem Mann viel Aufmerksamkeit geschenkt. Es war seltsam, darüber nachzudenken, aber die Begegnung mit Alex im Park und der gleichzeitige Anblick von Joe hatten mich aus meiner inneren Erstarrung gerissen.

Wenn ich jetzt nur an Alex dachte, durchfuhr mich ein heißer Schauer. Ich schaltete das Radio ein, nur um Alex' Namen zu hören. Obwohl ich wusste, dass es etwas war, das ich nicht hören wollte, drehte ich den Ton lauter.

.... *Die jüngsten Vorwürfe gegen Alex Gordon versetzen Seattle in einen Schockzustand. Gordon ist dafür bekannt, dass er nie die Fassung verliert und während seiner Profifußballkarriere noch nicht einmal wegen eines Fouls verwarnt worden ist. Bis zu diesem Vorfall war er blitzsauber und galt als der Gentleman-Fußballer Großbritanniens. Er sieht sich mit einer Anklage wegen Körperverletzung gegen Joe Schmidt konfrontiert, einem ehemaligen Leichtathletik-Star, der zuvor wegen Vergewaltigung einer Läuferin angeklagt worden war, die während ihrer College-Karriere in der nationalen Rangliste geführt wurde. Es gab einen öffentlichen Aufschrei wegen der geringen Strafe, der Mr. Schmidt in einem Vergleich zugestimmt hat und die nur ein paar Monate betrug. Berichten zufolge ist Gordon mit dem Opfer von Mr.*

Schmidt liiert. Gordon wirkt hier wie ein Held. Die Fans sagen, Gordon habe es aus Liebe getan.

Der Radiosprecher fuhr fort und wechselte dann zu einer Diskussion über einen lokalen Sportnachrichtensender. Ich schaltete das Radio aus und hatte ein mulmiges Gefühl im Magen. Ich konnte nicht sagen, dass ich nicht vorbereitet gewesen wäre. Alex selbst hatte versucht, mir zu erklären, dass er sich genau darüber Sorgen gemacht hatte. Ich schätze, ich hatte es einfach verdrängt, weil ich dachte, dass es niemanden so sehr interessieren konnte. Aber damals hatte ich dasselbe getan, als Joe mich vergewaltigt hatte. Ich war völlig unvorbereitet auf das Medieninteresse und zutiefst erschüttert gewesen, als Joe meinen Namen in einem Live-Interview bekannt gab. Bis dahin hatte die Presse meinen Namen verschwiegen. Danach hatte jede anständige Medienagentur angerufen, um zu fragen, ob ich es vorzog, dass sie meinen Namen weiterhin zurückhielten, aber ich hatte ihnen gesagt, dass es keine Rolle spielte. Denn das tat es nicht. Joe hatte den Schaden bereits angerichtet, und meinen Namen wieder in die Anonymität zu drängen, war zu diesem Zeitpunkt unmöglich gewesen. Ich betete nur, dass die Sache schnell vorübergehen würde.

Ich fuhr in die Parklücke vor meiner Praxis und ging hinein. Ich mochte meinen Job, das tat ich wirklich. Ich war irgendwie über ihn gestolpert, aber es stellte sich heraus, dass Physiotherapie genau das Richtige für mich war. Mein letztes Jahr auf dem College war ein einziges Durcheinander gewesen. Ich konnte mich kaum konzentrieren, und meine Noten hatten sich verschlechtert. Ich musste ein zusätzliches Jahr in meinen Kursen verbringen, um mich von diesem Chaos zu erholen. Mein Leichtathletik-Trainer war so freundlich gewesen, mir einen Job zu besorgen, bei dem ich das Physiotherapie-Team für verschiedene College-Programme unterstützte. Es hatte mir Spaß gemacht, denn die Arbeit selbst bot mir die Möglichkeit, mich fit zu halten, und es machte mir Spaß, anderen zu helfen. Traurig, aber ein Teil des Reizes war damals der kostenlose Zugang zu den Fitnessstudios vor Ort. Ich steckte noch tief in den Nachwirkungen der Angst nach Joes Angriff und hatte damals zu viel Panik, um draußen zu laufen. Dennoch sehnte ich mich nach der körperlichen Belastung des Trainings und der damit verbundenen Flucht.

Ich hatte mich allmählich daran gewöhnt, mit Stanley draußen spazieren zu gehen, aber erst mit Alex hatte ich wieder angefangen, draußen zu laufen. Ein weiteres Geschenk, das er mir gemacht hatte - und es war so bedeutsam, dass es schwer zu vermitteln war. Ich winkte der Empfangsdame zu und ging den Flur entlang zu meinem Büro. Ich arbeitete immer noch gelegentlich an der Universität, aber mein offizieller Job war in einer Klinik, die in ganz Seattle Physiotherapie und orthopädische Beratung anbot. Olivia und ich empfahlen einander manchmal, da sie Orthopädin war. Ich mochte die Freiheit meiner Position und die Möglichkeit, ein breites Spektrum von Patienten zu behandeln.

Ich betrat mein Büro und entdeckte Daisy in einem der Stühle neben meinem Schreibtisch. „Hallo, was machst du denn hier?", fragte ich, verwirrt über ihr Erscheinen.

Daisy zwirbelte die Enden ihres blonden Pferdeschwanzes zwischen ihren Fingern und zuckte mit den Schultern. „Ich dachte, ich sage einfach mal Hallo."

Es war zwar nicht völlig ungewöhnlich, dass Daisy vorbeikam, das hier hingegen unwahrscheinlich. Ich hängte meine Jacke auf und stützte mich mit den

Hüften auf dem Schreibtisch ab. „Du bist nicht nur hier, um Hallo zu sagen. Du willst nach mir sehen, nicht wahr?“

Daisy seufzte und rümpfte die Nase. „Und wie geht es dir?“

Ich dachte ernsthaft über ihre Frage nach. Mir ging es nicht gut. Es war nicht gut zu wissen, dass Alex in den Nachrichten war und das größte Phantom meiner Vergangenheit wieder im Blickpunkt der Öffentlichkeit stand, weil etwas passiert war. Dennoch hatte ich einen langen Weg hinter mir. Ich war verunsichert und ängstlich, aber ich fühlte mich gut. Ich hatte nicht mehr das alte panische Gefühl, dass ich innerlich in Scherben lag und immer versuchte, mich wieder zusammenzusetzen, was mir nie ganz gelang. Merkwürdigerweise wollte ich Alex sehen. Ich war noch nicht ganz bereit zu analysieren, was das bedeuten könnte, aber irgendwie fühlte ich mich bei dem Gedanken, ihn zu sehen, besser. Er war jemand, an dem ich mich festhalten konnte, und ich zweifelte nicht eine Sekunde daran, dass er da sein würde, wenn ich ihn darum bat.

Ich begegnete Daisys besorgtem Blick. „Mir geht es wirklich gut. Bist du mit dem Auto gekommen und hast dasselbe gehört wie ich?“

Sie rollte mit den Augen und seufzte. „Ja. Das hat mich beunruhigt. Aber du siehst ... Na ja, du siehst okay aus. Wollen wir heute Mittag etwas essen gehen?“

„Klar. Wie wäre es mit ...“ Ich lehnte mich zurück und warf einen Blick auf meinen Terminkalender. Die Empfangsdame druckte ihn jeden Tag für mich aus und ließ ihn auf meinem Schreibtisch liegen, obwohl ich ihn in meinem Telefonkalender hatte. „12:30?“

„Perfekt. Ich hole dich hier ab.“ Daisy stand auf

und umarmte mich kurz, bevor sie mit einem Winken den Raum verließ.

Ich stürzte mich in die Arbeit, erleichtert, dass ich heute Morgen einen vollen Terminkalender hatte. Wenn irgendetwas meinen Geist von der Tretmühle der Sorgen und Ängste ablenken konnte, dann war es Beschäftigung. Ich arbeitete mit einer älteren Frau, die sich seit einigen Monaten von einer gebrochenen Hüfte erholte, und wechselte dann zu einer Sitzung mit einem professionellen Bodybuilder, der sich die Rotatorenmanschette gerissen hatte. Der Kontrast zwischen den beiden war so krass, dass es schon amüsant war. Janet, die ältere Frau, die gestürzt war, ließ mich aufjubeln, als sie ihre Gehkünste vorführte. Ich war gerade vom Fitnessstudio in mein Büro zurückgekehrt, um ein paar Dinge zu überprüfen, als mein Telefon klingelte. Ich nahm ab, ohne nachzusehen, wer es war.

„Ms. Jacobs, hier ist Brad Williams vom Seattle Observer. Ich rufe wegen des Vorfalls mit Alex Gordon an und möchte wissen, ob Sie dazu etwas zu sagen haben."

Ich starrte das Telefon an. So harmlos es auch aussah, in diesem Moment wollte ich das Telefon quer durch den Raum werfen. Zu meiner Wut gesellte sich ein Gefühl der Angst. Ich verfluchte mich im Stillen. Ich hätte wissen müssen, dass die Medien anrufen würden. Ich hätte damit rechnen müssen. Ich hatte einfach nicht daran denken wollen. Überhaupt nicht. Mein Leben war längst fertig mit diesem Thema, und ich wollte nicht wieder in diesen Sumpf hineinwaten.

„Ms. Jacobs?"

Ich öffnete den Mund, um zu sprechen, aus Reflex und aus Höflichkeit, bevor ich ihn wieder zukniff. Ich brauchte mit niemandem zu reden. Ich wollte schon auflegen, als mir auffiel, dass mir das nicht helfen würde. Wenn ich mitbestimmen wollte, wie es weiterging, konnte ich mich nicht davor verstecken. Bis heute fragte ich mich, ob ich die Ausdauer gehabt hätte, einen Prozess durchzustehen, wenn ich nicht so sehr darauf aus gewesen wäre, mich zu verkriechen und zu verstecken. Denn das war es, was es erforderte, die Demütigung zu ertragen, die schlimmsten Momente meines Lebens und die Scham, in die sie getaucht waren, zu wiederholen. Ich war damals zu erschöpft und noch immer zu geschockt, um mich dem zu stellen. Vielleicht konnte ich nicht in der Zeit zurückgehen und das korrigieren, aber vielleicht konnte ich beeinflussen, wie es weiterging. Ich holte tief Luft, sammelte meinen Mut und versuchte, das schnelle Klopfen meines Herzens zu unterdrücken.

„Ja, ich bin hier", brachte ich schließlich heraus.

Der Reporter räusperte sich. „Okay, ich schätze, ich bin froh, dass Sie nicht aufgelegt haben", antwortete er.

Sein Ton war höflich und vorsichtig, und doch lag gerade so viel Wärme darin, dass ich spürte, dass ich ihm vertrauen konnte, zumindest genug, um sich ein paar Minuten zu unterhalten. „Ich habe darüber nachgedacht", sagte ich und sprach die nackte Wahrheit aus, bevor ich meine Worte noch einmal überdachte.

„Ich kann es Ihnen nicht verübeln. Nun, da ich Sie schon mal dran habe, könnten Sie sich ein paar Minuten Zeit nehmen, um ein paar Fragen zu beantworten?"

„Wie wäre es, wenn Sie fragen und ich antworte, wenn ich mich wohl dabei fühle?"

„Das ist mir recht."

Es gab eine weitere Pause. „Wäre es Ihnen lieber, wenn ich Sie persönlich aufsuchen würde?"

Ich drehte mich auf meinem Schreibtischstuhl und schaute aus dem Fenster. Die Klinik, in der ich arbeitete, lag in der Innenstadt von Seattle, und unsere Büros befanden sich im dritten Stock eines größeren Gebäudes, von dem aus man einen Blick auf die Skyline von Seattle und den Puget Sound in der Ferne hatte. Ich beobachtete, wie ein Rotschwanzbussard an meinem Fenster vorbeiflog und auf der breiten Fensterbank landete, die aus dem Fenster ragte. Jedes Jahr nistete dort ein Falkenpaar, und jeder im Büro hatte Spaß daran, sie im Auge zu behalten. Mein Magen kribbelte und mein Herz schlug in einem klirrenden, flachen Rhythmus - so fühlte es sich an, wenn ich ängstlich war. Ich wusste nicht, ob ich halb verrückt war, dieses Gespräch überhaupt zu führen, aber ich dachte mir, dass es persönlich besser wäre, weil ich dann ein besseres Gefühl für den Reporter haben würde.

„Das fände ich gut." Ich warf einen Blick auf die Uhr. Ich hatte eine Stunde Zeit, bevor Daisy hier sein würde, um sich mit mir zum Mittagessen zu treffen, und eine unerwartete Lücke in meinem Terminplan aufgrund einer Absage. „Wenn Sie mich jetzt treffen könnten, hätte ich eine Stunde Zeit", sagte ich schnell, bevor ich einen Rückzieher machen konnte.

———

Brad Williams saß mir etwa zehn Minuten später an dem kleinen runden Tisch in meinem Büro gegenüber. Ich wusste nicht, woher er gekommen war, aber er hatte es innerhalb weniger Minuten in die Klinik geschafft. Er war ein schmächtiger Mann mit silbernem Haar, scharfen blauen Augen und einer Brille. Er hatte eine ernste, nachdenkliche Ausstrahlung. Es hätte mich nicht überrascht, wenn ich erfahren hätte, dass er ein Läufer war. Er hatte den Körperbau und die Energie dafür. Wir hatten die Höflichkeiten hinter uns gebracht, und er hatte gerade eine Tasse Kaffee aus unserem Wartebereich in der Hand.

Er schaute zu mir herüber und neigte den Kopf zur Seite. „Sie sollten vielleicht wissen, dass ich einer der leitenden Reporter des Observer war, als Mr. Schmidt wegen Vergewaltigung und Körperverletzung angeklagt wurde. Ich bin auch ein ehemaliger Student seiner Universität und bin damals für das Leichtathletik-Team gelaufen."

„Ach wirklich? Habe ich schon einmal mit Ihnen gesprochen?", fragte ich. Meine Erinnerungen an die Anrufe von Reportern in den wenigen Monaten, nachdem mein Name öffentlich gemacht worden war und der Fall nach seinem Geständnis endlich vom Radar verschwand, waren verschwommen. Ich hatte mich mit niemandem persönlich getroffen.

Brad hielt meinen Blick einen Moment lang fest, bevor er nickte. „Wir haben einmal miteinander telefoniert. Sie erinnern sich vielleicht nicht mehr, aber der Observer hatte sich entschieden, Ihren Namen in unserer Berichterstattung nicht zu verwenden, selbst nachdem er öffentlich bekannt geworden war."

Der Spannungsknoten in meiner Magengrube zog sich noch ein wenig fester zusammen. „Daran erinnere ich mich nicht, aber ich habe auch versucht, nichts darüber zu lesen", sagte ich achselzuckend.

„Verstehe." Er nahm einen Schluck Kaffee und blickte auf das Aufnahmegerät, das er zwischen uns auf den Tisch gestellt hatte. Er hatte gefragt, ob er es benutzen dürfe, und ich hatte unter der Bedingung zugestimmt, dass er mir alles zur Überprüfung schickte, bevor es veröffentlicht wurde. Er setzte seinen Kaffee ab und sah mich direkt an. „Fangen wir mit den Grundlagen an. Was sagen Sie zu den Vorwürfen gegen Mr. Gordon?"

„Ich denke, ich kann nur sagen, dass ich verstehe, warum es passiert ist. Ich will damit nicht sagen, dass es eine gute Idee ist, jemanden zu schlagen, sondern nur, dass er verärgert war und es deshalb passiert ist."

„Ich bin mir sicher, dass viele Leute Ihnen da zustimmen. Können Sie mir sagen, in welcher Beziehung Sie zu Mr. Gordon stehen?"

Mein Herz begann in meiner Brust zu klopfen. Ich hatte diese Frage vorausgesehen, aber ich wusste immer noch nicht, wie ich sie beantworten sollte. Ich spürte, wie meine Wangen heiß wurden. Alex hatte mir schnell viel mehr bedeutet, als ich erwartet hatte. Innerhalb von ein paar Wochen hatte er mehrere Phasen durchlaufen, was er für mich bedeutete. Es begann als eine lockere Freundschaft, ein Freund dem ich aufgrund seiner Verbindung zu einer guten Freundin vertraute. Ich vertraute Olivia vollkommen und damit auch Liam. Liam schätzte Alex in höchstem Maße und betrachtete ihn als seinen besten Freund, sodass ich ihm allein aufgrund dieser Verbindungen vertraute, noch bevor ich Alex besser kennengelernt hatte. Er war dann zu einem Mann geworden, den ich mit einer Heftigkeit begehrte, die meine selbst auferlegte Schutzmauer durchbrach und mich wieder lebendig fühlen ließ. Doch selbst im Rausch dieses Verlangens hatte ich nur ein Ziel, und das war rein körperlich. Ich konnte nicht ahnen, dass die Umsetzung dieses Ziels die Dinge noch weiter in die Höhe treiben würde. Ich hatte nicht mit dem Gefühl der Verbundenheit mit ihm gerechnet, mit einer Intimität, die in ihrer Intensität verblüffend war.

Plötzlich wünschte ich mir, ich hätte daran gedacht, Alex anzurufen, bevor ich mich mit Brad traf. Eine Sekunde lang machte ich mir Sorgen, ich könnte etwas Falsches sagen. Diese Sorge verschwand jedoch so plötzlich, wie sie aufgetaucht war, denn ich wusste mit Sicherheit, dass Alex mir nichts von dem, was ich sagte, übelnehmen würde, selbst wenn es ihm und seinem Fall Probleme bereiten würde.

„Er ist ein guter Freund", sagte ich. In dem Moment, als ich diese Worte aussprach, überlegte ich es mir anders. „Er könnte mehr als das sein", platzte ich heraus und wünschte, ich könnte die Worte sofort wieder zurücknehmen, nicht wegen der Umstände, unter denen ich sie gesagt hatte, sondern weil sich alles mit Alex zu neu anfühlte, zu roh und zerbrechlich, wie gesponnener Zucker.

Brad nickte nur und nahm einen weiteren Schluck Kaffee, ohne zu bemerken, wie viel es bedeutete, dass ich mir überhaupt erlaubte, in irgendeinem Zusammenhang an einen Mann zu denken, der nicht rein platonisch war.

Gleichzeitig mit einem Klopfen öffnete sich meine Bürotür, und Daisy stand da. Sie wirkte angespannt, ihr Blick huschte von mir zu Brad. Sie stemmte die Hände in die Hüften und schlug die Tür hinter sich zu, wobei ihr Blick auf Brad gerichtet war. „Wagen Sie es nicht, sie zu ..."

Ich hielt eine Hand hoch. „Daisy, ist schon gut. Ich habe ihm gesagt, dass ich mich mit ihm treffen würde."

Ihr besorgter Blick hüpfte zu mir. „Was dachtest du dir dabei?"

„Dass ich es lieber selbst in der Hand habe, als dass die Leute spekulieren."

Sie schürzte die Lippen, und ich fühlte mich durch

ihr Auftreten ermutigt. Auch wenn es im Moment unnötig war, war es gut, Daisy auf meiner Seite zu haben. Sie war hartnäckig, wenn es darum ging, ihre Freunde zu beschützen. Sie blickte zwischen uns hin und her und zog sich prompt einen Stuhl heran.

„Okay, betrachten Sie mich als, ich weiß nicht, ihre ... ihre Freundin, die Ihnen in den Hintern treten wird, falls nötig", sagte sie mit einem entschiedenen Nicken.

Brad ließ ein kleines Grinsen aufblitzen. „Na gut. Darf ich Ihnen eine Frage stellen?"

„Schießen Sie los", antwortete Daisy fest.

„Irgendein Kommentar zu der Situation?"

„Joe hat es verdient. Das ist es, was ich denke."

Brad neigte seinen Kopf zur Seite. „Könnten Sie vielleicht näher erläutern, warum Sie das denken?"

Daisy beugte sich vor, ihre braunen Augen blitzten vor Wut. „Er hat meine Freundin vergewaltigt und missbraucht. Selbst wenn sie nicht meine Freundin gewesen wäre, wäre ich entsetzt darüber gewesen, was er getan hat. Er hat ihr das Gerichtsverfahren zur Hölle gemacht, wodurch es sich nicht gelohnt hat, einen Prozess zu führen, und wenn man mich fragt, ist er viel zu glimpflich davongekommen. Karma ist wie ein Bumerang, und manchmal dauert es länger, bis es einen einholt, aber es passiert immer. Ein paar Schläge reichen nicht annähernd an das heran, was er Harper zugemutet hat, also sollte er sich noch glücklich schätzen."

Ich musste fast lachen, nicht weil es lustig war, sondern weil mir vor lauter Erleichterung schwindelig wurde und die Umstände dieses besonderen Moments an Lächerlichkeit grenzten. Brad und Daisy redeten weiter, während meine Aufmerksamkeit ein wenig abschweifte. Bis Daisy sagte: „Nun, ich meine, es ist offensichtlich, dass Alex es aus Liebe getan hat."

Mein Kopf schnellte in ihre Richtung, mein Herz fing an, wild in meiner Brust zu pochen, und die Hoffnung schwenkte eine kleine Fahne und tanzte in mir. Prompt ignorierte ich das aufmerksamkeitsheischende Spielchen der Hoffnung. Das Letzte, was ich gebrauchen konnte, war, wehmütig zu werden über das, was sein könnte. Daisy war definitiv auf der leidenschaftlichen Seite, wenn es um ihre Gefühle ging. Sie empfand alles sehr intensiv und neigte dazu, das Gleiche von jedem anderen anzunehmen. „Daisy, ich weiß nicht ...“

Sie winkte mit einer Hand abweisend in meine Richtung. „Du kannst dich deswegen noch so sehr bedeckt halten, aber es ändert nichts. Er wäre nicht so wütend gewesen, wenn ihm nicht wirklich etwas an dir liegen würde.“

„Ja, aber ich glaube nicht, dass ...“

Brad sah mich an und schüttelte den Kopf. „Keine Sorge. Ich werde nicht verkünden, dass Mr. Gordon in Sie verliebt ist. Es sei denn, er sagt es mir“, sagte er mit einem weiteren leichten Lächeln.

Daisy schlug die Beine übereinander und ihr Fuß wippte auf und ab. „Ach, was soll's. Es sollte eine gute Geschichte werden. Vielleicht greife ich mit der ganzen Liebesgeschichte zu weit vor, aber du musst zugeben, dass er sehr in dich verknallt ist.“

Ich wurde so rot, dass ich mir am liebsten kaltes Wasser ins Gesicht gespritzt hätte. Ich konnte nicht so recht glauben, dass wir dieses Gespräch vor einem Reporter führten, aber Daisy war noch nie jemand, der vor etwas zurückschreckte. Ich schaute zu Brad. „Haben Sie noch mehr Fragen an mich?“

„Nur eine: Haben Sie Bedenken, dass Mr. Schmidt eine Gefahr für andere Frauen darstellt?“

Seine Frage verblüffte mich, aber nur für eine

Sekunde. Ich wusste die Antwort ohne zu zögern. „Natürlich. Er hat nie die Verantwortung für seine Taten übernommen, auch nicht, als er den Vergleich akzeptiert hat. Ich habe mich immer gefragt, ob es wieder passieren würde."

ALEX

Ich atmete die kühle, regnerische Luft ein und verlangsamte meine Schritte, als wir uns dem Eingang zum Park näherten. Harper traf sich immer noch täglich mit mir zum Laufen. Ehrlich gesagt, hatte ich früher versucht, jeden Tag zu laufen, aber das Training war so anstrengend, dass ich es ab und zu ausfallen ließ. Mit Harper hatte ich keinen einzigen Tag verpasst. Seit ich Joe die Faust ins Gesicht geschlagen hatte, waren weitere zwei Wochen vergangen, und es hatte sich nicht viel getan. Zoe hielt Coach Bernie und mich über ihre Kommunikation mit dem Staatsanwalt auf dem Laufenden, aber außer der ersten Anklageerhebung hatte sich nichts geändert. Sie hatte etwas eingereicht, um etwas zu verzögern - verdammt, sie sagte mir, was, aber es war in trockenen, juristischen Worten, sodass ich es nicht aufnahm - und sagte uns, dass sie es vorzog, eine abwartende Haltung einzunehmen. Sie dachte, Joe könnte einen Rückzieher machen, wenn er zu sehr unter öffentlichen Druck geriet. Ich erinnerte sie immer wieder daran, dass ich ihn tatsächlich geschlagen hatte, aber sie tat es mit einem Achselzucken ab.

In der Zwischenzeit tat ich mein Bestes, um die Presse zu ignorieren, während Coach Bernie damit beschäftigt war, sie aufzumischen. Es schien ihn nicht zu interessieren, wie es um meine Anklage bestellt war. Er konzentrierte sich auf die ganze ‚Liebenswerter-Seattle-Stars-Spieler'-Presse. Harper hatte mir von dem Besuch des Reporters vom Seattle Observer erzählt und mir die Geschichte gezeigt, die er geschrieben hatte. Ich war der Meinung, dass sie sagen konnte, was sie wollte, aber es schien, als hätte der Reporter noch eine eigene Meinung zu dem, was mit Joes altem Fall passiert war. Er verbrachte die Hälfte des Artikels damit, die geringe Strafe, die Joe erhielt, zu bewerten und sie mit den durchschnittlichen Strafen für die Verbrechen, zu denen er sich bekannt hatte, zu vergleichen. Oh, es hatte mich verdammt geärgert, dass Vergewaltigung nicht auf der Liste stand, aber Joe wurde wegen Körperverletzung verurteilt.

Das Gute an der ganzen Sache: Ich konnte Harper öfter sehen. Abgesehen von unseren morgendlichen Läufen hatte ich mir zwei weitere Nächte mit ihr erschlichen. Ich warf ihr einen Blick zu, als wir auf dem Bürgersteig hinter dem Parkeingang zum Gehen übergingen. Wie ich verzichtete sie auf einen Regenmantel, wenn wir im Regen liefen, weil sie das Rascheln nicht hören wollte und es ihr nichts ausmachte, nass zu werden. Ihr dunkelbraunes Haar war durchnässt und eine lose Strähne klebte an ihrer Wange. Ohne nachzudenken, streckte ich die Hand aus und strich sie ihr von der Wange. Sie blickte mich an, ihre blauen Augen leuchteten im silbergrauen Licht.

Und einfach so bekam ich einen Steifen. Die Luft um uns herum war wie elektrisiert. Als wir eine Querstraße erreichten, stolperte ich fast, so sehr war ich damit beschäftigt, sie anzustarren, dass ich nicht bemerkte, dass ich vom Bürgersteig abkam.

„Alex!"

Sie packte mich am Arm, als ein Auto vorbeirauschte. Verdammte Scheiße. Diese Frau brachte mich um meinen Verstand und definitiv um meine Konzentration. Wir standen da, ihre Hand um meinen Unterarm geschlungen, und der neblige Regen fiel um uns herum. Autos fuhren vorbei, eines rollte durch eine Pfütze in der Nähe und spritzte uns nass. Das Plätschern durchdrang den Nebel in meinem Kopf, und ich riss meinen Blick endlich los. Ich befreite meinen Arm, schlang meine Hand um ihre und ging weiter. Ich hatte nur eines im Kopf. Ich brauchte Harper. Und zwar sofort.

Unser Weg durch den Park heute Morgen führte uns auf dem Rückweg näher an meine Wohnung heran. Es war verdammt gut, dass Harper anscheinend die gleiche Idee hatte wie ich, denn sonst hätte ich sie geradezu mitgeschleift. So aber rannten wir schon fast die Treppe zu meinem Haus hinauf. Normalerweise würde ich anhalten, um nach Callie zu sehen, aber heute nicht. Wir schafften es in Sekundenschnelle durch meine Haustür, und ich drehte mich um, als die Tür hinter uns zuschlug.

Wir waren beide klatschnass. Mein T-Shirt klebte an meiner Haut, genau wie ihres. Das gefiel mir, denn ihre Brustwarzen ragten durch ihren BH und ihr Oberteil hindurch steil nach oben. Als sie zu mir aufschaute und sich gegen die Tür lehnte, kullerte ein Regentropfen über ihre Wange auf ihren Hals. Ich senkte meinen Kopf und leckte ihn ab. Dieser kleine

Geschmack ihrer Haut reichte schon, damit die Lust durch mich hindurchschoss.

Unsere Lippen trafen sich zu einem heißen, feuchten, schmutzigen Kuss. Ich wollte sie verschlingen, um mein Verlangen zu stillen. Sie täglich zu sehen, hielt mich in einem Zustand halbwegs konstanter Erregung, während ich versuchte, mich nicht in ihr Leben zu drängen. Liam hatte mir oft genug gesagt, dass ich ziemlich intensiv sein konnte, also hatte ich versucht, mich zu mäßigen und das, was zwischen uns geschah, sich allmählich entfalten zu lassen. Verdammte Scheiße. Das war das Schwerste, was ich je getan hatte. Die einzige Zeit, in der ich mich nicht mit Gedanken an sie quälte, war während des Trainings und der Spiele.

Harpers Zunge lieferte sich ein Duell mit meiner, und sie knabberte mit einer Wildheit, die zu meiner eigenen passte, an meinen Lippen. Ihre Haut war kühl, feucht und kribbelte unter meiner Berührung. Ihr Kopf stieß gegen die Tür, als ich zurücktrat und ihr das nasse T-Shirt auszog, der BH folgte gleich darauf. Ihre Brustwarzen, dunkelrosa und feucht, verlockten mich, als sie sich in der kühlen Luft noch mehr zusammenzogen, aber sie gab mir keine Gelegenheit, eine in den Mund zu nehmen, sondern zerrte an meinem T-Shirt, schob ihre Hände darunter hervor und trat näher an mich heran.

Ich griff hinter meinen Kopf und zog mein Shirt aus, sodass es zusammen mit ihrem auf den Boden fiel. Bevor ich darüber nachdenken konnte, wanderten ihre Lippen über meine Brust, während sie meine Shorts nach unten schob und ihre Handfläche sofort um meinen Schwanz legte, als er sich aus meinem Slip befreite. Meine Knie gaben fast nach, als ich spürte, wie sie mich streichelte. Ich wurde bis ans Äußerste meiner Selbstbeherrschung gedrängt, und zwar so stark, dass ich am Rande des Schmerzes stand.

Ihre Lippen wanderten immer weiter nach unten, und ich stöhnte, als sie mit ihrer Zunge an der Unterseite meines Schwanzes entlangfuhr. Sie ließ sich auf die Knie fallen, und ich griff in ihr feuchtes Haar. Ich konnte sie nicht aufhalten, als sie begann, jeden Zentimeter meines Schafts mit ihren Lippen und ihrer Zunge zu erkunden. Als sie mich in ihren warmen Mund zog, war ich kurz davor, zu explodieren.

„Harper", stieß ich mit rauer Stimme hervor.

Sie hielt inne und zog sich zurück, was mich fast dazu brachte, den dünnen Faden der Kontrolle zu verlieren, an dem ich mich festhielt. Ihre Augen blitzten auf, dunkelblau durch ihre Wimpern, die feucht und stachelig vom Regen waren. Ich hatte vor, etwas zu sagen. Zum Teufel, wenn ich wüsste, was. Diese kurze Pause half mir, ein wenig Kontrolle wiederzuerlangen. Bevor sie anfing, mich bis an den Rande meines Verstandes zu lecken, zu streicheln und zu saugen. Mein Verstand konzentrierte sich auf eine einzige Sache - ich wollte in ihr sein.

Es war ein Akt des reinen Willens, getrieben vom Peitschenhieb meines Bedürfnisses, zurückzutreten und sie grob hochzuziehen. Ihre Lippen waren geschwollen und rosa von unseren Küssen und dem, was sie gerade mit meinem Schwanz gemacht hatte. Ich hatte mich nicht einmal mehr ansatzweise unter Kontrolle. Ich drückte mich gegen ihre Laufhose, die ohnehin schon eng anlag und obendrein noch feucht war. Das Ergebnis war, dass sie fast umfiel, als ich sie ihr fast vom Leib riss. Ein paar Meter neben der Tür verlief eine halbe Wand, auf der ein Regal mit Schlüsseln und allem, was ich beim Eintreten dorthin zu werfen pflegte, stand.

Als Harper stolperte, blieb sie oben an der Wand hängen und hielt inne, um ihre Schuhe abzustreifen und ihre Beine aus dem Gewirr zu befreien. Ihr Hintern, dieser herrlich üppige Hintern, war mir zugewandt, und mein letztes bisschen Zurückhaltung war dahin. Ich machte einen Schritt auf sie zu und strich ihr mit der Handfläche über den Rücken, wobei ich den stockenden Atem und das Kribbeln ihrer Haut unter meiner Berührung genoss. Ich machte noch einen Schritt und mein Schwanz berührte sie. Ihr Rücken wölbte sich ganz natürlich, als ich mit meiner Handfläche noch einmal über ihre Wirbelsäule fuhr und diesmal in die Spalte zwischen ihren Schenkeln hinabglitt. Ich zog einen Finger durch ihre Schamlippen und ließ ihn in ihre feuchte Hitze gleiten. Sie war so feucht, dass ich bei dem Gedanken daran, wie es sich anfühlen würde, in ihr zu versinken, schon fast kam. Dieser aufflackernde Gedanke trieb mich an, und ich stellte mich hinter sie, nahm meinen Schwanz in die Hand und schob ihn an ihr entlang.

Sie stöhnte und wölbte sich weiter, ihr Po hob sich mir entgegen. Ich war so geil, dass ich fast das Kondom vergessen hätte. In letzter Sekunde, mit meinem Schwanz in der Faust und der Spitze an ihrem Eingang, erinnerte ich mich.

„Verdammte Scheiße! Warte …"

Ich wollte mich schon entfernen, drehte mich aber wieder zu ihr um, als sie das Wort ergriff.

Sie schaute über ihre Schulter, ihr Anblick war so sexy, dass es mich mitten in die Brust traf. Ihre feuchten Locken waren teilweise getrocknet und ihr Haar war ein einziges Durcheinander. Ihre Augen waren dunkel und ihre Wangen gerötet. „Wohin gehst du?", fragte sie ungeduldig, ihr Tonfall war heiser.

Ich schluckte. „Kondom."

Sie schüttelte den Kopf. „Ich nehme die Pille. Vor dir gab es vier Jahre lang niemanden. Ich mache mir keine Sorgen, wenn du es nicht tust."

Ich starrte sie an. „Bist du …?"

Ihre Augen verfinsterten sich weiter. „O. Mein. Gott. Wenn ich mir nicht sicher wäre, würde ich es nicht sagen."

Sie begann sich aufzurichten, aber das war alles, was ich brauchte. Im Nu war ich wieder hinter ihr. Ich blickte zwischen uns hinunter. Sie war ganz feucht und der Anblick verlockte mich noch mehr, obwohl ich bereits völlig von meinem Verlangen beherrscht wurde. Mein Schwanz war kurz davor zu platzen, aber ich hielt mich mit jedem Quäntchen Kontrolle, das ich noch hatte, zurück und drang langsam in sie ein. Ihre Muschi pochte um mich herum, ihre warme, feuchte, pulsierende Umklammerung fühlte sich so verdammt gut an, dass ich stöhnte. Ich umfasste ihre Hüfte mit einer Hand, die andere glitt ihren Rücken hinauf und verschränkte meine Finger in ihrem Haar, während ich mich in ihr zu bewegen begann.

Sie hatte mich schon so nah an den Rand gebracht, dass ich schon fast am Ziel war und die Lust mit jedem Stoß in sie durch mich hindurchdonnerte. Ich hielt durch, fest entschlossen, dass sie zuerst ihre Erlösung finden musste. Ich ließ meine Hand durch ihre Locken gleiten und fand ihre heiße, geschwollene und feuchte Klitoris. Sie schrie auf, ihre süße Muschi zog sich um meinen Schwanz zusammen und schickte mich auf die Reise. Meine Erlösung hämmerte durch mich hindurch und ich ergoss mich in ihr. Ich lockerte meinen Griff um ihr Haar und legte meine Hände auf ihre, die an die Wand gepresst lagen. So standen wir da, ich lehnte mich über sie, meine Stirn ruhte in der Vertiefung ihrer Schulter, während ich ihren Duft einatmete und wir langsam wieder zu Atem kamen.

Nach ein paar Augenblicken spürte ich, wie sie eine Gänsehaut bekam, und mir wurde klar, dass ihr kalt sein musste. Da sie durch den Regen gerannt war und sich die Hitze unserer Begegnung verflüchtigt hatte, konnte ich es mir vorstellen. Ich richtete mich auf, trat einen Schritt zurück, rutschte bedauernd aus ihr heraus und hob sie in meine Arme.

Sie wehrte sich nicht und entspannte sich in meiner Umarmung, ihre Augen blickten zu mir auf. „Wohin gehen wir?", fragte sie, wobei sich ein subtiles Lächeln um ihre Mundwinkel schlich.

„Duschen."

Kapitel Sechzehn

HARPER

Ich trat in den Flur vor Alex' Haustür und zögerte, die Wohnung zu verlassen. Ich musste zwar heute nicht arbeiten, aber ich hatte Olivia versprochen, vorbeizukommen und ihr beim Streichen des zusätzlichen Schlafzimmers in der Wohnung zu helfen, die sie mit Liam teilte. Sie waren gerade dabei, ein Haus zu kaufen und die Wohnung auf Vordermann zu bringen. Ich schaute zu Alex auf, direkt in seine schokobraunen Augen, und spürte, wie mein Herz klopfte. Es hätte reichen sollen, dass wir uns gerade gegenseitig die Kleider vom Leib gerissen hatten und er mich mit einem weiteren intensiven Orgasmus in die Höhen befördert hatte, aber das tat es nicht. Ich hatte mir nicht erlaubt, mich darauf einzulassen, wie sehr und wie oft ich ihn wollte. Ich dachte immer, dass ich mein Verlangen allmählich stillen würde. Doch das Gegenteil schien der Fall zu sein. Jedes Mal, wenn ich mit ihm zusammen war, packte mich die Lust noch stärker. Ich wollte gerade etwas sagen, als ich ein Geräusch hörte.

Ich blickte zur Haupteingangstür, die leicht angelehnt war. Ich nahm an, dass Alex und ich sie nicht ganz geschlossen hatten, als wir eilig hineingestolpert waren. Callie trat mit einem leisen Wimmern durch die Tür. Sie war völlig durchnässt. Ihr Fell, ein buntes Gemisch aus Braun, Schwarz und Gold, stand hier und da in Stacheln ab und war völlig durchnässt. Sie hob ihr überwiegend goldenes Gesicht, und ihre dunklen Augen sahen uns an. Einen Moment lang waren wir beide wie erstarrt. Als sie nicht wegflitzte, kniete ich mich hin.

„Hey Callie-Schatz", sagte ich und versuchte, meine Stimme leise zu halten.

Alex trat in den Flur und kniete sich neben mich. Er war still und streckte einfach eine Hand aus. Callie näherte sich langsam, während ich kaum zu atmen wagte. Sie sah ziemlich zerzaust aus und ihr war wahrscheinlich kalt. Ich warf einen Blick durch das Fenster nach draußen und sah, dass der Nieselregen zugenommen hatte und nun unaufhörlich fiel. Sie kam allmählich auf uns zu, schlich an der Flurwand entlang, bis sie Alex erreichte. Nach einem Moment völliger Stille beschnupperte sie seine Hand und blieb still, als er sie sanft unter dem Kinn kraulte. Sie stieß ein grollendes Schnurren aus.

Ich sah ihn an und war hin- und hergerissen zwischen Lachen und Tränen, obwohl ich meine Gefühle im Zaum hielt. Da war dieser Mann, groß, stark und imposant, von seinen Mannschaftskameraden die Bestie genannt, der versuchte, sich für eine streunende Katze so beschwichtigend wie möglich zu verhalten. Ich wusste nicht, was ich davon halten sollte, was das über ihn als Mann aussagte. Vielleicht war es ehrlicher zu sagen, dass ich nicht wusste, was ich davon halten sollte, was er für mich bedeutete. Als Mann besaß er wahre Stärke, eine Stärke, die er nicht einsetzen musste, um jemanden einzuschüchtern. Unter seinem durch und durch maskulinen, alphamännischen Äußeren schlug das Herz eines wahren Gentleman und eines Softies obendrein.

Ich fand Callie süß, aber im Moment sah sie ziemlich erbärmlich aus. Sie war nass, schmutzig und dünn. Nach ein paar ruhigen Momenten, in denen Alex ihr Kinn rieb, stürmte sie an ihm vorbei in seine Wohnung. Er stand langsam auf und sah mich mit fragenden Augen an. Ich deutete ihm mit der Hand an, die Tür zu schließen, was er auch tat.

„Hast du etwas zu essen für sie?", flüsterte ich und hoffte, dass der Klang meiner Stimme Callie nicht erschrecken würde.

„Nein. Ich habe nicht … Verdammt. Daran habe ich gar nicht gedacht. Was brauche ich sonst noch?", fragte er im Flüsterton.

„Ich dachte, du hättest ihr etwas zu essen hingestellt."

„Nur Reste von Hühnchen und Thunfisch", sagte er achselzuckend.

„Hattest du jemals eine Katze?"

Er schüttelte den Kopf, die Augen weit aufgerissen und besorgt.

Ich biss mir auf die Lippe, um nicht laut loszulachen. „Okay, du brauchst Futter, ein Katzenklo und Katzenstreu. Wie wäre es, wenn ich alles besorge und du hierbleibst?"

Er nickte schnell. Ich wollte mich schon abwenden, drehte mich dann aber noch einmal um. „Lass sie vielleicht ein bisschen herumlaufen, aber wenn es so aussieht, als würde sie unruhig werden, mach die Tür auf. Wir wollen nicht, dass sie sich gefangen fühlt. Sie hat lange genug hier unter der Treppe gelebt, ich bezweifle, dass sie abhauen wird."

Ich wollte mich schon wieder abwenden, als ich spürte, wie sich seine Hand um meinen Arm schloss. Er zog mich zurück, direkt in seine Arme. „Danke", sagte er schroff, bevor er seinen Kopf für einen Kuss senkte.

Er strich nur mit seinen Lippen über meine, aber es fühlte sich so verdammt gut an, dass ich ganz aus dem Häuschen war. Ich sah zu, wie er sich entfernte und leise zurück in seine Wohnung ging. Ich joggte die paar Blocks zurück zu meiner Wohnung und zog mir schnell trockene Kleidung an, bevor ich mich auf den Weg zum Supermarkt machte.

Auf dem Weg dorthin rief ich Olivia an.

„Hey, was gibt's?", fragte sie, sobald sie abnahm.

„Ich rufe nur an, um dir zu sagen, dass ich vielleicht ein bisschen später komme als geplant."

„Okay. Wenn du keine Zeit hast ..."

„O nein. Ich habe Zeit. Ich besorge nur Katzenzubehör für Alex."

„Das musst du mir jetzt erklären", sagte sie, und ich konnte das Lächeln in ihrer Stimme hören.

Ich fasste schnell zusammen, wie er versucht hatte, Callie ins Haus zu locken, und wie Callie sich heute Morgen endlich nach drinnen getraut hatte. Olivia lachte, und das Lachen wurde von einem Seufzer unterbrochen.

„Weißt du, ich habe versucht, mich nicht einzumischen, aber Alex ist ein wirklich toller Typ. Falls du es noch nicht bemerkt hast", sagte sie mit Nachdruck.

Ich holte tief Luft und versuchte, den kleinen Tanz meines Herzens zu unterbinden. „Ich habe es bemerkt", sagte ich schließlich.

Meine Brust zog sich zusammen und ein komisches Gefühl stieg in mir auf. Es war so ungewohnt, dass ich mich zurückziehen wollte, aber es war wie ein

Sonnenstrahl, der auf mein Herz fiel, und ich konnte es nicht ignorieren. Es war Freude. Etwas, von dem ich dachte, es sei schon lange aus meinem Leben verschwunden. Ich hatte mich damit begnügt, Frieden zu finden und keine Angst zu haben. Ich hatte nicht gewagt, an mehr zu denken. Und schon gar nicht an das, was ich bei Alex empfand - dieses brennend heiße Verlangen, das nur durch das Gefühl, bei ihm zu sein, gemildert wurde. Er war so stark, so beschützend, dass ich nichts anderes wollte, als mich in ihn zu hüllen. Sicherheit war etwas, mit dem ich nie wieder gerechnet hatte, aber so fühlte ich mich mit Alex ... und *das* machte mir eine Heidenangst.

„Wenn ich schon dabei bin, ich denke auch, dass Daisy recht hat. Du bist nicht wirklich der Typ für unverbindliche Abenteuer", fügte Olivia hinzu.

Ich musste lachen. Meine Emotionen kochten so hoch, dass ich mich fast schon besoffen fühlte. Als ich wieder zu Atem gekommen war, sagte ich: „Wow, Daisy würde sich freuen zu hören, dass du denkst, dass sie recht hat."

„Ich werde es ihr auf jeden Fall sagen. Netter Versuch abzulenken. Kein Kommentar dazu, ob du ein unverbindlicher Typ bist?", fragte sie.

Ich biss mir auf die Lippe und betätigte den Blinker, um auf den Parkplatz des Lebensmittelladens einzubiegen. „Vielleicht bin ich es nicht. Ich werde darüber nachdenken müssen."

„Während du darüber nachdenkst, solltest du nicht vergessen, dass es nicht viele Männer gibt, die sich um eine streunende Katze kümmern würden. Alex ist einer der wenigen. Außerdem ist er total heiß. Nicht meine Art von heiß, aber deine Art. Und er steht total auf dich." Ich konnte eine andere Stimme im Hintergrund hören. „Ich muss los. Liam fällt gleich von der Leiter. Wir sehen uns, wenn du hier bist."

––––––

Ein paar Stunden später stand ich wieder im Flur vor Alex' Tür. Callie war immer noch drinnen. Sie war ein- oder zweimal nach draußen gegangen, während er klugerweise die Hintertür seiner Wohnung öffnete, die auf einen kleinen, eingezäunten Hof führte. Sie untersuchte den Hof sorgfältig und sprang über den Zaun, um vorne herumzulaufen und ihr Plätzchen unter der Treppe zu überprüfen. Es regnete den ganzen Tag über. Nachdem sie kurz nach draußen zurückgekehrt war, rannte sie zurück ins Haus und rollte sich auf der Fensterbank auf einem kleinen Kissen zusammen, das Alex für sie hingelegt hatte, als sie immer wieder ihre Kreise zog und es sich bequem machen wollte.

Ich hätte den ganzen Tag dortbleiben können und wollte es auch *wirklich*, aber die Intensität dieses Verlangens machte mir Angst, also blieb ich, wo ich war. Ich sah zu Alex auf, rieb den weichen Stoff meines Sweatshirts zwischen meinen Fingern und umklammerte mit der anderen Hand meine Autoschlüssel. „Nun, ich sollte jetzt besser gehen. Olivia fragt sich wahrscheinlich schon, wo ich bleibe."

Seine dunklen Augen fixierten meine. Nach einem kurzen Moment nickte er. „Also gut. Ich würde dir ja anbieten, mit dir zu kommen, aber ..." Er gestikulierte hinter sich.

„Du musst bei Callie bleiben", sagte ich schnell.

„Wie wäre es, wenn du später wiederkommst? Du könntest Stanley mitbringen", bot er mit einem leichten Lächeln an.

Ich hatte Stanley nach meinem Einkauf mitgebracht. Er war in den Hinterhof gewandert und hatte sich neben der Tür zusammengerollt. Callie schien sich nicht an ihm zu stören, und Stanley hatte genug Verstand, um sich zurückzuhalten. In diesem Moment wartete Stanley an der Außentür, den Blick auf die Straße gerichtet. Ohne darüber nachzudenken, nickte ich. Denn das war genau das, was ich tun wollte. Hierher zurückkommen und es mir auf Alex' Couch gemütlich machen, während es regnete.

Auf mein Nicken hin zeigte Alex wieder eines seiner verheerenden Grinsen. Er grinste nicht leichtfertig, und jedes Mal, wenn er mir ein Lächeln schenkte, machte mein Herz einen kleinen Hüpfer. Er neigte den Kopf und streifte mit seinen Lippen über meine. Instinktiv drückte ich mich an ihn.

„Nicht genug", murmelte ich gegen seine Lippen, während ich meine Hand in sein zerzaustes Haar schob und ihn an mich zog.

Ich konnte sein Lächeln auf meinen Lippen spüren, kurz bevor seine Zunge in meinen Mund eindrang. Er hob mich hoch und drückte mich gegen die Tür hinter uns. Ich hatte mehr bekommen, als ich erwartet hatte, als sich sein harter, heißer Körper gegen meinen presste. Es gab Küsse und dann gab es Alex' Küsse - lang, langsam, heiß und innig. Als ich nach Luft schnappte, war es verdammt gut, dass ich die Wand hinter mir und Alex vor mir hatte, die mich aufrecht hielten. Sonst wäre ich auf dem Boden zerflossen. Irgendwie schaffte ich es, mich genug zusammenzureißen, um mich von der Wand abzustoßen, als Alex einen Schritt zurücktrat.

„Okay, dann ... wir sehen uns später", sagte ich schwach, und kleine Lustschübe durchzuckten meinen Körper.

Er strich mir eine Haarsträhne von der Wange und

steckte sie hinter mein Ohr. Seine Berührung jagte mir einen Schauer über den Rücken. „Also gut."

Ich musste meinen Füßen befehlen, sich zu bewegen, und ging auf wackeligen Beinen die Treppe zu seinem Haus hinunter. Ich erreichte den Bürgersteig und blieb stehen, so verwirrt, dass ich nicht mehr wusste, wo mein Auto stand. Stanley stupste mein Bein an, und ich blickte nach unten, um zu sehen, wie er nach rechts schaute. Ich folgte seinem Blick und erinnerte mich, wo ich geparkt hatte - einen Block weiter auf der anderen Straßenseite. Ich schüttelte den Kopf und ging in diese Richtung, Stanley folgte mir mit seiner ruhigen und gelassenen Art.

Wir überquerten die Straße. Ich hatte meine Schlüssel in der Hand und meine Augen auf mein Auto gerichtet, als ich hörte, wie eine Stimme meinen Namen rief. Reflexartig drehte ich mich zu der Stimme um, aber mein Körper reagierte, bevor ich mit Sicherheit wusste, wer es war. In meiner Magengrube kribbelte es, und ein Anflug von Panik verkrampfte meine Brust. Ich wollte nicht hinsehen, aber mein Blick wanderte direkt zu Joe Schmidt. Er stand ein Stück hinter meinem Auto. Er war groß und schlaksig. Sein stumpfes blondes Haar war feucht vom Regen. Ich schluckte und kämpfte gegen den Drang wegzulaufen an. Ich war wie erstarrt, meine Füße waren wie angewurzelt auf dem Bürgersteig. Stanley trat näher an mich heran, sein Körper presste sich gegen mein Bein. Ich konnte sein leises Knurren spüren.

Ich starrte Joe an, unfähig, den Blick abzuwenden. Er sah mich ebenfalls an, seine blassgrauen Augen waren genau so, wie ich sie in Erinnerung hatte. Ich hatte ihn nur ein paar Mal aus der Nähe gesehen, aber der Ausdruck in seinen Augen war derselbe gewesen - stumpf und mit einem Hauch von Wut. Ich erinnerte mich nicht an den Blick in seinen Augen, als er mich vergewaltigte. Ich beobachtete, wie Joe den Abstand zwischen uns verringerte, und Panik zog sich wie ein Schraubstock um meine Kehle und meine Brust. Er blieb ein paar Meter entfernt stehen, als wäre er sich der Tatsache bewusst, dass wir uns auf der Straße befanden und jeder, der zufällig in der Nähe war, uns sehen konnte.

„Sag deinem Freund, er soll sich zurückhalten", sagte Joe, wobei sich sein Gesichtsausdruck nicht veränderte. „Ich habe nichts weiter zu verantworten und ich kann es nicht gebrauchen, dass die Medien diese Scheiße aufwirbeln."

Ich starrte ihn an und war wirklich verwundert darüber, was er meinte. Alex hatte nichts mit der Presse zu tun. Tatsächlich hatte ich mit meinem Interview mehr zur Presse gesagt als Alex. Eine Welle der Wut stieg in mir auf und erschütterte mich heftig. Ich spürte, wie ich zitterte, wie ein Beben durch mich hindurchlief. Dieses Gefühl - die Angst, die Panik, die Unfähigkeit, meine emotionale Reaktion auf Joe zu zügeln - hatte mich dazu gebracht, den Vorschlag des Staatsanwalts anzunehmen, Joe einen Vergleich vorzuschlagen. Ich hatte die Möglichkeit gehabt, es abzulehnen, aber die monatelangen Angriffe seines Verteidigers hatten es nur noch schlimmer gemacht. Ich war wie betäubt und gelähmt vor Angst und hatte so viele schlaflose Nächte hinter mir, dass ich kaum noch klar denken konnte. Es war eine Erleichterung, als alles vorbei war.

Endlich gelang es mir zu sprechen. „Du bist glimpflich davongekommen, und das weißt du verdammt gut", spuckte ich regelrecht aus und erlebte einen Anflug von Genugtuung, als sich Joes Augen leicht weiteten. Ich stellte mir vor, dass er dachte, seine

Einschüchterungstaktik würde bei mir funktionieren. Er hätte sich daran erinnern sollen, dass ich schon früher wie der Teufel gekämpft hatte, auch wenn ich nicht genug Kraft und Stärke hatte, um ihn aufzuhalten. „Alex hat nicht mit der Presse gesprochen, aber ich habe es getan, und ich werde es weiterhin tun, wenn mir danach ist. Du hast den angebotenen Vergleich angenommen, und der beinhaltete nicht, dass ich meinen Mund halte.“

„Du verdammte Schlampe“, sagte Joe und kam auf mich zu.

Panik durchfuhr mich, ich fühlte mich kalt und taub, meine Hände kribbelten und mein Puls raste so schnell, dass ich kaum atmen konnte. Ich hörte wieder meinen Namen. Diesmal war es Alex' Stimme, deren Klang wie eine Glocke in meinem Inneren ertönte. Ein Gefühl der Erleichterung traf mich so heftig, dass ich fast stolperte. Noch bevor ich mich umdrehen konnte, um ihn näher kommen zu sehen, hörte ich jemanden seinen Namen rufen. Ich drehte mich um und sah, wie Alex auf Joe zu rannte und dass Ethan ihm dicht auf den Fersen war. Alex rannte an mir vorbei, seine Hand griff nach Joes Jacke und riss ihn von den Füßen.

Ethan fing Alex' Arm gerade noch auf, als er ihn zurückzog, vermutlich um seine Faust in Joes spöttisches Gesicht zu rammen. Alex versuchte, sich loszureißen, aber Ethan ließ nicht locker. „Mach es nicht noch schlimmer, Kumpel.“

Alex drehte sich nicht einmal in Ethans Richtung und hielt an Joe fest. „Verpiss dich, du verdammter Arsch. Wage es bloß nicht, dich ihr noch einmal zu nähern. Verstanden?“

Spucke flog aus Alex' Mund und landete auf Joes Gesicht, wobei seine Wut in jedem seiner Worte mitschwang. Ethan fing meinen Blick auf und nickte mit dem Kopf in Richtung von Alex' Gebäude. Ich hatte keine Ahnung, woher er gekommen war. Ich bin sicher, dass es Alex lieber gewesen wäre, wenn ich mich aus dem Staub gemacht hätte, aber ich ging nirgendwo hin.

Ethans Aufmerksamkeit wandte sich von mir ab, als Alex wieder versuchte, seinen Arm loszureißen. Ethan blieb standhaft. „Verdammte Scheiße", murmelte Alex. Er lockerte seinen Griff um Joes Shirt und trat einen Schritt zurück. „Halt dich verdammt noch mal von ihr fern."

Joes Grinsen war noch immer nicht verklungen. „Jetzt sieht es nicht mehr so gut für dich aus, was?", spottete er.

Ethan stellte sich vor Alex und schob ihn buchstäblich aus dem Weg. Erst jetzt dämmerte mir, dass Joe vielleicht versucht hatte, Alex zu provozieren. Ethans unerwartetes Auftauchen war eine große Erleichterung, und sei es nur, weil er die Größe und Kraft hatte, Alex in Schach zu halten. Ein Teil von mir hätte es zwar genossen, zu sehen, wie Joe den Hintern versohlt bekam, aber ich wollte nicht, dass Alex noch mehr rechtliche Probleme bekam, als er ohnehin schon hatte.

„Damit kommst du nicht durch", knurrte Ethan und zeigte mit dem Finger in Joes Gesicht. „Und jetzt verpiss dich, bevor ich dir den nächsten Schlag verpasse."

Joe wich schnell zurück. „Verpiss dich!", rief er, als er die Ecke erreichte und in eine Seitenstraße flüchtete.

Ethan drehte sich wieder zu uns um, sein Blick musterte Alex. „Folge ihm nicht, Kumpel. Das ist genau das, was er will."

Alex starrte ihn an. „Was zum Teufel tust du hier?“

„Deinen verdammten Arsch vor weiteren Anklagen bewahren“, erwiderte Ethan.

Joe war jetzt außer Sichtweite. Alex' Fäuste waren geballt und seine Gesichtszüge angespannt. Nach einem Moment schüttelte er den Kopf und sah mich an, wobei sein besorgter Blick über mich glitt. „Geht es dir gut? Was hat er zu dir gesagt?“

„Nicht viel. Er sagte, du sollst dich zurückhalten und irgendetwas darüber, dass er nicht will, dass die Medien alles aufwirbeln.“ Mein ganzer Körper kribbelte - die panische Taubheit war einer Erleichterung gewichen.

Alex trat an meine Seite, seine Handfläche glitt langsam meinen Rücken hinunter. Seine Berührung war so beruhigend und seine Präsenz so stark, dass ich am liebsten an ihm zusammengebrochen wäre.

„Hey, ganz ruhig, Liebes. Du zitterst ja. Scheiße, bist du sicher, dass es dir gut geht? Dieses verdammte Arschloch. Ich werde ...“

Alex hatte angefangen, sich zu verkrampfen, und ich schüttelte den Kopf. „Du wirst ihm nicht hinterherjagen“, schaffte ich zu sagen. Ich hatte gar nicht bemerkt, dass ich immer noch zitterte, aber mein Gehirn funktionierte noch gut genug, um zu wissen, dass Ethan recht hatte. Es war viel zu praktisch, dass Joe sich zufällig gegenüber von Alex' Wohnung befand und zufällig genau dann dort war, als ich gerade ging. Der Gedanke, dass er uns beobachtet haben könnte, jagte mir einen kalten Schauer über den Rücken. „Mir geht's gut. Das mit dem Zittern ist nur, weil ... nun ja, du weißt schon. Komm, lass uns reingehen.“

Ethan ging schweigend neben uns her, als wir die Straße überquerten und zu Alex' Wohnung zurückkehrten. Stanley klebte förmlich an meiner Seite, seine zuverlässige, stetige Präsenz war warm und beruhigend. Ich hatte völlig vergessen, dass es immer noch regnete, bis wir zurück in Alex' Wohnung gingen. Er ging schnell ins Bad und kam mit einem Handtuch zurück, während ich mich auf einen der Stühle an seinem Küchentisch sinken ließ. Ethan schüttelte seine Jacke ab und hängte sie neben die Tür, bevor er sich zu mir setzte.

Er schaute zu Alex hinüber, der an der Theke stand und sich mit den Händen an der Kante festhielt, während er zu mir herübersah. Ich wusste nicht, wie ich das, was in seinem Blick lag, deuten sollte. Er war düster und entschlossen. Unterdessen war ich immer noch innerlich aufgewühlt, weil ich Joe so nahe war, wie seit meiner Vergewaltigung nicht mehr. Ich hatte ihn ein paar Mal vor Gericht sehen müssen, aber das war immer aus der Ferne geschehen und die ganze Umgebung um uns herum war völlig kontrolliert gewesen. Auch als ich ihn im Park gesehen hatte, war ich weit genug von ihm entfernt gewesen, um nicht wirklich zu spüren, wie es war, ihm nahe zu sein.

Ethans Stimme ließ mich zusammenzucken. „Ich dachte, ich komme mal vorbei, um nach deiner Katze zu sehen", sagte er achselzuckend. „Coole Sache, was?"

Alex sah ihn an, sein Blick war verwirrt. „Hm?"

Ethan trommelte mit den Fingern auf den Tisch. „Liam sagte, du hättest einen Streuner aufgenommen. Ich bin vorbeigefahren und dachte mir, ich schaue ihn mir mal an. Du bist so ein Softie." Er grinste verschmitzt, und ich spürte, dass er sein Möglichstes tat, um Alex aus seinen Gedanken zu reißen.

Alles in allem dachte ich mir, dass das im Moment nur positiv sein könnte. Ich wollte mich nicht mit dem beschäftigen, was gerade passiert war, und schon gar nicht jetzt. Alex' Blick klärte sich, und er schaute zum

Fenster. Callie lag immer noch dort, zusammengerollt auf dem kleinen Kissen. Für einen Streuner hatte sie eine reizende Vorliebe für weiche Schlafplätze. „Ja. Da ist sie. Woher weiß Liam das? Sie ist doch erst heute Morgen reingekommen", sagte er und blickte zu Ethan zurück.

Ethan sah zu Callie hinüber. „Sie ist ein dürres kleines Ding, was?" Er blickte wieder zu Alex. „Ich weiß nicht, woher Liam es wusste. Er wusste es einfach."

„Ich habe es Olivia erzählt, als ich angerufen habe, um ihr zu sagen, dass ich später komme als geplant", sagte ich und erinnerte mich plötzlich daran, dass ich gerade auf dem Weg zu ihr gewesen war. „Oh, ich muss los!"

Abrupt stand ich auf. Alex stieß sich sofort von der Theke ab. „Geh nicht."

Mein Herz setzte einen Schlag aus, und ich wollte einfach nur hier in seiner Nähe bleiben, oh, wie sehr ich es wollte. Merkwürdigerweise wehrte ich mich gegen dieses Gefühl. Ich hatte so viel Zeit damit verbracht, mich wieder zusammenzureißen, dass ich nicht zulassen wollte, dass ich in einen Zustand zurückfiel, in dem ich mir Sorgen über Joe machte und darüber, ob ich ihm irgendwo begegnen würde. Obwohl ich viele Bedenken hatte, ihn zu sehen, und noch mehr Bedenken darüber, dass er anscheinend versucht hatte, Alex' Anschuldigungen zu erhöhen, konnte ich mich nicht von ihm einschüchtern lassen. Ich schüttelte den Kopf. „Es ist okay. Ich habe Olivia gesagt, dass ich heute Nachmittag vorbeikomme, und das werde ich auch. Ich werde nicht zulassen, dass das etwas an meinem Plan ändert."

Sein Blick fixierte meinen mit einer unglaublichen Intensität. Seine Schultern hoben und senkten sich mit einem tiefen Atemzug. „Bitte bleib“, wiederholte er.

Ich trat zu ihm und legte meine Handfläche auf seine Brust. Sein Herz schlug stark und gleichmäßig unter meiner Berührung. „Ich muss das tun. Okay?“

Noch ein tiefer Atemzug, und er schloss die Augen. Als er sie wieder öffnete, war sein Gesichtsausdruck schmerzhaft, aber er schaffte es, zu nicken. „Okay. Ich bringe dich zu deinem Auto.“

Ethan stand auf und rief Alex zu, als wir die Tür erreichten: „Vergiss nicht, dass wir in einer Stunde Training haben. Wir können zusammen hinfahren, wenn du willst.“

Alex warf ihm einen erschrockenen Blick zu, der sich nach einer Sekunde wieder aufklärte. „Verdammte Scheiße. Ich habe heute alles vergessen. Bleib sitzen, ich bin gleich wieder da“, sagte er zu Ethan.

Ethan nickte, seine Augen trafen meine. „Wir halten dir den Rücken frei, Harper. Das weißt du doch, oder?“

Wärme blühte in meiner Brust auf. Ethans übliche neckische Art war verschwunden, und ich war mehr als erleichtert, dass er heute zufällig bei Alex vorbeigekommen war. Er hatte verhindert, dass eine schlimme Situation noch viel schlimmer wurde, und ich nahm an, dass seine Anwesenheit bei Alex ihn jetzt davon abhalten würde, sich mit Joe zu beschäftigen. Ich nickte. „Ich weiß. Hey, tust du mir einen Gefallen?“

„Jeden“, sagte er schnell.

„Halte Alex aus Schwierigkeiten heraus.“

Ethan ließ ein Grinsen aufblitzen. „Solange ich in der Nähe bin, werde ich mein Bestes tun.“

Kapitel Siebzehn

ALEX

Ich stürzte mich regelrecht in das Training und war erleichtert, dass unser Coach uns heute hart rannahm. Er begann mit Laufübungen und ließ zwei volle Stunden lang nicht locker. In zwei Wochen stand ein wichtiges Spiel gegen eine Mannschaft an, gegen die wir in der letzten Saison verloren hatten. In diesem Jahr standen wir bisher auf dem ersten Platz in unserer Liga, und das wollten wir auch so beibehalten. Nach dem Training eilte ich unter die Dusche. In dem Moment, in dem ich mich nicht mehr auf das Spiel konzentrieren musste, drehten sich meine Gedanken wieder um Harper. Sie war der Wind, der meine Wetterfahne drehte, und ich drehte mich immer reflexartig zu ihr hin. Ethan war praktischerweise genauso schnell wie ich und traf mich an der Tür zur Umkleidekabine. Wir traten gemeinsam auf den Flur.

„Vielleicht sollten wir dem Coach erzählen, was passiert ist", sagte er.

„Verdammte Scheiße", murmelte ich als Antwort. „Es ist nichts passiert. Du hast mich davon abgehalten, den Typen besinnungslos zu schlagen, also gibt es keine Story."

Ich war immer noch verärgert darüber. Ich hatte genug Verstand, um zu wissen, dass es wahrscheinlich das Beste war, dass Ethan zufällig bei mir vorbeigeschaut hatte, aber verdammt, ich hätte Joe am liebsten die Fresse eingeschlagen. Jedes Mal, wenn ich daran dachte, wie Harper ausgesehen hatte, als ich sie von meinem Fenster aus gesehen hatte, kribbelte es in meinem Bauch, und Wut durchströmte mich. Selbst aus der Ferne konnte ich erkennen, dass sie erstarrt war. Ich hatte sie nur beobachtet, weil sie gerade erst gegangen war und ich mir schon gewünscht hatte, sie wäre wieder zurück. Ich hatte Joe noch nicht einmal gesehen, als ich wusste, dass etwas nicht stimmte. Erst als ich durch den Vordereingang rannte, sah ich ihn. Innerhalb einer Sekunde war meine Sorge um sie in kochende Wut auf ihn umgeschlagen.

Ethan blieb stehen. Wir waren jetzt allein auf dem langen Stadionflur. Stimmen aus der Umkleidekabine drangen in leisem Echo zu uns herüber. Ich hielt mitten im Schritt inne und blickte zu ihm. „Was?"

„Wenn du glaubst, dass dieses Arschloch diese kleine Begegnung nicht erwähnen wird, stellst du dich verdammt blöd", sagte er kopfschüttelnd. „Komm dem zuvor, damit Coach Bernie der Sache zuvorkommen kann. Das ist alles, was ich dazu sage."

Ethan, der Liam in mancher Hinsicht so ähnlich war, konnte einen dazu verleiten, ihn für oberflächlich zu halten. Er liebte es, zu necken, zu flirten und den Witzbold zu spielen. Das kam ihm auf dem Spielfeld sehr zugute. Er war ein knallharter Verteidiger. Spieler, die noch nicht mit ihm zusammengespielt hatten, unterlagen ihm oft, weil er eine so lässige Ausstrahlung hatte, dass sie dachten, dass er sich nicht anstrengen würde. Hinter seiner lässigen Art verbarg er eine intensive Konzentration und rücksichtsloses Können. Er war auch ein verdammt guter Kumpel. Ich wusste, dass er mich wahrscheinlich Joe verprügeln lassen wollte, aber wusste, dass mir das nur noch mehr Ärger einbringen würde. Ich gab es nur ungern zu, aber ich wusste, dass er mit dem Gespräch mit unserem Coach recht hatte.

Ich nickte. „Gut. Dann lass uns das tun."

Wir gingen weiter, bis wir an der Tür zu Coach Bernies Büro ankamen. Sie war geschlossen, und wir konnten das leise Gemurmel von Stimmen hören. Ich blickte zu Ethan und zog fragend eine Braue hoch. Er zuckte mit den Schultern und klopfte an die Tür.

„Herein", rief der Coach.

Wir öffneten die Tür und fanden Zoe dem Coach gegenübersitzend vor. Ich war gedanklich bereit, mit Coach Bernie zu reden, aber ich war mir nicht so sicher, ob ich bereit war, meine Anwältin darüber aufzuklären, weil ich annahm, dass Zoe mich für dumm halten würde. Aber dagegen konnte ich nichts tun. Sie war nun mal hier.

Sie stand von ihrem Stuhl auf und drehte sich zu Ethan und mir um. „Alex, schön, Sie zu sehen." Ihr Blick wanderte zu Ethan.

Ich öffnete den Mund, um sie einander vorzustellen, aber Ethan kam mir zuvor. Er zeigte ein schelmisches Grinsen, und seine grünen Augen funkelten. „Hallo. Ethan Walsh", sagte er und ging auf Zoe zu, ein bisschen näher, als er sollte, aber das tat Ethan immer, wenn es um schöne Frauen ging. Zwischen mir und Zoe funkte es nicht, aber das hieß nicht, dass ich nicht bemerkte, dass sie wunderschön war. Mit ihrem kastanienbraunen Haar, den haselnussbraunen Augen und den langen Beinen war es unmöglich, sie nicht zu bemerken. Sie schüttelte Ethans Hand, ihre Augen fixierten seine. Er zwinkerte ihr zu, und ihre Wangen erröteten leicht. Sieh an, sieh an. Vielleicht konnte Ethan ihre Gelassenheit durchbrechen.

Sie schüttelte seine Hand zügig. „Zoe Lawson. Ich bin Alex' Verteidigerin."

Ethan blickte von ihr zu mir, als sie von ihm zurücktrat. „Ah. Perfekt. Ich habe unseren guten Jungen hierhergeschleppt, weil ich dachte, dass er Coach Bernie über etwas aufklären sollte. Umso besser, dass Sie auch hier sind."

Verdammte Scheiße. Warum musste Ethan so dreist sein? Nicht, dass ich vorhatte, Zoe zu verheimlichen, was passiert war, aber ich hätte es vorgezogen, es zuerst mit Coach Bernie alleine zu besprechen.

Unser Coach sah zwischen uns hin und her und forderte uns mit einer Geste auf, uns zu setzen. „Setzt euch und erzählt uns alles."

Gegenüber dem Schreibtisch des Coaches standen drei Stühle. Ethan schlüpfte schnell auf den Stuhl neben Zoe. Alle Augen richteten sich auf mich, als ich mich neben ihn setzte. Ich seufzte und fuhr mir mit der Hand durch die feuchten Haare. „Letzten Endes war es gar nichts."

Zoe ließ ihre Hand kreisen und gab mir ein Zeichen, weiterzusprechen. „Fahren Sie fort."

„Harper verließ meine Wohnung, und Joe stand auf dem Bürgersteig. Ich hätte ihn fast wieder geschlagen, aber ich habe es nicht getan", sagte ich schließlich.

Coach Bernie zog eine Augenbraue hoch und sah zu Ethan.

Ethan verdrehte die Augen, bevor er antwortete. „Er könnte ein paar Details ausgelassen haben. Ich war bei ihm zu Hause und sah ihn über die Straße stürmen. Ich wusste nicht, hinter wem er her war, aber ich weiß, wie Alex aussieht, wenn er wütend ist, also bin ich ihm nachgelaufen. Er stellte sich Joe in den Weg, und ich musste seinen Arm festhalten, damit er nicht noch eine Dummheit begeht. Er zog sich zurück, und das war's. Ich glaube nicht, dass Joe zufällig dort war. Ich glaube zwar nicht, dass er wusste, dass er Alex provozieren konnte, aber es kam mir schon so vor, als ob er auf einen Kampf aus war."

Zoe trommelte mit den Fingern auf der Armlehne ihres Stuhls, ihr Blick huschte von Ethan zu mir. Sie schwieg jedoch und blickte zum Coach, der den Kopf schüttelte und seufzte.

„Alex, du kannst Ethan dafür danken, dass er dir geholfen hat, dieses kleine Hindernis in den Griff zu bekommen. Wir können es nicht gebrauchen, dass dir noch weitere Vorwürfe gemacht werden", sagte der Coach, bevor er zu Zoe sah.

Sie nickte entschlossen. „Genau das denke ich auch. Aber da Sie es geschafft haben, die Sache nicht noch schlimmer zu machen, werde ich mich mit dem Staatsanwalt in Verbindung setzen. Es ist nicht gut, wenn Mr. Schmidt sich in Ihrer Nähe aufhält, und es sieht definitiv nicht gut aus, dass er in Harpers Nähe war. Hat er etwas zu ihr gesagt?"

„Sie sagte, er habe ihr gesagt, sie solle mir sagen, ich solle mich zurückhalten. Ich weiß, dass ich mich zurückhalten muss. Es ist ja nicht so, dass ich die ganze Zeit Typen verprügle. Aber das ist Schwachsinn. Wenn er wieder in ihrer Nähe auftaucht, ... Verdammt, ich weiß nicht, ob es dumm ist, ihn zu schlagen oder es nicht zu tun. Der Mann hat sie *vergewaltigt*. Ich meine, verdammte Scheiße! Was zum Teufel hat er in ihrer Nähe zu suchen? Ich ..." Ich biss mir auf die Zunge, stützte den Kopf in die Hände und versuchte, mich zu sammeln. Jedes Mal, wenn ich daran dachte, was Joe Harper angetan hatte, wollte ich Nägel spucken.

„Das ist wirklich Scheiße", sagte Ethan in einem düsteren, von Wut geprägten Tonfall.

Ich fuhr mir mit den Händen durch die Haare, bevor ich mich aufrichtete und zu ihm blickte. Ich schluckte gegen die Wut in meiner Brust an und atmete langsam ein. Es half mir zu wissen, dass ich nicht verrückt war, so zu empfinden, aber ich fühlte mich so verdammt hilflos. Wenn Joe nicht gerade vor mir stand, wusste ich ganz genau, dass es Harper kein bisschen helfen würde, wenn ich ihn verprügelte. Die Konsequenzen für mich selbst waren mir dabei ziemlich egal. Ich wollte die Zeit zurückdrehen und ihn für das, was er ihr angetan hatte, für Jahre in den Knast bringen.

Zoe fing meinen Blick auf. „Ich werde mit dem Staatsanwalt reden. Er weiß, dass es Joe nicht helfen wird, wenn es so aussieht, als würde er sich in der Nähe der Frau aufhalten, die er angegriffen hat. Egal, was er zu den Vergewaltigungsvorwürfen sagt, er hat sich der Körperverletzung gegen sie schuldig bekannt. Auch wenn die aktuelle Anklage gegen Sie gerichtet ist, stellen sich Geschworene nicht gerne auf die Seite unsympathischer Opfer. Er hat schon vorher nicht gut ausgesehen, und das wird es noch schlimmer machen."

Sie strich ihren Rock glatt und stand auf. Ich bemerkte, wie Ethans Blick an ihren langen Beinen hinunter und wieder hinauf wanderte, und musste fast lachen. Wenn irgendetwas meine Stimmung aufhellen konnte, dann war es wohl Ethans verblüffter Blick. Ich erwartete, dass er ihr ein verschmitztes Grinsen zuwerfen würde, aber er tat es nicht. Er riss seinen Blick los und starrte auf den Boden, mit dem Anflug von Röte auf seinen Wangen. Sieh an, sieh an. Vielleicht könnte meine verklemmte, knallharte Verteidigerin Ethans Selbstbeherrschung ins Wanken bringen. Ich würde bares Geld dafür zahlen, um das zu sehen.

Zoe sah erst zu Coach Bernie und dann zu mir, bevor sie entschlossen nickte und sich den Riemen ihrer Handtasche über die Schulter legte. „Ich melde mich wieder, wenn ich mit dem Staatsanwalt gesprochen habe.“

„Warten Sie mal. Hatten Sie nicht noch ein Update?“, fragte ich, als mir klar wurde, dass wir heute Nachmittag nur über mein kleines Zusammentreffen mit Joe gesprochen hatten.

„Ach ja. Ich war in der Gegend und bin vorbeigekommen, um Ihnen mitzuteilen, dass der Staatsanwalt einer geringeren Anklage gegenüber offen eingestellt ist. Mr. Schmidt mag es nicht, wenn man auf seine Vergangenheit aufmerksam wird, und er möchte, dass die Sache so schnell wie möglich vom Tisch ist. Ich habe nichts zugestimmt und werde jetzt zurückfahren, um mit ihm zu reden.“ Ihre Augen verengten sich, als sie meinen Blick festhielt. „Wenn Sie Mr. Schmidt noch einmal sehen, gehen Sie in die entgegengesetzte Richtung. Verstanden?“

Ich nickte, sagte aber nicht laut, dass ich kein Versprechen darüber abgeben konnte, was ich tun würde, wenn Joe noch einmal in Harpers Nähe auftauchte.

Zoe ging gerade, als Coach Bernies Telefon klingelte und er uns hinausscheuchte. Als Ethan und ich den Flur entlanggingen, blieb sein Blick an Zoe hängen, die ein Stück vor uns ging. Sogar ihr Gang war sachlich, ihre Stiefel mit den niedrigen Absätzen traten präzise auf den Boden. Ich schaute ihn von der Seite an. „Vergiss nicht zu blinzeln, Kumpel.“

Ethans Blick wanderte zu mir, und er grinste

schief. „Du musst zugeben, dass deine Anwältin verdammt hübsch ist."

Ich zuckte mit den Schultern, hauptsächlich um ihn zu ärgern. Seine Augen verengten sich. „Kumpel, du bist doch nicht blind."

„Natürlich nicht. Sie ist hübsch, aber nicht mein Typ. Offensichtlich ist sie dein Typ. Aber ich glaube, sie ist 'ne Nummer zu groß für dich."

Ethan starrte mich an. „Verdammt noch mal, das ist sie nicht."

„Ich meine nicht das Aussehen. Es gibt viele Frauen, die dir nachlaufen, aber sie ist klug. Wirklich klug. Ehrlich gesagt, sie macht mir fast Angst. Ich habe den Eindruck, dass sie vor Gericht einen ziemlichen Radau macht, um ihre Fälle zu gewinnen. Ich bin verdammt froh, dass sie auf meiner Seite ist, so viel kann ich sagen."

Ethan grinste wieder verschmitzt. „Nicht wahr? Sie ist brillant und wunderschön. Sie ist so zugeknöpft, dass ich gerne sehen würde, wie sie die Kontrolle verliert."

Ich schüttelte den Kopf. „Kumpel, mach sie nicht wütend, bevor die Sache mit mir geklärt ist."

Er kicherte, als wir durch die Tür nach draußen traten. „Jawohl, ich würde nie eine Dame verärgern."

Ich schüttelte nur den Kopf.

Er grinste wieder und nickte. „Also gut. Okay, dann bringen wir dich mal nach Hause. Ich komme mit bis an die Tür, damit du auf dem Weg dorthin niemanden anrempelst."

Ich stieß ihn mit dem Ellbogen an und folgte ihm zu seinem Auto, wobei Ethan bei jedem Schritt lachte.

Kapitel Achtzehn

HARPER

Ich sah zu, wie die Farbe von der Rolle, die ich in der Hand hielt, auf die Wand gerollt wurde. Streichen hatte etwas so Beruhigendes und Befriedigendes an sich. Es konnte ein Zimmer in einen völlig anderen Ort verwandeln. Die Farbe entfernte alte Flecken und Narben an der Wand und hinterließ eine frische, saubere Oberfläche. Ich hatte es nicht so geplant, aber nach den Ereignissen des Tages hätte es keine bessere Beschäftigung für mich geben können. Es war zwar erst drei Uhr, aber mein Tag war so vollgepackt mit Emotionen gewesen, dass ich mich wie besoffen fühlte. Der Sex mit Alex war, nun ja, erstaunlich, umwerfend, weltbewegend und so intim gewesen, dass ich schon beim Gedanken daran errötete. Von hinten genommen zu werden, so wie es nur Alex konnte, rau und zärtlich zugleich, hatte mich atemlos und überwältigt zurückgelassen. Eine dampfende Dusche, unter der ich den herrlichen Anblick von Alex' steinhartem, eingeseiftem Körper genießen konnte, war ein weiteres kleines Geschenk an diesem Morgen.

Die Begegnung mit Joe war wie ein Pendel, das so

stark und schnell in mir schwang, dass ich gegen eine Wand flog und verwirrt zu Boden sackte. Ich hielt inne und tauchte meine Rolle in die Farbe ein. Olivia hatte ein sanftes Grau für dieses Zimmer ausgewählt. Ihr Vermieter hatte Liam und ihr angeboten, zwei Monate mietfrei zu wohnen, wenn sie die ganze Wohnung streichen würden, bevor sie auszogen. Es war zwar nicht so, dass sie das Geld sparen mussten, aber sie waren ganz wild darauf. Olivia hatte sich für neutrale Farbtöne in der gesamten Wohnung entschieden. Es fehlten nur noch das Gästezimmer und die Küche.

„Also, willst du über den heutigen Tag reden?", fragte Olivia, wobei ihre Stimme das gleichmäßige Geräusch der Farbrollen an der Wand übertönte.

Ich wusste, dass Liam von der Begegnung mit Joe gehört und Olivia angerufen hatte. Sie hatte nicht viel gesagt, aber sie hatte mich in eine Umarmung gezogen, als ich ankam. Sie war gut darin mit dem Reden zu warten. Das konnte man von Daisy nicht behaupten. Ich beobachtete die Farbe an der Wand und überlegte, ob ich reden wollte. Seltsamerweise tat ich das. Aber nicht über Joe.

„Ich weiß nicht, was ich mit Alex machen soll", sagte ich schließlich und hielt wieder inne, um die Rolle in die Farbwanne zu tauchen.

Olivia strich die Wand gegenüber von mir und warf einen Blick über ihre Schulter, wobei sich eine Furche zwischen ihren Brauen bildete. „Du willst über Alex reden?"

Ich richtete mich auf und begann, mehr Farbe auf die Wand zu streichen, während ich zum unteren Teil überging. „Ich nehme an, du denkst, dass ich darüber reden möchte, dass ich Joe gesehen habe. Das Komische ist, dass die ganze Aufregung um ihn gut war. Ich meine, es war scheiße, ihn zu sehen. Ich wäre froh, wenn er auf einen anderen Planeten ziehen würde und ich ihn nie wieder sehen müsste. Aber im Endeffekt ist es gut, weil es mir gut geht. Verstehe mich nicht falsch, ich flippe innerlich aus, aber dann erhole ich mich auch wieder."

Ich warf einen Blick über die Schulter, und sah, dass Olivia aufgehört hatte zu streichen, die Rolle in ihrer Hand gegen die Wand presste und die Farbe in Tropfen herunterlief. „Hey, mach weiter", sagte ich und deutete mit meinem Ellbogen auf die Wand.

„Oh, richtig", sagte sie, drehte sich um und begann weiterzustreichen. „Nun, ich denke, das ist gut. Seltsam, aber gut. Warte, ich wollte nicht sagen, dass es seltsam ist ..."

„Ist schon okay. Ich finde es auch seltsam, aber egal", warf ich ein.

„Also, Alex dann. Ich würde sowieso viel lieber über Alex reden", erklärte sie mit einem leichten Lachen. „Was meinst du damit, dass du nicht weißt, was du tun sollst?"

„Ähm, nur das", antwortete ich und spürte, wie sich meine Wangen ein wenig erhitzten. Diese ganze Sache mit Alex war auf so vielen Ebenen unangenehm. Um ehrlich zu sein, war ich ein bisschen erleichtert gewesen, dass Beziehungen nach dem, was passiert war, einfach nicht mehr mein Ding waren. Das Drama, die Ungewissheit, all das war etwas, wovon ich dachte, dass ich dem Ganzen entkommen würde. Dann tauchte Alex auf. Ein Kuss brachte mich fast zum Schmelzen. Meine alberne Idee einer Affäre wurde von Tag zu Tag lächerlicher. Schlimmer noch, meine bisherigen Erfahrungen mit Beziehungen hatten mich nicht auf die Gefühle vorbereitet, die Alex in mir auslöste - dieses intensive Bedürfnis nach Verbundenheit, eine scheinbar unstillbare Sehnsucht nach ihm und eine Intimität, die uns jedes Mal, wenn ich mit ihm zusammen war, enger und enger zusammenschweißte.

Ein paar Sekunden lang hörte ich nur das Geräusch von Farbrollen, die sich gleichmäßig bewegten, und ich begann mich zu fragen, ob Olivia antworten würde, und wurde nervös. Ich kam mir so dumm und lächerlich vor. Daisy hatte in weiser Voraussicht versucht, mich darauf hinzuweisen, dass meine Vorstellung von einer Affäre nicht ganz zu meiner Persönlichkeit passte, aber ich hatte sie zurückgewiesen. Ich hatte mich zu sehr auf die Chance gefreut, meine tief vergrabenen Ängste vor Sex zu überwinden. Mit irgendjemandem. Irgendwann.

„Okay, ich werde jetzt mal ganz offen sein. Es ist offensichtlich, dass du Alex magst. Und zwar sehr. Ich dachte, du wärst verrückt, mit ihm ins Bett zu hüpfen, weil das einfach nicht deine Art ist. Ich war nur deshalb nicht so besorgt, weil ich weiß, was für ein guter Kerl Alex ist. Er würde keiner Fliege etwas zuleide tun." Sie hielt inne, um ihre Rolle in die Farbwanne zu tauchen, und blickte zu mir. „Okay, er hat Joe geschlagen, aber Joe hat viel Schlimmeres verdient."

Sie richtete sich auf und fuhr mit dem Malen fort. „Es ist auch offensichtlich, dass Alex dich mag. Und zwar sehr sogar. Liam ist überzeugt, dass Alex in Bezug auf dich verloren ist."

„Verloren?"

„Er denkt, Alex ist verliebt und das war's. Alex ist superloyal gegenüber seinen Freunden und seiner Familie. Laut Liam schickt er seiner Mutter Geld, um sie zu unterstützen, und hat seinen beiden Schwestern das College bezahlt. Er ist einfach so ein Typ. Und jetzt denkt Liam, dass du Alex' Auserwählte bist. Liam kennt Alex, seit sie Kinder waren. Wenn er denkt, dass du die Richtige für Alex bist, bin ich geneigt zu glauben, dass er recht hat." Sie warf einen Blick über ihre Schulter und nickte in Richtung meiner Farbrolle.

Ich folgte ihrem Blick und sah, dass ich mit dem Streichen aufgehört hatte und die Tropfen fast bis zum Boden der Wand reichten. „Verdammt!" Schnell rollte ich über die Tropfen und legte die Rolle ab. Ich wusste nicht so recht, wie ich den Gedanken verarbeiten sollte, dass ich Alex so viel bedeuten könnte. Ein Teil von mir wollte vor Freude in die Luft springen, aber es war mir auch unheimlich.

Die Farbwanne musste nachgefüllt werden, also trug ich sie in die Ecke, wo wir den Farbeimer abgestellt hatten. Während ich Farbe nachfüllte, redete Olivia weiter.

„Wenn du dich also fragst, was du wegen Alex tun sollst, solltest du dir überlegen, was du willst. Es ist ihm gegenüber nicht fair, so weiterzumachen, wenn du nicht willst, dass es weitergeht. Aber ich glaube nicht, dass du so denkst. Ich denke, es kommt darauf an, ob du dazu bereit bist oder nicht."

Ich stellte den Farbeimer zurück in die Ecke, tauchte die Rolle in die Farbe und fing wieder an zu streichen. „Bereit für was?", fragte ich, während Angst in meiner Brust aufkeimte.

Olivia versuchte nicht einmal, ihr Seufzen zu verbergen. „Okay, du hast mich davor bewahrt, wegen Liam den Verstand zu verlieren, also bin ich jetzt wohl dran. Bereit für etwas Ernstes mit Alex. Das habe ich gemeint und das weißt du auch."

Ich strich jetzt so schnell, dass die Rolle von der Wand gegen mein Bein flog. Ich hielt inne und versuchte, Luft zu holen und meinen Herzschlag zu verlangsamen. Ich drehte mich zu ihr um und sah zu, wie sie die Farbe in gleichmäßigen Bahnen über die Wand rollte.

„Okay, okay. Und woher weiß ich, ob es das Richtige ist?"

Ich stellte die Frage, aber ich kannte die Antwort bereits. Alex hatte sich durch meine Abwehr gebohrt und sie niedergerissen, als wäre es nichts weiter als Pappfiguren. Es war nicht viel länger als einen Monat her, dass ich ihm im Park begegnet und verrückt genug gewesen war, ihn zu küssen. Jetzt vermisste ich ihn in jeder Nacht, die ich nicht mit ihm verbrachte. Ich kämpfte im Schatten mit meiner Vergangenheit und den Träumen, die ich gezwungen hatte, aufzugeben. Es fiel mir schwer, mich verletzlich zu zeigen. Ich mochte es nicht.

Olivia hatte meine Frage nicht beantwortet, aber sie hörte auf zu malen, drehte sich zu mir um und ließ ihren grünen Blick über mich schweifen. Nach einem kurzen Moment ergriff sie das Wort. „Ich denke, du weißt es bereits. Du musst dich nur entscheiden, ob du es willst."

Tränen brannten in meinen Augen und Emotionen verstopften meine Kehle. Ich dachte, ich hätte dieses emotionale Durcheinander hinter mir gelassen. Aber nicht so ganz. Meine Emotionen schlugen in Wellen durch mich hindurch und drohten, mich in einer Flutwelle mitzureißen.

Olivia trat auf mich zu und zog mich in eine Umarmung. „Egal, was passiert, du schaffst das schon", sagte sie, als sie sich zurückzog. „Du bist einer der stärksten Menschen, die ich kenne, und das darfst du nie vergessen."

Ich sah an mir herunter und merkte, dass ich meine Farbrolle nicht abgelegt hatte. Wir hatten jetzt beide Farbkleckse an den Beinen. Wir fingen gleichzeitig an zu lachen. Nachdem wir wieder zu Atem gekommen waren, schaute sie zu mir herüber. „Und?"

„Ich halte dich auf dem Laufenden."

„Okay, lass uns das Zimmer fertig machen und aufräumen. Willst du zum Abendessen bleiben, wenn wir fertig sind?", fragte sie.

Ich spürte, wie das Grinsen an meinen Mundwinkeln zerrte. „Ich kann nicht. Ich habe Alex gesagt, dass ich später noch vorbeikomme."

Olivia grinste. „Ah, ich verstehe. Darf ich noch einmal darauf hinweisen, dass die Liste der Männer, die streunende Katzen aufnehmen, sehr kurz ist?"

Kapitel Neunzehn

ALEX

Ich lehnte mich in meinem Stuhl zurück und bemühte mich, meine Gefühle unter Kontrolle zu halten. Zoe hatte mich zu einem Treffen mit dem Staatsanwalt mitgeschleppt. Ich wollte nicht hier sein, und meine Gefühle wurden durch den arroganten Staatsanwalt noch verstärkt. Brian Wheeler, der betreffende Staatsanwalt, saß Zoe und mir in seinem Büro gegenüber. Das Stimmengewirr auf dem Flur drang durch die Tür. In den Büros der Bezirksstaatsanwaltschaft von Seattle herrschte ein reges Treiben. Brian sah von dem Dokument, das er durchgesehen hatte, auf und blickte von Zoe zu mir, wobei sein finsterer Blick unergründlich war. Ich war daran gewöhnt, dass Spieler der gegnerischen Mannschaft versuchten, das zu tun, was Brian zu wollen schien - mich einzuschüchtern. Auf dem Spielfeld interessierte mich das nie. Wenn überhaupt, versuchten andere Spieler, mich zu provozieren, was dazu führte, dass ich mich noch mehr auf mein Spiel konzentrierte, indem ich sie ausblendete. Doch hier bei ihm musste ich versuchen, an etwas anderes zu denken als daran, warum wir hier waren. Sonst wurde ich wütend. Die ganze verdammte Situation machte mich wütend. Joe hätte nie die Chance bekommen dürfen, das, was er Harper angetan hatte, mit einem leichten Klaps auf die Hand zu vergessen.

Sicher, ich hatte Joe geschlagen. Verdammt, ich würde es wieder tun, wenn er Harper zu nahe käme. Aber das änderte nichts an der Geschichte, und es war auch nicht annähernd das, was er ihr angetan hatte. Aber ich behielt die Ruhe. Ich berief mich auf meine jahrelange Disziplin und behielt eine ausdruckslose Miene. Brian wandte seinen Blick schließlich von mir ab und schaute wieder zu Zoe.

„Ich werde mit Mr. Schmidt sprechen müssen, aber ich glaube, er wird das akzeptieren", sagte Brian, bevor er wieder zu mir sah. „Wenn er das tut, können Sie sich glücklich schätzen. Die Anklage wegen Körperverletzung könnte vor Gericht leicht Bestand haben."

Bevor ich etwas erwidern konnte, ergriff Zoe das Wort. „Da wäre ich nicht so zuversichtlich, Brian. Mr. Schmidt ist kein Sympathieträger, wie Sie sicher wissen. Bevor wir etwas vereinbaren, möchte ich auch meine Bedenken darüber äußern, dass Mr. Schmidt vor der Wohnung meiner Klientin auftauchte und Ms. Jacobs auf der Straße ansprach. Es scheint, dass er versucht hat, sie und vielleicht auch meinen Klienten zu provozieren, was beides nicht akzeptabel ist."

Brians Augen verrieten nichts, aber sein Mund verzog sich vor Anspannung. „Ich nehme Ihre Bedenken zur Kenntnis. Ich weiß, dass es für Sie schwer zu glauben sein mag, aber es ist möglich, dass Mr. Schmidt zufällig dort war. Er wohnt schließlich in der Gegend."

Zoes Gesichtsausdruck blieb ruhig, aber ich spürte den Stahl darunter. „Wenn es noch einmal vorkommt, werde ich es dem Richter vortragen."

Brian antwortete nicht und nickte nur. Ein paar Minuten später folgte ich Zoe in einen Warteraum. Sie saß neben mir und checkte in aller Ruhe E-Mails auf ihrem Handy, während ich mich fragte, wann wir endlich gehen konnten, als jemand ihren Namen rief. Zoe blickte auf und lächelte tatsächlich. Ich hätte fast laut gelacht, weil mir klar war, dass Ethan es lieben würde, sie lächeln zu sehen. Ihr sonst so angespanntes Gesicht wurde weicher, und ihr Blick, der immer ernst war, wenn ich sie sah, hellte sich auf. „Hey Becca! Wie geht's denn so?"

Ich folgte ihrem Blick zu einer Frau, die sich aus dem Flur näherte. Sie war groß, hatte glänzendes dunkles Haar, das sie zu einem Dutt hochgesteckt hatte, und strahlend blaue Augen. Eine weitere schöne Frau, die mir absolut nichts entlockte. Harper hatte mir andere Frauen verdorben, und dem musste ich mich stellen.

Die Frau blieb vor uns stehen. „Hey Zoe. Ich würde dich ja fragen, was dich hierherführt, aber Brian hat erwähnt, dass er einen Vorschlag für einen Vergleich in diesem Fall prüft. Gut, dass Mr. Schmidt nicht mir zugeteilt wurde, denn ich hätte diesen Idioten nicht einmal mit dem Arsch ansehen wollen", sagte sie und schüttelte den Kopf.

Zoe lachte leise und verdrehte die Augen. „Genau deshalb hast du seinen Fall nicht bekommen. Becca, das ist Alex Gordon." Sie fing meinen Blick auf und gestikulierte zwischen uns. „Alex, das ist Becca McNamara. Sie ist eine weitere Staatsanwältin hier. Sie kümmert sich hauptsächlich um Fälle von häuslicher Gewalt und sexuellen Übergriffen."

Ich wollte aufstehen, aber Becca schüttelte den Kopf. „Meine Güte, Sie müssen nicht aufstehen. Es freut mich, Sie kennenzulernen. Ich muss meinem

Mann sagen, dass ich Sie getroffen habe. Er ist ein Fan", sagte sie mit einem Grinsen.

Ich neigte meinen Kopf und nickte. „Freut mich auch, Sie kennenzulernen. Grüßen Sie Ihren Mann von mir."

Becca blickte wieder zu Zoe. „Also, wie sieht's aus?"

Zoe zuckte mit den Schultern. „Brian ist nicht begeistert von meinem Angebot, aber ich nehme an, er wird Mr. Schmidt überreden. Der gute alte Schmidt ist vor Alex' Wohnung aufgetaucht und hat Ms. Jacobs angesprochen. Macht ihn nicht gerade sympathisch für die Geschworenen, wenn wir vor Gericht gehen."

Becca schüttelte den Kopf. „Definitiv nicht. Weißt du, ich wünschte, ich wäre bei Schmidts altem Fall die Staatsanwältin gewesen. Ich war damals hier, aber der Fall ging an jemand anderen. Ich fand, sie hätten keinen Vergleich anbieten sollen, aber sie haben es getan." Sie schaute zu mir. „Ich sollte das wahrscheinlich nicht sagen, aber was soll's? Ich nehme es Ihnen nicht übel."

Zoe lachte und schaute zu mir. „Sehen Sie, ich habe Ihnen doch gesagt, dass die Leute denken würden, Sie wären der Held."

Ich beschloss, dass es das Beste war, zu schweigen, und nickte einfach. Becca und Zoe gingen zu einem anderen Thema über, und ein paar Minuten später eilte Becca davon, um einen Anruf entgegenzunehmen. Brian rief Zoe ein paar Minuten später wieder herein und ließ mich warten. Das war mir recht. Ich wollte nur, dass dieses Chaos geklärt wurde.

Wenig später kam Zoe zurück ins Wartezimmer geschlendert und blieb vor mir stehen. „Sieht aus, als hätten wir einen Deal. Es wird diese Woche eine Anhörung geben. Sie müssen zur Verfügung stehen, und wenn Sie das Training schwänzen müssen, um dabei zu sein, sollten Sie das besser tun. Wenn der Richter zustimmt, plädieren Sie auf eine geringere Strafe und verpflichten sich zu gemeinnütziger Arbeit. Wenn Sie danach ein ganzes Jahr lang unauffällig bleiben, wird die Anklage aus Ihrem Strafregister gelöscht." Sie hielt inne und verengte ihre Augen. „Auch wenn viele Leute verstehen, warum Sie sauer auf Mr. Schmidt sind, drehen Sie sich um und gehen Sie in die andere Richtung, wenn Sie ihn sehen. Laut Ihrem Trainer haben Sie die größte Geduld in seiner ganzen Mannschaft. Liebe macht Sie offenbar verrückt, also stellen Sie keine Dummheiten mehr an. Und jetzt kommen Sie, lassen Sie uns gehen", sagte sie, drehte sich um und ging schnell aus dem Gebäude, während ich ihr folgte.

Nachdem Zoe weggefahren war, stand ich auf dem Bürgersteig und beobachtete die vorbeifahrenden Autos. Ich wollte zu Harper gehen, aber ich hielt mich zurück. Nach unserem Zusammenstoß mit Joe hatte sie eine weitere Nacht mit mir verbracht. Mittlerweile war eine halbe Woche vergangen, und ich hatte sie nur gesehen, wenn wir morgens joggen gingen. Mir wurde klar, dass ich mich besser beherrschen sollte, wenn es um sie ging. Ich wusste zwar, was ich wollte, aber es wurde mir klar, dass sie noch nicht so weit war. Solange wir hautnah beieinander waren, verschwanden die unausgesprochenen Gefühle und Zweifel, die den Raum zwischen uns ausfüllten. Wenn wir zusammen einschliefen, wollte ich nie, dass der Morgen anbrach, denn ich begann, ein Muster zu erkennen. Mit dem Licht des Tages zog Harper sich zurück. Die alten unsichtbaren Mauern, die ich anfangs gespürt hatte, waren nicht mehr so massiv wie früher, aber sie waren noch da. Sie versteckte sich hinter ihnen. Brutales

Verständnis half mir zu erkennen, warum sie da waren, aber es änderte nichts an dem, was ich wollte und von dem ich wusste, dass wir es haben könnten. Wenn sie mich nur mehr als nur vorübergehend hereinlassen würde.

Ich schüttelte den Kopf, steckte die Hände in die Taschen und machte mich auf den Heimweg. Der Himmel war bewölkt, aber es regnete nicht. Das passte genau zu meiner Stimmung. Während ich so ging, drehten sich die Rädchen in meinem Kopf, ob ich einen Schritt zurückmachen oder mir mit Harper noch ein bisschen mehr Mühe geben sollte.

Kapitel Zwanzig

HARPER

Mein Bürotelefon klingelte und ich drückte den Lautsprecher. „Ja?"

„Harper, hier ist Brad Williams vom Seattle Observer. Wie geht es Ihnen?"

Ich war gerade dabei, die neuesten Daten einiger Patienten in unsere elektronische Patientenkartei einzugeben. Da mein Gehirn in einem völlig anderen Gang steckte, brauchte ich eine Minute, um zu begreifen, was Brad sagte. Sobald ich das tat, hörte ich auf zu tippen und drehte mich zum Telefon, wobei sich ein Knoten der Angst in meiner Brust bildete. Brad hatte sich in seinem Artikel über Joes neue Anklagepunkte durchweg respektvoll verhalten. Er hatte sich an unsere Vereinbarung gehalten, dass ich alles vor der Veröffentlichung überprüfen durfte. Obwohl mir nichts davon gefiel und ich am liebsten die ganze Geschichte auslöschen würde, war ein Teil von mir erleichtert, dass es in der Presse wieder aufgewärmt wurde. Damals, als es passierte, war ich zu kaputt, um dem Ganzen viel mehr Aufmerksamkeit zu schenken, als dass ich es hinter mich bringen wollte - den Prozess und alles, was mich an das Geschehene erinnerte. Brads Artikel ging nicht nur auf Alex' Anschuldigungen ein, sondern er stellte auch einige Statistiken darüber auf, wie glimpflich Joe in meinem Fall davongekommen war. Es war ermutigend, die Wahrheit schwarz auf weiß zu sehen, mit nichts als Zahlen, um die Geschichte zu erzählen.

Dennoch hatte ich keine Ahnung, warum Brad mich wieder anrief. Die Tatsache, dass er es tat, machte mich nervös. Denn ich glaubte nicht, dass er nur anrief, um Hallo zu sagen.

Ich räusperte mich. „Hallo Brad. Mir geht's gut. Und Ihnen?"

„Kann mich nicht beklagen. Hören Sie, ich rufe an, um nach dem Vergleich zu fragen, auf den man sich gestern bei Mr. Gordons Anhörung geeinigt hat. Ich habe ein paar Fragen. Macht es Ihnen etwas aus?"

Mein Magen drehte sich um. Ich hatte es vermieden, Alex zu genau diesem Thema zu befragen. Die Wahrheit war, dass ich Alex im Allgemeinen eher aus dem Weg ging. Oh, ich sah ihn jeden Tag, wenn wir joggen gingen, aber ich hatte immer Ausreden parat, warum ich es danach so eilig hatte. Keine davon war gelogen, aber es war auch nichts, was ich nicht hätte verschieben können. Ich wusste einfach nicht, was ich tat, aber ich war verletzt, dass Alex mir nicht von seiner gestrigen Anhörung erzählt hatte. In dem Moment, in dem ich darüber nachdachte, schimpfte ich mit mir selbst. Es ist ja nicht so, dass du ihm viele Gelegenheiten zum Reden gibst.

Verdammt noch mal.

„Harper?"

Ach ja, richtig. Brad wartete tatsächlich darauf, dass ich auf seine Frage antwortete. „Ähm, sicher."

„Gut. Wie schon zuvor wird alles, was ich veröffentliche, zuerst zur Überprüfung an Sie weitergeleitet. Bei der gestrigen Gerichtsverhandlung wurde zu Protokoll gegeben, dass Mr. Schmidt Sie vor Mr. Gordons Wohnung angesprochen hat. Waren Sie erleichtert zu hören, dass der Richter Mr. Schmidt davor gewarnt hat, dies noch einmal zu tun?"

Mein Atem stockte und ein Gefühl der Erleichterung überkam mich. Gleich darauf kam noch mehr Verwirrung und Schmerz darüber auf, dass Alex kein Wort über all das zu mir gesagt hatte. Ich zwang mich, mich auf die Frage zu konzentrieren. „Selbstverständlich. Ich bin mir sicher, dass Mr. Schmidt behauptet, es sei ein Zufall gewesen, aber er hätte nicht versuchen müssen, mit mir zu sprechen."

Fragen drängten sich in meinem Kopf. Ich wollte Brad so viele Dinge fragen, aber ich wagte es nicht, aus Angst, dumm dazustehen. Die Anhörung hatte erst gestern stattgefunden, aber ich hatte Alex heute Morgen gesehen ... *Und du hast ihm nicht eine Minute Zeit gegeben, es dir zu erzählen.* Ich erschauderte innerlich.

„Was halten Sie von der Einigung? Mr. Gordon hat einer geringeren Anklage wegen ordnungswidrigen Verhaltens zugestimmt. Wenn er seine gemeinnützige Arbeit ableistet und ein Jahr lang keinen Ärger macht, wird er nicht vorbestraft sein."

„Wenn ich ehrlich bin, fand ich nicht, dass er angeklagt werden sollte, aber ich verstehe, warum es geschehen ist. Alles in allem war der Vergleich fair." Ich musste mir praktisch auf die Zunge beißen, weil ich so viele Fragen hatte, die sich alle darauf bezogen, wie Alex auf all das reagiert hatte.

Brad stellte mir noch ein paar Fragen. Ich wusste nicht, was ich von der Tatsache halten sollte, dass er vorhatte, meine Antwort in seine Geschichte aufzunehmen. Ich hätte eigentlich wissen müssen, dass ich mich nicht mit einem international anerkannten Fußballstar einlassen konnte, ohne dass es auffiel, wenn er den Kerl, der mich vergewaltigt hatte, verprügelte. Aber selbst dann war es noch seltsam. Brad legte auf, nachdem er mir versichert hatte, dass er mir heute Nachmittag einen Entwurf schicken würde.

Ich hätte mich wieder der Arbeit zuwenden sollen, aber ich konnte es nicht. Es beunruhigte mich, dass Alex mich nicht in alles eingeweiht hatte. Es störte mich sehr. Auch wenn ein Teil von mir wusste, dass ich mich distanziert verhalten hatte, war ein anderer Teil von mir wütend und verletzt. Bevor ich darüber nachdenken konnte, nahm ich mein Telefon und rief ihn an.

Er nahm nach dem zweiten Klingeln ab. „Alex hier."

Sein Ton war so oberflächlich, dass er entweder nicht wusste, dass ich es war, oder es war ihm egal. Ich war innerlich aufgewühlt. Ich war schon zu viele Wochen lang auf einer Achterbahn der Gefühle unterwegs gewesen. Zwischen dem Rausch des Zusammenseins mit Alex, dem inneren Erdbeben der Begegnung mit Joe und dem Versuch, mir über meine Gefühle klar zu werden, war ich nicht mehr ganz ich selbst.

Ich wusste allerdings auch nicht mehr, wer mein normales Ich war. Es gab ein *Ich* vor der Vergewaltigung und ein *Ich* danach. Das *Ich* danach hatte mich sorgfältig wieder zusammengesetzt, so sorgfältig, dass ich den Kontakt zu der Person, die ich vorher gewesen war, verloren hatte. Das Leben war ein Weg des Wachstums und der Veränderung, der nie endete. Doch wenn man durch brutale Umstände zu Veränderungen gezwungen wird, verliert man aus den Augen, was passiert ist und warum. Letzten Endes war es nicht wirklich wichtig. Ich war, wer ich war, ob das nun normal war oder nicht, wusste ich nicht.

In diesem Moment war mir schwindelig, als hätte ich mich im Kreis gedreht und wäre plötzlich losgerannt. Verwirrt schlug ich um mich. „Wieso hast du mir nichts von dem Deal erzählt?"

Im Hintergrund hörte ich das Geräusch von Alex' Telefon. Als ich auf die Uhr meines Computers schaute, wurde mir klar, dass er wahrscheinlich im Stadion war, weil sie heute Abend ein Spiel hatten.

„Harper?", fragte er. „Warte mal, lass mich ..."

„Ich will nur wissen, wieso du mir nichts von dem Deal erzählt hast", sagte ich schroff. Aus der Ferne hörte ich eine Stimme, die mir sagte, ich solle mich beruhigen, aber ich hörte nicht auf sie. Ich war wütend und verstimmt und hatte das Gefühl, dass der einzige Mann, dem zu vertrauen ich mir erlaubte, sich nicht die Mühe machte, mir mitzuteilen, was vor sich ging.

Das Geräusch im Hintergrund wurde leiser. „Harper, hör zu. Wir hatten noch keine Gelegenheit zu reden ...", begann Alex zu sagen.

„Ich sehe dich jeden Morgen!", unterbrach ich ihn.

„Verdammt noch mal, Harper. Du gibst uns nicht einmal die Chance zu reden", konterte Alex. Sein Ton war ruhig, aber ich konnte seine Frustration durch das Telefon hindurch spüren.

All das machte mich nur noch wütender. „Vielleicht solltest du dich mehr anstrengen."

Meine Stimme klang selbst in meinen Ohren ungehobelt, aber ich war wie ein Felsbrocken, der einen Hügel hinunterrollt und mit allem zusammenstößt, was sich mir im Weg befindet.

Alex war ein paar Sekunden lang still, und ich konnte ihn atmen hören. „Harper, ich weiß nicht, was hier los ist." Er seufzte. „Hör mal, könnte ich heute

Abend nach unserem Spiel vorbeikommen? Ich muss ...“

„Nein, nein. Vergiss es. Wenn du es mir hättest sagen wollen, hättest du es getan. Ich muss los.“

Ich tippte auf die Taste, um den Anruf zu beenden, und warf mein Telefon auf den Schreibtisch, wo es auf der anderen Seite auf den Boden rutschte. Prompt brach ich in Tränen aus.

Kapitel Einundzwanzig

ALEX

Wir hatten an diesem Abend ein Spiel. Es war reines Glück, dass ich unserer Mannschaft keine Niederlage bescherte. Nachdem die gegnerische Mannschaft ein Tor geschossen hatte, rief mich unser Coach zu sich.

„Bist du heute Abend bei uns?", fragte er, wobei sein scharfsinniger Blick mein Gesicht abtastete.

„Auf jeden Fall."

Er zog eine Augenbraue hoch. Ich schüttelte mich. Ohne ein Wort teilte er mir mit, was ich bereits wusste. Mein Verstand war nur halb da. Mein Herz zerrte ihn woanders hin. Ich wollte Harper sehen. Jetzt. Und doch war ich auch ein wenig sauer auf sie. Sie hatte ihre verdammten Mauern errichtet und erwartete dann von mir, dass ich auf magische Weise wusste, wann es okay war, zu versuchen, sie zu überwinden. Scheiß drauf. Es gab nichts, was ich im Moment tun konnte, es sei denn, ich wollte meine Mannschaft im Stich lassen und gehen. Ich hielt das nicht für die beste Wahl, da ich nicht einmal wusste, wie oder wann ich am besten mit Harper reden sollte. Ich würde absolut nichts erreichen, wenn ich mich von meiner Frustration überwältigen ließe. Also schaute ich wieder zum Coach und nickte. „Gut. Ich werde mich zusammenreißen."

Er klopfte mir auf die Schulter und schickte mich wieder nach draußen. Aus ganz anderen Gründen tat ich das, was ich vor Jahren als Junge getan hatte: Ich flüchtete mich in den Fußball, um meinen Vater und die Wolke der Wut zu vergessen, die über uns allen schwebte, wenn er zu Hause war. Ich konzentrierte mich, und alles andere rückte in den Hintergrund.

Nach dem Spiel stand ich unter der dampfenden Dusche und war erleichtert, dass wir einen Sieg errungen hatten. Liam hatte seine Magie wirken lassen und die nötigen Spielzüge eingeleitet. Der Endstand war 3:1 gewesen. Ich trocknete mich ab und zog mich um. Ich schloss meinen Spind und drehte mich um, als ich Ethan auf der Bank gegenüber von mir sitzen sah. Ich neigte dazu, länger zu bleiben als der Rest der Jungs. Ich liebte das Stadion, wenn es ruhig war, und zog es vor, es zu verlassen, sobald der Trubel vorbei war.

Ethan war normalerweise schon lange weg, aber er saß da, sein goldenes Haar feucht von der Dusche, während seine grünen Augen mich musterten. „Gutes Spiel." Er hielt bedeutungsvoll inne. „Nachdem du deinen Kopf aus deinem Arsch gezogen hast", sagte er mit einem Zwinkern. Er wurde sofort ernst. „Alles klar bei dir?"

Ich trat über die Bank, die vor den Spinden stand, und setzte mich Ethan gegenüber. Ich musterte ihn kurz und zuckte mit den Schultern. „Ja. Warum?"

Ethan stützte die Ellbogen auf seine Knie. „Weil ich dich kenne und du verdammt erbärmlich aussiehst."

Ich fuhr mir mit einer Hand durchs Haar und

seufzte. Ich dachte, Ethan würde mir vielleicht helfen, den Schlamassel, den ich mit Harper angerichtet hatte, zu bereinigen. Er mochte es bei Frauen vielleicht etwas lockerer angehen, aber er hatte vier Schwestern und stand allen sehr nahe. Ich hatte zwei, aber wir hatten eine so angespannte Kindheit unter dem Dach meines Vaters, dass wir uns erst in den letzten Jahren nähergekommen waren. Ich fasste mein Gespräch mit Harper von vorhin schnell zusammen. Es war nur kurz gewesen, aber sie hatte aufgelegt und war nicht rangegangen, als ich versucht hatte, zurückzurufen.

Ethan hörte leise zu und nickte dabei. „Ah, du hattest also richtig gute Laune bei dem Spiel, was?"

Ich rollte mit den Augen.

Er sah mich nachdenklich an. „Wieso hast du ihr denn nichts davon erzählt? Ich meine, verdammt noch mal, der ganze Grund, warum du in dieser Klemme gelandet bist, war doch ihretwegen."

„Hm? Sie hat nichts damit zu tun."

Ethan zog eine Augenbraue hoch. „Was du nicht sagst? Du hättest den Kerl also auch verprügelt, wenn du nicht so verliebt in sie wärst? Warte, antworte gar nicht erst. Wenn du Harper nicht kennen würdest und nicht wüsstest, was passiert ist, wäre er einfach nur irgendein Typ gewesen. Das war's."

Ich richtete mich auf und rollte den Kopf hin und her, um die Verspannung in meinem Nacken zu lösen. „Okay, na gut."

Ethan ließ seine Hand kreisen. „Und?"

„Also was?"

„Wieso hast du es ihr nicht gesagt?"

Ich blickte zu Boden und wieder nach oben und war frustriert, weil ich mich selbst in eine Ecke gedrängt hatte, die ich selbst geschaffen hatte. „Ich bin nicht sehr gesprächig“, sagte ich schließlich.

Liam kam um die Ecke der Umkleidekabine und fing meine Bemerkung auf. „Was du nicht sagst?“, fragte er mit einem verschmitzten Grinsen, als er sich neben Ethan auf die Bank setzte. „Was ist denn los? Du warst heute Abend nicht bei der Sache.“

Ethan blickte ihn von der Seite an. „Frauenprobleme.“

Ich unterdrückte einen Seufzer und verdrehte die Augen. Bevor ich Liam antworten konnte, huschte sein Blick von Ethan zu mir und er fuhr fort: „Ah. Nun, es wird verdammt noch mal Zeit, dass dich etwas aus der Fassung bringt.“

Ich starrte ihn an. „Und warum das?“

Er wurde nüchtern. „Ich mache nur Spaß. Ich meine, es stimmt, du bist wie ein Fels in der Brandung, während der Rest von uns seine Höhen und Tiefen hat. Verdammt, du hast gesehen, wie ich nach dem Tod meiner Mutter ins Schleudern geraten bin und eine Zeit lang wie ein Idiot spielte. Ich verurteile dich nicht. Ist es Harper? Ich weiß nicht, worüber du dir Sorgen machen könntest. Olivia glaubt, dass sie in dich *verliiiiiebt* ist“, sagte er, wobei er das Wort verliebt so in die Länge zog, wie nur Liam es konnte.

Ethan sah mich an und schenkte mir ein kurzes Lächeln. „Ich wollte gerade sagen, dass sie sich nicht aufregen würde, wenn es sie nicht interessieren würde. Lass es dir von meinen Schwestern gesagt sein, Frauen mögen es nicht, wenn man sie nicht auf dem Laufenden hält.“

Liam nickte weise und sah zwischen uns hin und her. „Er hat recht. Dass du nicht besonders gesprächig bist, wird dir bei Harper nicht helfen. Was hast du ihr verschwiegen?“

Ich schloss die Augen und ließ meinen Kopf in die Hände sinken. Verdammte Scheiße. Ich war mir nicht ganz sicher, wie es dazu kommen konnte, dass ich in der Umkleidekabine Ratschläge von den beiden größten Frauenhelden, die ich kannte, einholte. Die Sache war die: Liam flirtete immer noch, aber er war so vernarrt in Olivia, dass es lächerlich war. Und Ethan, nun ja, er spielte den lockeren Kerl, aber er war nicht der oberflächliche Typ, für den er sich gerne ausgab.

Ich sah wieder zu den beiden hinüber und zuckte mit den Schultern. „Sie hat sich aufgeregt, weil ich sie nicht über den Deal informiert habe. Ich wusste nicht ... Verdammt, ich wusste nicht, dass ihr das so wichtig ist. Sie ist mal so und mal so, und wir hatten noch keine Gelegenheit zu reden.“

Liam drehte seine Schlüssel in der Hand und sah mich an. „Vielleicht nicht, aber das ist genau das, was sie wissen will. Also rede jetzt mit ihr“, sagte er, als ob es so einfach wäre.

„Sie hat aufgelegt.“

Liam schaute zu Ethan, und beide zuckten gleichzeitig mit den Schultern, während ihre Blicke wieder zu mir wanderten.

„Wenn Auflegen alles ist, was sie tun muss, damit du dich verziehst, dann ...“ Ethan zog eine Augenbraue hoch und ließ seine Worte ausklingen.

Ich stand auf und schnappte mir meine Jacke von der Bank. „Also gut. Ich kriege das schon hin.“

Ethan und Liam standen mit mir auf und folgten mir in den Flur. Als wir draußen waren, verschwand Ethan schnell mit einem Winken. Ich stand draußen in dem kühlen Regen. Liam war einen Moment lang still, aber ich spürte, dass er zögerte. Normalerweise hatte er es eilig, nach Hause zu Olivia zu kommen.

Nach ein paar Sekunden warf er mir einen Blick zu. „Ich habe Olivia gesagt, dass Harper genau richtig für dich ist. Fall nicht auf die Schnauze, nur weil du vielleicht mal ein bisschen gesprächiger werden musst. Okay, Kumpel?"

Ich zog die Kapuze meiner Jacke hoch und sah zu ihm hinüber. Er kannte mich vielleicht manchmal besser als ich mich selbst. Ich war geneigt zu glauben, dass es reichen würde, wenn ich für sie da war, wenn es darauf ankam. Ich war noch nie ein großer Freund von Gesprächen. Ich würde immer noch behaupten, dass Taten besser waren als Worte, doch im Nachhinein konnte ich erkennen, dass das Zusammentreffen von Harpers völlig verständlicher Tendenz Männern gegenüber skeptisch zu sein, und meiner Tendenz zu schweigen, ein Problem darstellen könnte. Wegen so einer verdammten Kleinigkeit – zumindest für mich.

Ich schaute zu Liam und nickte. Er hielt meinem Blick ein paar Sekunden lang stand und klopfte mir dann auf die Schulter. „Wenn ich es kann, kannst du es auch."

Damit ging er davon und machte sich auf den Weg nach Hause, wo, wie ich wusste, Olivia auf ihn warten würde. Ich schlug den Weg in Richtung meiner Wohnung ein. Während ich in der Dunkelheit durch den fallenden Regen lief und die Lichter auf dem Bürgersteig glitzerten, dachte ich über meinen nächsten Schritt nach. Ich war geneigt zuzustimmen, dass ich das vielleicht hätte verhindern können, indem ich mit Harper gesprochen hätte, aber die Mauern, die sie errichtet hatte, störten mich immer noch. Als ich eine Straße überquerte, spritzte Wasser von einem vorbeifahrenden Lastwagen auf meine Beine. Der Weg zu meiner Wohnung war so weit, dass es in einer nassen Nacht vielleicht besser gewesen wäre, den Bus zu nehmen, aber das war mir ziemlich egal.

Als ich zu Hause ankam, war ich durchgefroren. Ich ließ mich selbst herein und war froh, dass Callie endlich beschlossen hatte, dass es das Risiko wert war, ins Haus zu kommen. Mein Vermieter, der die andere Wohnung gegenüber von meiner bewohnte, hatte sich unter seinem ruppigen Äußeren als Softie erwiesen. Nachdem er entdeckt hatte, dass Callie ins Haus kam, hatte er eine Katzentür für sie in der hinteren Eingangstür meiner Wohnung eingebaut. Jetzt konnte sie kommen und gehen, wie sie wollte. Ich machte mir Sorgen, dass sie von einem Auto angefahren werden könnte, aber dann erinnerte ich mich daran, dass sie vorher auch auf der Straße gelebt hatte. Ein Besuch beim Tierarzt hatte zu der Einschätzung geführt, dass Callie etwa ein Jahr alt war.

Ich schloss die Haustür hinter mir und knipste das Licht an, während ich das Wasser von meinem Mantel schüttelte und ihn neben die Tür hängte. Callie blickte von ihrem bevorzugten Platz auf der Fensterbank auf, bewegte sich aber nicht. Sie näherte sich mir immer noch selten und mit Vorsicht, aber sie schien beschlossen zu haben, dass ihr das Leben drinnen besser gefiel. Nach den ersten paar Tagen war sie zuverlässig immer da, wenn ich nach Hause kam. Obwohl ich nach dem Spiel geduscht hatte, war die feuchte Kälte so stark, dass ich noch ein weiteres Mal duschte.

Danach starrte ich in meinen chronisch leeren Kühlschrank. Ich schlug die Kühlschranktür zu, bestellte schnell eine Pizza und ließ mich auf die Couch plumpsen. Mein Blick wanderte immer wieder zu meinem Telefon, während ich überlegte, ob ich Harper anrufen sollte. Meine Unentschlossenheit ärgerte mich, also ignorierte ich sie. Meine Pizza kam, und ich aß in meiner ruhigen Wohnung, während im Hintergrund die Nachrichten liefen. Später lag ich im Bett, unruhig und genervt von meinem Zustand der Rastlosigkeit. Ich vermisste Harper, und doch hatte ich mich nicht dazu durchringen können, sie anzurufen.

Kapitel Zweiundzwanzig

HARPER

Ich stand am Fenster und ging auf und ab, während Stanley neben mir herlief und seine Augen immer wieder zu mir hochwanderten. Mein Hund spürte meine Unruhe, denn ich hatte Alex heute Morgen eine Nachricht geschickt und ihm gesagt, dass ich es nicht zu unserem Lauf schaffen würde. Ich hatte gesagt, dass ich mich nicht gut fühlte, was auch völlig richtig war. Ich hatte kaum geschlafen und war ein emotionales Wrack. Ich war immer noch frustriert, dass er nicht mit mir über seinen Deal gesprochen hatte, aber ich war genauso frustriert, wenn nicht sogar noch mehr, über mich selbst, weil ich mit all dem nicht ruhig umgegangen war.

Wenn es etwas gab, von dem ich geglaubt hatte, dass ich es erreicht hatte, nachdem mein Leben vor vier Jahren innerhalb einer halben Stunde zerbrochen war, dann war es die Ruhe zu bewahren. Daisy zog mich damit auf, dass ich die beständige Freundin sei, diejenige, an die sie sich wenden würde, wenn sie einen vernünftigen, durchdachten Rat bräuchte. In letzter Zeit fühlte ich mich alles andere als beständig und vernünftig. Es gefiel mir nicht, dass meine hart erkämpfte Gelassenheit damit einherging, dass ich alles und jeden mied, der meine Gefühle aufwühlte. Alex hat mich auf jeden Fall innerlich aufgewühlt, und zwar auf mehr als eine Weise. Das Aufeinanderprallen seiner Anwesenheit in meinem Leben und meiner zufälligen Begegnung mit Joe hatte mich innerlich durcheinandergebracht.

Ich ließ mich auf die Couch fallen, und Stanley kletterte neben mir hoch. Ich blickte zu ihm hinüber und musste lachen. Er war ein so großer Hund, dass er albern auf der Couch aussah. Sein ernster blauer Blick begegnete meinem, und er winselte leise und stupste meine Schulter mit seiner Nase an. Ich seufzte und streckte die Hand aus, um ihn zu streicheln. Er mochte zwar ein Hund sein, aber er war meine beständigste Quelle des Trostes. Er schenkte mir bedingungslose Liebe und war ein wahrer Beschützer. Ich lehnte meinen Kopf an seine Schulter. „Stanley, was soll ich nur tun?", murmelte ich in sein Fell.

Natürlich hatte Stanley dazu nichts zu sagen, obwohl er sich an mich lehnte und mich in sein Fell schluchzen ließ. Nach ein paar Minuten hob ich meinen Kopf und sah zu ihm hinüber. „Also, soll ich es wagen und Alex anrufen?"

Es war keine Überraschung, dass Stanley auch dazu nichts zu sagen hatte. Sein ernster Blick fand meinen erneut, und er stupste mich wieder an der Schulter an. Er mochte Alex und hatte sich auf unsere gemeinsamen Morgenläufe verlassen. Ich vermutete, dass er enttäuscht war, weil wir heute nicht draußen waren, und verspürte einen Anflug von Gewissensbissen. Ich würde das in meinem eigenen Kopf klären müssen, so oder so. Ich stand auf und streckte mich. Ich musste mit Stanley noch eine Runde spazieren gehen, bevor ich zur Arbeit ging. Ich schnappte mir meine Jacke und ging mit Stanley an meiner Seite nach draußen. Ich hatte das Gefühl, dass er meinen aufgewühlten Gemütszustand bemerkte, denn er ging ein bisschen näher als sonst an meiner Seite, als wir die Straße hinuntergingen. Als ich draußen war, beschloss ich plötzlich, dass ich doch noch joggen wollte. Ich hatte Stanley bei mir, und ich wollte keine Angst haben, allein laufen zu gehen. Ich machte mich auf den Weg zum Park und Stanley lief an meiner Seite.

Als wir dort ankamen, spürte ich, dass Stanley immer wieder darauf wartete, Alex zu sehen, wobei er die Ohren spitzte und seine Augen die Gegend vor uns absuchten. Auch wenn ein Teil von mir Alex sehen wollte, musste ich mich erst einmal selbst in den Griff bekommen. Ich war mir nicht sicher, ob ich mich auf ihn stürzen oder wütend werden sollte, wenn ich ihn sah. Es half nicht, dass ich ihn wie verrückt vermisste, und ich ärgerte mich über mich selbst, weil ich so unentschlossen war.

Laufen half mir wie immer, den Kopf freizubekommen. Egal, was mit Alex passiert war, er hatte mir so viel zurückgegeben, einfach dadurch, dass er mit mir lief. Sobald ich Stanley bekommen hatte, konnte ich spazieren gehen, aber draußen zu laufen war, als würde innerlich eine Sicherung durchbrennen. Ein Therapeut hatte mir gesagt, dass es wie ein Auslöser funktionierte - was gleichzeitig schützend und einschränkend war.

Mein Atem kam in gleichmäßigen Stößen, und ich begann zu spüren, wie mich dieses Gefühl von Energie durchströmte, als ich um eine Ecke des Weges bog und Joe auf mich zu rennen sah. Mein Herz blieb stehen und schlug dann schneller - ein von Angst getriebenes Pochen, das sich mit dem Gefühl der Aufregung in meinem Bauch vermischte.

Meine Augen blickten umher, und fast wäre ich einen nahe gelegenen Weg hinaufgerannt. Stanley kam etwas näher, sein Fell streifte leicht meine Leggings. Ich wurde langsamer, und das Gefühl von Angst und Schrecken zog sich in mir zusammen. Es war das erste Mal, dass ich Joe gesehen hatte, ohne dass Alex in der Nähe war. Nur dank seiner Anwesenheit war ich nicht kopfüber in die Panik gestürzt, die mich einst heimgesucht hatte. In diesem Moment stieg diese Panik heftig und stark in mir auf. Joe war noch in einiger Entfernung und schien mich noch nicht bemerkt zu haben. Seine Augen waren auf den Boden gerichtet, während er rannte.

Ich schaute mich um und sah ein paar andere Menschen im Park, einige gingen spazieren, andere joggten und ein paar saßen auf Bänken mit Blick auf das Wasser. Ein Windstoß kam vom Puget Sound, trug einen salzigen Duft mit sich und wirbelte meinen Pferdeschwanz durcheinander. Ich lief weiter, setzte einen Fuß vor den anderen, mein Tempo war schneller als sonst. Ich konnte nicht behaupten, dass ich bewusst darüber nachdachte, aber meine Füße beschlossen, dass sie nicht ausweichen würden. Ich befand mich in Sichtweite von genügend Leuten, sodass Joe mir nicht wehtun konnte. Ich konnte und würde an ihm vorbeilaufen.

Die einzigen Geräusche, die ich wahrnahm, waren das Auftreten meiner Füße auf dem Boden, das Ein- und Ausatmen und Stanleys leises Stampfen neben mir. Als Joe näherkam, zwang ich mich, ihn nicht direkt anzuschauen, obwohl ich seine Bewegungen am Rande meines Blickfeldes verfolgte. Je näher er kam, desto schneller klopfte mein Herz, aber ich rannte weiter, atmete weiter und bewegte mich weiter. Ich spürte, dass Joe mich erkannte, denn er verlangsamte sein Tempo. Als ich an ihm vorbeiging, blieb er stehen.

„Was zum Teufel machst du?", fragte er mit deutlichem Zorn im Ton.

Ich blieb stehen und verdrängte die Panik, die mir die Kehle zuschnürte. Ich sah zu ihm hinüber und sah nichts anderes als den feigen Mann, der er war. „Ich laufe", antwortete ich.

Stanleys leises Knurren ertönte, aber er blieb an meiner Seite. Joe starrte mich an und schüttelte den Kopf. „Wehe, ich muss mir wieder so einen Blödsinn anhören, dass ich in deiner Nähe bin." Er zeigte mit dem Finger auf mich. „Du hältst dich besser von mir fern. Kapiert?"

Ich starrte ihn an, und Wut wallte wie ein Peitschenschlag in mir auf. „Ich lebe mein Leben, Joe. Und das bedeutet nun mal, dass ich gerne im Park laufe. Ich bin nicht diejenige, die sich Gedanken darüber machen muss, was irgendjemand über das, was ich tue, denken könnte. Sondern du. Wenn sich jemand zurückhalten muss, dann du."

Er starrte mich an, sein Gesicht rötete sich. Er presste seinen Kiefer zusammen, die Muskeln spannten sich sichtlich an. Ich spürte, dass er von mir erwartete, dass ich nachgab, dass ich wegschaute, dass ich irgendetwas anderes tat, als meinen Mann zu stehen. Obwohl mein Herz voller Adrenalin und Angst wild hämmerte und mir übel war, stand ich da und wartete. Denn ich hatte nicht vor, mich weiter zu verstecken. Nicht für immer. Dies war mein Leben, und ich hatte vor, es zu leben, ohne dem Mann, der mich fast gebrochen hatte, aus dem Weg zu gehen.

In diesem Moment joggte eine Frau, die ich oft sah, wenn ich morgens mit Alex lief, an uns vorbei. Ihr

Blick huschte zwischen Joe und mir hin und her, und sie blieb stehen. „Geht es dir gut?", fragte sie mich.

Ich wusste nicht, ob „gut" das richtige Wort war, um meine Gefühle zu beschreiben, aber es würde reichen. Ich nickte. „Ja, danke."

Sie warf einen Blick zu Joe. „Mensch, Alter, wenn du versuchst, wie ein Arschloch auszusehen, hast du es geschafft."

Joe richtete seinen wütenden Blick auf sie. „Ihr könnt mich beide mal."

Damit wandte er sich ab und lief weiter. Er bahnte sich einen Weg durch die Bäume und war innerhalb von Sekunden verschwunden. Ich blickte noch einmal zu der Frau, die stehen geblieben war. Sie war, nun ja, sie sah einfach nur gewöhnlich aus. Sie war von durchschnittlicher Statur und durchschnittlicher Größe, hatte kurzes hellbraunes Haar und braune Augen. Sie begegnete meinem Blick und zuckte mit den Schultern. „Liegt es an mir, oder wirkt er wie ein echtes Arschloch? Ich wollte nicht unangenehm sein, indem ich stehen geblieben bin und etwas gesagt habe."

Mein Herzschlag verlangsamte sich und dieses kalte, panische Gefühl ließ langsam nach. Ich sah sie wieder an. „Du kannst jederzeit anhalten. Du hattest recht. Er ist ein totales Arschloch."

Sie warf lachend den Kopf zurück. „Schön zu wissen, dass mein Instinkt richtig war."

Stanley stupste ihre Hand an, denn er war schon immer ein Opportunist, wenn er entschied, dass jemand es wert war. Sie blickte nach unten und streichelte seinen Kopf. „Ich bin übrigens Megan. Ich habe dich hier schon ein paar Mal gesehen."

„Freut mich, dich kennenzulernen. Ich bin Harper, und das ist Stanley."

Sie grinste. „Bist du nicht normalerweise mit deinem Freund hier?“

Ihre Frage war völlig unschuldig, aber mein Herz machte einen harten Schlag. War es so offensichtlich? Was zwischen Alex und mir geschah, meine ich. Ich wollte hier und jetzt nicht weiter darauf eingehen, also nickte ich einfach. Nach ein paar weiteren Streicheleinheiten für Stanley schaute sie auf ihre Uhr. „Ich sollte jetzt gehen.“

Sie wollte sich gerade auf den Weg machen, als ich plötzlich das Wort ergriff und mich damit wahrscheinlich genauso erschreckte wie sie. „Nur eine Vorwarnung, da du ja oft hier bist. Der Typ, den du gerade gesehen hast?“

Als sie nickte, fuhr ich fort. „Er ist mehr als nur ein Idiot. Ich werde nicht ins Detail gehen, aber wenn du ihn jemals wiedersiehst, halte dich fern. In seiner Nähe ist es nicht sicher, wenn du allein bist.“

Megans Augen weiteten sich. Ich fragte mich, ob ich nichts hätte sagen sollen, aber dann klärte sich ihr Blick und sie nickte. „Verstehe. Danke für die Warnung. Jetzt, wo ich ihn verärgert habe, ist es wohl besser, wenn ich es weiß.“ Falls sie Fragen dazu hatte, was ich meinte, stellte sie sie nicht. Sie winkte mir zu und begann wieder loszujoggen.

Ich sah, wie ihre Gestalt immer kleiner wurde, während sie den Weg am Wasser entlang hinunterlief. Ich schloss die Augen und atmete die salzige Morgenluft ein, die vom Wasser herüberwehte. Nach einem weiteren Atemzug blickte ich auf den Puget Sound hinaus. Möwen kreischten in der Luft, Boote waren auf dem Wasser zu sehen, und die ersten Sonnenstrahlen lugten durch die Wolken. Ich wollte Alex sehen.

Kapitel Dreiundzwanzig

ALEX

Ich stieg aus der Dusche und trocknete mich schnell ab. Nachdem Harper gesagt hatte, dass sie es nicht zu unserem Morgenlauf schaffen würde, war ich auf mein Laufband gehüpft. Ich mochte es nicht besonders, auf einem Laufband zu laufen, aber ich hatte keine Lust, ohne Harper allein in den Park zu gehen. Der Park war zu einem Ort geworden, den ich so sehr mit ihr verband, dass mir das Herz schmerzte, wenn ich ohne sie dorthin ging. Ich hatte heute Morgen darauf bestehen wollen, mit ihr zu reden, und war frustriert, dass sie mir diese Gelegenheit genommen hatte. Ich war trotzdem bei ihr vorbeigegangen, nur um keine Antwort zu bekommen, weil niemand da war.

Eine Dusche nach einem routinemäßigen Lauf auf dem Laufband war nicht gerade belebend, so wie es ein Lauf durch die kühle Morgenluft mit Harper gewesen wäre. Als es klopfte, band ich mir das Handtuch um die Taille und ging zur Tür. Mein Gehirn war schon halb ausgeschaltet, also fragte ich mich nicht einmal, wer es war, als ich die Tür öffnete. Harper stand mit Stanley an ihrer Seite davor. Mein Herz fing an, in meiner Brust zu hämmern, und die Sehnsucht, die ich bisher nur mit ihr in Verbindung gebracht hatte, stürzte auf mich ein. Bei ihr war es nicht einfach nur körperliche Sehnsucht, obwohl ich mich nicht in ihrer Nähe aufhalten konnte, ohne sie heftig zu begehren. Es war vielmehr so, als würde sie mein Herz in ihren Händen halten, während mein Körper sich voll und ganz auf sie konzentrierte.

Ihr glänzendes braunes Haar war zu einem Pferdeschwanz zurückgebunden, aus dem lose Strähnen hervortraten, die ihr Gesicht umrahmten. Sie sah aus, als wäre sie in einem abgetragenen grauen T-Shirt über einer schwarzen Leggings joggen gegangen. Ihre blauen Augen leuchteten und ihre Wangen waren rosa. Ich konnte nichts dagegen tun. Ein Blick auf sie und Lust peitschte durch meinen Körper hindurch. Ich würde gerne glauben, dass ich mich besser unter Kontrolle hatte, aber wenn es um sie ging, wurde mir klar, wie wenig Kontrolle ich doch eigentlich hatte. Sie sah mit einer ungeheuren Intensität zu mir auf, ihre Augen weit aufgerissen.

„Darf ich reinkommen?", fragte sie schließlich.

Ich hatte gar nicht bemerkt, dass ich nichts anderes getan hatte, als sie anzustarren.

„Klar. Natürlich", sagte ich reflexartig und trat einen Schritt zurück.

Stanley war oft genug hier gewesen, um zu wissen, wo er gerne hinging. Er watschelte an mir vorbei, nachdem er meine Hand zur Begrüßung angestupst hatte, und rollte sich in einem kleinen Sonnenfleck am Fenster zusammen. Callie beäugte ihn von ihrem Platz oben auf der Fensterbank aus, ließ ihn aber in Ruhe. Ich schloss die Tür hinter Harper und lehnte mich an die Rückenlehne des Sofas.

Harpers Blick glitt über mich hinweg, ihre Augen

verdunkelten sich. Ich kannte den Blick in ihren Augen, es war der Blick, den sie hatte, wenn sie nicht versuchte, mich fernzuhalten, der Blick, den ich nur sah, wenn wir ineinander verwickelt und verschwitzt waren. Mein Körper kannte diesen Blick sehr gut. Ein weiterer innerlicher Peitschenhieb ließ das Blut direkt in meine Leisten schießen. Für den Bruchteil einer Sekunde hätte ich mich fast weggedreht, um die Wirkung, die sie auf mich hatte, nicht so offensichtlich werden zu lassen, aber dann habe ich es doch gelassen. Scheiß drauf. Ich hatte nur ein Handtuch an, also war es fast unmöglich, die Tatsache zu verbergen, dass mein Schwanz steif war. Ich war vielleicht nicht der gesprächigste Kerl, aber vor ihr hatte ich nichts zu verbergen. Egal, was passierte, ich wollte nicht so tun, als würde ich sie nicht wie verrückt begehren.

Ihre Augen wanderten zu meinen zurück und verfinsterten sich weiter. Sie stand nur ein paar Meter entfernt vor mir. Sie verschränkte und löste ihre Arme, holte tief Luft und ließ sie in einem Seufzer ausströmen. Sie wirkte, nun ja, aufgewühlt. „Ich bin trotzdem joggen gegangen, und ich habe dich vermisst. Ich habe Joe gesehen", platzte es aus ihr heraus.

Ein Blitz der Wut traf mich. Ich richtete mich auf. „Was zum Teufel?! Hat er etwas zu dir gesagt? Verdammt, Harper. Warum bist du allein gegangen? Es ist mir egal, ob du sauer auf mich bist, aber schließe mich wenigstens nicht so aus. Er hätte ..."

Sie schüttelte heftig den Kopf und verringerte den Abstand zwischen uns, ihre Hände glitten an meinen Armen hinunter zu meinen Händen, die zu Fäusten geballt waren. „In der Öffentlichkeit kann er mir nichts antun. Morgens ist es im Park nicht allzu voll, aber es sind immer Leute da. Es ist in Ordnung. Es geht mir gut."

Ihr Ton war sanft, aber eindringlich und durchbrach die Wut, die meine Gedanken trübte. Ich zwang mich, mich auf sie zu konzentrieren. Ihre Wangen hatten sich stärker gerötet. Dass sie mir so verdammt nahe war, half mir nicht dabei, die Kontrolle zu behalten. Ganz gleich, was mein Verstand tat, mein Körper war wie ein Laser auf mein ursprüngliches, treibendes Bedürfnis nach Harper ausgerichtet. Wütend zu werden war, als würde ich Öl ins Feuer gießen. Ich biss die Zähne zusammen und klammerte mich an den ausgefransten Faden meiner Kontrolle.

„Hat er etwas zu dir gesagt?"

Sie neigte den Kopf zur Seite und nickte. „Ich glaube, er hat erwartet, dass ich in die andere Richtung gehe, als er erkannte, wer ich bin. Ich habe mich dagegen entschieden. Denn ich werde mein Leben nicht weiter zu einem riesigen Umweg um ihn und das, was passiert ist, machen. Er hat mich gefragt, was ich dort mache, also habe ich ihm gesagt, dass ich laufe." Sie lachte leise. „Ich glaube, es hat ihn geärgert, dass ich mich nicht einfach geduckt habe. Und noch besser: Kennst du die Frau, die wir dort manchmal sehen?"

„Wir sehen dort mehr als eine Frau. Ich weiß nicht, wen du meinst."

Ich schaffte es gerade noch, meine Faust nicht gegen irgendetwas zu hämmern, weil ich so verdammt wütend war, dass Joe auch nur in Harpers Nähe gekommen war. Ich versuchte wirklich mich zu beherrschen. Aber ich kämpfte gegen zwei konkurrierende Triebe an - den Drang, hier rauszustürmen, Joe zu finden und ihm noch einmal die Fresse einzuschlagen, und den Drang, Harper die Kleider vom Leib zu reißen und mich so tief in ihr zu vergraben, dass ich nicht sagen konnte, wo sie aufhörte, und ich anfing.

Harpers Lippen verzogen sich bei meiner Antwort zu einem kleinen Lächeln. „Du würdest sie erkennen, wenn du sie sehen würdest. Jedenfalls hielt sie an, um sich nach mir zu erkundigen, und sagte zu Joe, wenn er versuche, wie ein Arschloch auszusehen, habe er es geschafft. Er sagte, wir sollen uns verpissen und ging." Bei diesem Satz brach Harper in Gelächter aus.

Ich wusste nicht, wie ich darauf reagieren sollte. Immer noch stinksauer auf Joe, starrte ich Harper an, und war unsicher, ob es ihr gut ging oder nicht. Ihr Lachen hatte etwas Wildes an sich. Als sie endlich wieder zu Atem kam, sah sie zu mir herüber, und ich bemerkte, dass ihr Tränen über die Wangen liefen.

Verdammte Scheiße. Ich hatte keine verdammte Ahnung, was ich jetzt tun sollte. Ich hörte auf zu denken und schloss sie in meine Arme. Verdammt noch mal. Es gab nichts Besseres, als sie an mich zu pressen. Ich wusste nicht, ob ich sie trösten wollte oder nicht. Ich wusste sicher nicht, was sie brauchte. Ich wusste nur, dass ich sie halten wollte, und das tat ich auch. Sie vergrub ihr Gesicht in meiner Brust und schlang ihre Arme um meine Taille. Ich konnte das Klopfen ihres Herzens auf meiner Haut spüren. Ich würde gerne sagen, dass ich mehr Kontrolle hatte, aber mein Körper hatte seinen eigenen Kopf, wenn es um Harper ging. Als sie sich an mich drückte, wurde mein Schwanz noch steifer, obwohl ich mich bemühte, ihn zu beruhigen.

Nach einer Minute hob sie ihren Kopf. Ich blickte nach unten und begegnete ihrem Blick. Eine ihrer Hände bahnte sich ihren Weg über meine Brust, was es mir noch schwerer machte, mich zu entscheiden, was ich tun sollte. „Es tut mir leid, dass ich ..." Sie hielt inne und biss sich auf die Unterlippe. War das ihr Ernst? Sie musste schleunigst damit aufhören, wenn sie erwartete, dass ich mich auf irgendeine vernünftige, anständige Art und Weise verhielt. „Ich weiß nicht, was ich getan habe, aber ich glaube, es war nicht fair dir gegenüber. Weißt du, was ich anfangs dachte?"

Ich schüttelte den Kopf, denn ich hatte keine Ahnung ... von so vielen Dingen, wenn es um sie ging.

„Ich dachte, wir könnten eine Affäre haben. Ich hatte seit Jahren keinen Sex mehr, und ich dachte, du wärst der perfekte Kerl, um das aus der Welt zu schaffen. Weil, na ja, weil sogar du wissen musst, dass du ziemlich heiß bist. Und ich habe dir vertraut, was ich nicht sehr oft tue." Sie hielt inne, ihre Wangen erröteten. Wieder zogen ihre Zähne an ihrer prallen Unterlippe, und fast hätte ich sie geküsst, aber sie redete weiter. „Daisy hat versucht, mir zu verklickern, dass das nicht mein Ding ist, aber ich habe sie ignoriert. Alles in meinem Kopf geriet durcheinander. Ich fand heraus, dass es mir nur so lange gut ging, wie es mir egal war. Aber ich kann mich nicht nicht um dich scheren. Wenn ich mit dir zusammen bin, fühlt sich alles richtig an, so richtig, dass es mich zu Tode erschreckt." Der dunkle Blick war wieder in ihre Augen getreten. „Ich weiß nicht, was ich damit sagen will, nur, dass es mir leidtut, dass ich versucht habe, dich wegzustoßen, und dass ich dich vermisst habe. Ich will dich nicht mehr vermissen", sagte sie mit einem Flackern der Unsicherheit in ihrem Blick.

Mein Herz klopfte so heftig, dass es ein Wunder war, dass ich noch atmen konnte. Ich starrte sie an und versuchte zu überlegen, was ich sagen sollte. „Es muss dir nicht leidtun und du brauchst keine Angst zu haben. Ich bin kein großer Redner und das hat wahrscheinlich nicht geholfen. Ich habe gemerkt, dass du vielleicht nicht viel mehr wolltest als ein paar Nächte mit mir, aber ich wollte viel mehr, also habe ich es ignoriert. Vielleicht hätte ich ..."

Sie legte ihren Finger auf meine Lippen. „Du brauchst nichts zu erklären. Beantworte mir nur eine Frage, okay?"

Auf mein Nicken hin holte sie tief Luft. Dabei drückte sie natürlich ihre Brüste an mich heran. Mein Schwanz merkte es, o Junge, er merkte es. Ich zwang meine Aufmerksamkeit auf Harper und weg von der Erinnerung daran, wie es sich anfühlte, in ihr zu versinken. Sie sagte, sie hätte eine Frage. Ich konnte lange genug durchhalten, um zu antworten.

„Hast du mich vermisst?"

Ich kam mir lächerlich vor, weil ich sie jeden Tag gesehen hatte, aber die Tage zwischen den spärlichen Nächten fühlten sich an wie ein tagelanger Gang durch die Wüste ohne Wasser.

„Harper, die einzige Zeit, in der ich dich nicht vermisse, ist, wenn du direkt neben mir liegst."

Meine Worte klangen rau, fast schon schroff. Aber das Gefühl, das dahintersteckte, war so stark und so real, dass ich nichts anderes zu sagen hatte.

Ein Lächeln blitzte über ihr Gesicht. „Es ist schön zu wissen, dass es nicht nur mir so geht", flüsterte sie.

Dann trat sie näher und ließ ihre wandernde Hand über meinen Schwanz gleiten, wobei sich das Handtuch zwischen ihrer Hand und mir eher unwesentlich anfühlte. „Wir können doch später weiterreden, oder?", fragte sie mit gehauchter Stimme.

Ich antwortete nicht. Ich drückte meine Lippen auf ihre und vergaß alles andere. In einem Wirrwarr von rauen, unordentlichen Küssen schaffte ich es, ihr die Kleider auszuziehen, und stöhnte, als ich sie endlich nackt an mir spürte, wobei ihre Haut von der Kälte draußen leicht abgekühlt war. Ich schob meine

Hand zwischen ihre Schenkel und stellte fest, dass sie heiß, glitschig und bereit war. Sie riss mir das Handtuch aus dem Weg, als ich sie an mich drückte. Ihre Beine schlangen sich reflexartig um meine Taille, als ich mich aufrichtete und mit ihr in den Armen loslief.

Ihre Lippen wanderten meinen Hals hinunter, ihre Zungen und Küsse elektrisierten mich, und sie murmelte: „Wohin willst du?"

„Ins Bett", würgte ich hervor, während sie sich so bewegte, dass ihre feuchte Muschi bei jedem meiner Schritte gegen meinen Schwanz glitt.

Sie hob ihren Kopf und ihre Augen trafen auf meine. „Wozu?", fragte sie und streckte ihre Zunge raus, um sich über die Lippen zu lecken.

Ich bezweifelte, dass sie mich dazu bringen wollte, durchzudrehen, aber sie tat es fast. Das Einzige, was mich davon abhielt, sie in diesem Moment besinnungslos zu ficken, war, dass ich nichts überstürzen wollte.

„Weil ich erst aufhöre, wenn keiner von uns beiden mehr laufen kann."

Wir purzelten zusammen auf mein Bett. Ihre Beine lösten sich nicht aus ihrer Umklammerung. Mit eine subtilen Bewegung meiner Hüften versank ich in ihr. Denn das war es, was sie für mich geworden war - ein Zuhause.

HARPER

Alex stieß in mich - schnell und langsam, rau und sanft - jeder Stoß ließ mich höher und höher steigen. Das Vergnügen rollte in Wellen durch mich hindurch, die sich zu einer krachenden Welle aufbauten, die mich in die Luft schickte und dann erschöpft und körperlos zurückließ. Sein Körper versteifte sich, bevor auch er aufschrie und gegen mich sackte. Sein Kopf lag in meinem Nacken, und ich konnte seinen Atem auf meiner Haut spüren. Sein Gewicht fühlte sich gut an, weil es mich mit jeder Faser meines Körpers daran erinnerte, dass er bei mir war.

Er wollte sich zurückziehen, doch ich schlang einen Fuß um seine Wade und hielt ihn fest. „Nein. Steh nicht auf", murmelte ich gegen seine Haut.

Sein leises Glucksen dröhnte durch meinen Körper. „Ich wollte nirgendwo hin. Ich versuche nur, dich nicht zu erdrücken."

Er hob den Kopf, sein warmer brauner Blick traf auf meinen. Gefühle überkamen mich und meine Brust zog sich zusammen. Ich musste mich zwingen, die Augen offen zu halten und mich nicht zurückzuziehen. Ich hatte nicht wirklich darüber nachgedacht, was ich sagen wollte, als ich vom Park aus praktisch zu seiner Wohnung geeilt war. Ich hatte nur gewusst, dass ich ihn sehen musste und dass ich das irgendwie in Ordnung bringen musste. Das änderte aber nichts an der Tatsache, dass ich mich verdammt verletzlich fühlte. Bevor ich mich hinter Mauern und Türen verbarrikadiert hatte, konnte ich nicht behaupten, dass ich Intimität jemals so erlebt hatte wie mit Alex. Es waren eher ein paar bequeme, einfache Beziehungen mit etwas Chemie im Spiel. Bei Alex war die Chemie so stark, dass es wie ein Gang durch die Flammen war, und nichts davon war einfach, weil er mir viel zu wichtig war.

Ich schaute ihn an und spürte, wie sich ein Lächeln um meine Mundwinkel legte. Ich streckte die Hand aus und strich mit den Fingern durch seine zerzausten Locken. Er rutschte weiter an meine Seite und beobachtete mich nur, wobei sich ein Mundwinkel zu einem Grinsen verzog. Nach einem kurzen Augenblick verblasste sein Lächeln. „Du weißt, dass du dir keine Sorgen machen musst, oder?"

Ich war mir nicht ganz sicher, worauf er hinauswollte, aber ich vertraute ihm voll und ganz, also nickte ich.

Er strich mir mit einer Hand das wirre Haar aus der Stirn und stützte sich auf seinen Ellbogen. „Du machst dir viele Sorgen. Zumindest glaube ich das. Natürlich verstehe ich, warum. Ich würde dir nicht sagen, dass du dir keine Sorgen machen sollst, denn das wäre ein bisschen herrisch von mir, aber ich versuche nur zu sagen, dass du dir bei mir keine Sorgen machen musst." Er hielt inne, sein Blick verdüsterte sich zusehends. „Ich bin kein großer Redner, aber verdammt, Liam und Ethan haben mir einen kleinen Vortrag darüber gehalten, dass ich mit dir reden soll, also fange ich an. Mir war nicht klar, dass es so wichtig ist, dir mitzuteilen, was mit der ganzen Gerichtssache passiert ist. Ich dachte, es ist, wie es ist, und ich mache weiter. Du warst ein bisschen zurückhaltend, also wollte ich nicht aufdringlich sein und so." Er schluckte, und mein Herz zog sich zusammen. Ich merkte, dass ihm das nicht ganz geheuer war, das Reden, um genau zu sein. „Ich hätte sowieso etwas sagen sollen, aber ich habe mir selbst Sorgen gemacht. Du bist es für mich, und ich war mir nicht so sicher, wo ich bei dir stehe. Ich gebe es nicht gerne zu, aber so ist es nun mal. Wenn du heute nicht gekommen wärst, hätte ich dich so oder so aufgespürt, aber ich bin verdammt froh, dass du hier bist."

Er lehnte sich zurück, seine Augen fuhren über mein Gesicht. „Ich nehme an, ich sollte dir sagen, dass ich dich liebe, oder?"

Inzwischen drückten mir heiße Tränen auf die Augen, und ich dachte, mein Herz würde mir gleich aus der Brust springen. Ich konnte nicht sprechen, also vergrub ich mein Gesicht in seinem Nacken und atmete seinen Duft ein, bis sich die Emotionen, die mich erschütterten, beruhigt hatten. „Ich liebe dich auch", murmelte ich gegen seine Haut.

Ich spürte sein leises Glucksen erneut. „Nun, gut zu wissen. Das hätte ich nicht erwartet ..."

Ich riss meinen Kopf hoch. „Ich weiß, dass du nicht erwartet hast, dass ich es sage, aber das ändert nichts daran, dass ich es fühle."

Sein schokobrauner Blick fixierte mich. Für einen Moment war alles andere vergessen und es gab nur noch uns und die schillernde Vertrautheit, die ich mit ihm empfand. Er fuhr mit den Fingern durch mein

Haar und über meine Wange. „Also gut", sagte er schroff.

Stanley nutzte den Moment, um sich ins Schlafzimmer zu schleichen und ein schroffes Winseln auszustoßen. Alex blickte zu ihm hinüber und zog eine Braue hoch.

„Oh, er muss durstig sein", sagte ich und schlüpfte unter Alex hervor.

Er rollte sich weg, als ich aufstand. Ich blickte zu ihm zurück und ein kleiner Stich traf mich mitten ins Herz. Verdammte Scheiße. Der Mann war gefährlich. Er lag da, mit feuchter Haut, zerzaustem Haar und jedem Zentimeter seines muskulösen Körpers zur Schau gestellt. Am liebsten wäre ich wieder auf ihn geklettert und hätte mich für den Rest des Tages an ihn geschmiegt.

Stanleys erneutes Winseln riss mich in die Realität zurück. Ich blickte mich um und stellte fest, dass ich völlig nackt war und hatte keine Lust, meine schweißgetränkten Laufklamotten anzuziehen. Als ob er meine Gedanken lesen könnte, stand Alex auf, schnappte sich ein T-Shirt aus der Kommode und warf es mir zu, während er sich eine Jogginghose überzog. Sein T-Shirt reichte mir bis zur Hälfte der Oberschenkel, aber es erfüllte den Zweck. Ich liebte es auch, in seinen Duft gehüllt zu sein. Ich machte mich auf den Weg in die Küche und stellte fest, dass er bereits eine riesige Plastikschüssel mit Wasser für Stanley gefüllt hatte, die er gerade ausschlürfte.

Er grinste, als ich zu ihm hinübersah. „Stanley hat auch Callies Wasser getrunken. Ich bezweifle, dass ihr das gefallen wird."

Er schlenderte an mir vorbei, um Callies kleine Schüssel unter ihrer Fensterbank zum Spülbecken zu tragen und sie wieder aufzufüllen. Wieder durchfuhr mich ein heißer Schauer. Lieber Gott. Es sollte ihm nicht erlaubt sein, ohne Shirt herumzulaufen. Seine Jogginghose hing tief auf seinen Hüften und enthüllte jeden Zentimeter seiner muskulösen Bauchmuskeln. Sogar sein Rücken war sexy, seine Muskeln spannten sich, als er zurückging, um Callie die Schüssel zurückzugeben. Ich schlüpfte auf einen der Küchenstühle, während er Kaffee kochte.

Der Morgen verging wie im Fluge, während wir gemeinsam Kaffee tranken und Alex mich mit seinen Kochkünsten überraschte. Er zauberte zwei Omeletts für uns. Ich vergaß völlig, dass es ein Arbeitstag war, bis mein Telefon, das zusammen mit meinen Kleidern auf dem Boden lag, vibrierte.

EPILOG

Alex

Das ferne Dröhnen der Menge drang kaum in mein Bewusstsein, als ich sprang und den schwarz-weißen Fleck, der in die Ecke des Netzes flog, abfing. Durch meine Abwehr landete der Ball in der Nähe von Ethans Füßen, der sich mitten in der gegnerischen Mannschaft befand. Mit seinen blitzschnellen Reflexen nahm er einem anderen Spieler den Ball gekonnt ab und passte ihn zu Liam, der eine Reihe von Pässen in die Wege leitete, an deren Ende der Ball im Tor am anderen Ende des Spielfelds landete. Unsere Offensive war wahnsinnig gut darin, nach einem Block auf unserer Seite schnell zu reagieren. Liam genoss es, aus dem schnellen Wechsel des Spiels Kapital zu schlagen. Der Pfiff des Schiedsrichters ertönte Minuten später. Ein weiteres Spiel, ein weiterer Sieg.

Ich schnappte mir das Handtuch, das mir zugeworfen wurde, als ich mich der Bank näherte, und wischte mir damit das Gesicht ab, bevor ich eine Flasche Wasser leerte. Die Kakophonie der Menge wurde lauter, obwohl ich wusste, dass sich der Lärmpegel nicht wirklich verändert hatte. Wenn wir auf dem Platz waren, wurde meine Aufmerksamkeit nicht durch viel unterbrochen. Das war genau der Grund, warum ich mich vor so vielen Jahren in das Spiel verliebt hatte. Ich war mehr als glücklich, gut genug zu sein, um professionell zu spielen, aber der ursprüngliche Reiz war die Flucht aus meinem Leben.

Der Unterschied für mich war, dass ich, sobald ich mit dem Spielen fertig war, an die Zeit dachte, in der ich Harper sehen würde. Harper war mein Zuhause - mit Herz, Körper und Seele. Ein paar Minuten lang herrschte der übliche Jubel unter uns, bevor Liam zusammen mit Coach Bernie für ein spontanes Interview beiseite gezogen wurde. Hier und da musste ich das Gleiche tun, obwohl die lokale Sportpresse hier anscheinend herausgefunden hatte, dass ich weit weniger unterhaltsam war als Liam und ein paar andere Spieler.

Die Aufmerksamkeit, die ich durch die Verwicklung mit Joe auf mich gezogen hatte, war verblasst. Seit gestern war mein Jahr seit dem vereinbarten Strafantrag verstrichen. Ich hatte meine Sozialstunden an verschiedenen Orten abgeleistet, und auf Drängen von Zoe hatte ich sogar einen Teil dieser Zeit in einem örtlichen Jugendprogramm für Jungs verbracht, die mit dem Gesetz in Konflikt geraten waren. Ich hatte erst im Nachhinein erfahren, dass Liam dem Coach davon erzählt hat, als ich mich laut darüber wunderte. Das musste man meinem geschwätzigen besten Freund lassen. Es hat mir tatsächlich Spaß gemacht und ich habe mich bereit erklärt, jeden Monat ein paar freiwillige Stunden zu leisten.

Alles in allem war es verdammt gut zu wissen, dass ich mir keine Sorgen mehr über meinen Lebenswandel machen musste. Ich hatte mir noch nie Gedanken darüber gemacht, wie ich mich aus Schwierigkeiten heraushalten könnte, aber bis vor ein paar Monaten hatte ich mir immer Sorgen gemacht, dass ich Joe über den Weg laufen könnte. Es war nie passiert, und dann erfuhr ich von Olivia, dass er umgezogen war. Offenbar hatte sie es auf sich genommen, ihn aufzuspüren. Ihr zufolge hatte er seine Spuren im Internet gut verwischt, aber sie hatte herausgefunden, dass er aus dem Bundesstaat weggezogen war. Das war das Beste für Harper, also war es mir egal, ob er es aus Selbsterhaltungstrieb getan hatte. Die Aufmerksamkeit, die er auf sich gezogen hatte, hatte ihm nicht gerade gutgetan. Er hatte seinen Job verloren, nachdem ein paar weitere Artikel in den Nachrichten das Bewusstsein für sexuelle Übergriffe auf dem College-Campus geschärft hatten. Er hatte vielleicht keine entsprechende Vorstrafe, aber zumindest hatte er einen gewissen Preis dafür bezahlt.

Was Harper angeht ... Sie war großartig. Ich war mir immer noch nicht sicher, was es mit ihrer letzten Begegnung mit Joe im Park auf sich hatte, aber es schien ihr geholfen zu haben, die letzten Ketten loszuwerden, die sie deswegen hinter sich hergezogen hatte. Ich liebte diese Frau so sehr, dass ich fast verrückt wurde, wenn ich mir Sorgen um sie machte, deshalb war es einfach gut zu wissen, dass es ihr so gut ging. Oh, es war nicht alles perfekt. Weit gefehlt. In den ersten Monaten, nachdem sie beschlossen hatte, mich nicht mehr wie eine Affäre zu behandeln, gab es ein paar Probleme.

Ich hatte eine sture Ader und entdeckte, dass sie mit mir mithalten konnte. Stanley und Callie hatten sich monatelang gegenseitig umkreist, bis sie es schließlich satthatten, dass wir zwischen unseren beiden Wohnungen hin und her pendelten. Callie schlief schließlich zusammengerollt an Stanleys Brust und lief wie eine verrückte Katze umher, wenn er nicht da war. Ich überredete Harper, bei mir einzuziehen, und sei es nur, weil ich bereits eine Katzentür für Callie hatte. Wir hatten allerdings vor, uns eine größere Wohnung zu suchen. Harper wollte, dass Stanley Platz hatte, um draußen herumzulaufen. Seit Liam und Olivia in ein Haus in einem der schönen Viertel von Seattle gezogen waren, in dem es überall Blumen und Farne gab, hatte Harper mich überall hingeschleppt, um sich Häuser anzusehen. Ehrlich gesagt, wollte ich einfach nur mit ihr zusammen sein, also war es mir völlig egal, wo wir wohnten.

Ich machte mich auf den Weg zur Umkleide und traf auf Harper und Olivia, die mit Bentley aus dem Büro unseres Coaches kamen. Bentley war der kleine braune Hund von Olivia und Liam. Er hatte das besondere Privileg, während unsere Spiele im Büro von Coach Bernie zu warten. Stanley war für zu groß erklärt worden, obwohl ich bezweifelte, dass er zu unseren Spielen kommen wollte.

Harper schaute in meine Richtung, ihr blauer Blick fixierte meinen. Ich hatte mich daran gewöhnt, aber verdammt. Sie brauchte mich nur anzuschauen, und es war, als würde mich ein Blitz mitten in die Brust treffen. Ich ignorierte alles um mich herum und beschleunigte meine Schritte, um sie in meine Arme zu schließen. Sie vergrub ihr Gesicht in meinem Nacken und gab mir ein paar Küsse, bevor sie ihren Kopf hob.

Ihre Augen funkelten, und ihr Lächeln war breit. „Ihr habt gewonnen!"

Ich gluckste und drückte sie an mich. „Das haben wir."

Sie zappelte herum, aber ich hielt sie fest. „Wolltest du irgendwohin gehen?", murmelte ich.

Verdammt, es fühlte sich gut an, sie zu halten. Sie war stark und weich zugleich. Natürlich vergaß mein Körper, wie immer, dass ich von einem harten Kampf erschöpft war, und jede Faser stellte sich auf sie ein. Ihre Wangen erröteten rosa. „Ähm, nein. Aber hier sind überall Leute, und ..." Ich bezweifelte nicht, dass sie spüren konnte, wie erregt ich war. Vielleicht hätte es mir was ausmachen sollen, aber das tat es nicht.

Ich zuckte mit den Schultern und küsste sie auf die Lippen. Ethans Stimme ertönte hinter uns. „Verdammte Scheiße, Alex. Hast du vergessen, dass da Kameras hinter uns sind?"

Hatte ich schon erwähnt, dass ich alles vergaß, wenn es um Harper ging? Das tat ich wirklich. Die einzige Presse, die über mich berichtet hatte, hatte mit Harper zu tun. Zuerst war es mein Handgemenge mit Joe. Dann ging es darum, dass jemand endlich mein Herz gestohlen hatte. In dem einzigen Interview, in dem ich mich bereit erklärt hatte, Fragen zu Harper zu beantworten, hatte ich gesagt, sie hätte nichts gestohlen. Ich hatte ihr Herz gewinnen müssen.

Ich drückte sie fest an mich und fuhr mit einer Hand in ihr seidiges Haar. Ich gönnte mir nur einen Kuss und ließ sie dann hinunter, wobei ich sie an meine Seite drückte, während wir den Flur hinuntergingen.

HARPER

Meine Füße schlugen in einem schnellen, gleichmäßigen Rhythmus auf dem Boden auf. Mein Atem kam in gleichmäßigen Stößen, und ich genoss die subtile Euphorie, die mich durchströmte. Ich liebte es, in der Morgendämmerung draußen zu laufen, und seit über einem Jahr hatte ich diese Fähigkeit wiedergewonnen. Alex lief an meiner Seite. Wir sprachen selten, wenn wir liefen. Wir waren von monatelangen leichten Joggingrunden dazu übergegangen, unsere morgendlichen Läufe als Training zu nutzen. Als Profifußballer war er immer in Topform, und so waren diese Läufe mit mir nur ein weiterer Schritt in diese Richtung. Ich hingegen trainierte für meinen ersten Marathon seit dem College, und ich konnte es kaum erwarten.

Stanley flankierte mich auf der anderen Seite und hielt locker mit uns Schritt. Als wir um die Ecke des Weges kamen, wo die Bäume lichter wurden und sich der Blick auf den Puget Sound öffnete, verlangsamten wir unser Tempo. Ich ergriff Alex' Hand und blieb stehen. Die Luft war neblig und feucht, und die Sonnenstrahlen brachen hier und da kaum durch die Wolken. Alex sah auf mich herab, seine markanten Gesichtszüge waren im Licht der Morgendämmerung stark ausgeprägt. Er zog eine Braue hoch.

Ich zog ihn näher zu mir heran und fuhr mit der Hand an seinem Kinn entlang.

„Was?", fragte er und ein leichtes Lächeln umspielte seine Mundwinkel.

Seine Lächeln waren wie kleine Geschenke - selten genug, dass ich jedes einzelne liebte.

„Nichts. Nur ... das hier."

Ich schlang meine Hand um seinen Nacken und zog ihn gerade weit genug herunter, um ihn zu küssen. Er beugte sich leicht zu mir. In dem Moment, als meine Lippen seine berührten, übernahm er die Kontrolle. Was als kleiner Kuss gedacht war, wurde im Nu heiß und heftig, und seine Zunge verwickelte sich um meine. Als er den Kopf hob, stand ich innerlich und äußerlich in Flammen. Atemlos blickte ich auf und sah, dass er grinste.

Ich gab ihm einen Klaps auf die Brust. „Du stellst mich nur gerne bloß. Wettrennen nach Hause?"

Ich ließ ihm keine Gelegenheit zu antworten und rannte los. Ich war nicht weit gekommen, als ich hörte, wie seine Füße hinter mir auf den Boden stampften. Blitzschnell packte er mich von hinten und riss mich in seine Arme. Ich konnte nur noch lachen.

Danke, dass Sie Ein großer Sieg gelesen haben - ich hoffe, Ihnen hat die Geschichte von Alex und Harper gefallen!

Diese Szene ist exklusiv für meine Newsletter-Abonnenten verfügbar. Mit der Anmeldung zu dieser Szene abonnieren Sie auch meinen Newsletter. Wenn Sie meinen Newsletter bereits erhalten haben, werden Sie ihn natürlich nicht zweimal empfangen. Dies ist eine gelöschte Szene aus der Geschichte von Alex & Harper. Viel Spaß!

Klicken Sie auf den untenstehenden Link, um Ihr Exemplar zu erhalten.

Ein großer Sieg - Bonusszene: https://BookHip.com/TSMMDBP

Wenn Sie noch mehr heißblütige Sportromane erleben wollen, lesen Sie die Geschichte von Ethan und Zoe in Abseits jeder Vernunft - Ein Fußball-Liebesroman. Ethan ist ein absoluter Flirtprofi, und Zoe testet ihn bis zum Äußersten. Das Zusammenspiel zwischen den beiden ist frech, sexy und witzig, die Chemie zwischen ihnen stimmt einfach, und ihre Zärtlichkeit und Verletzlichkeit ist liebenswert. Verpassen Sie Ethans Geschichte auf keinen Fall!

1-Klick : Abseits jeder Vernunft - Ein Fußball-Liebesroman

ÜBER DEN AUTOR

USA Today-Bestsellerautorin J. H. Croix lebt mit ihrem Mann und zwei verwöhnten Hunden in einer kleinen Stadt in Maine. Croix schreibt zeitgenössische Liebesromane mit starken Frauen und Alphamännern, die sich nicht scheuen, Gefühle zu zeigen. Ihre Liebe zu schrulligen Kleinstädten und den dort lebenden Charakteren spiegelt sich in ihren Texten wider. Machen Sie einen Spaziergang auf der wilden Seite der Romantik mit ihren Bestseller-Romanen!

jhcroixauthor.com
jhcroix@jhcroix.com

facebook.com/jhcroix

instagram.com/jhcroix

bookbub.com/authors/j-h-croix